ÉTINCELLE DE NOËL

UNE ROMANCE PARANORMALE

UNIVERSITÉ DU PÔLE NORD
TOME CINQ

MARIE-HELENE LEBEAULT

TABLE DES MATIÈRES

CHAPITRE UN
INTENTIONS
DIPLOMATIQUES

MAGNUS

Le traîneau se posa sur la plateforme d'atterrissage de l'université du Pôle Nord dans un murmure à peine audible de neige déplacée, un atterrissage de précision qui témoignait d'années de pratique et d'une maîtrise surnaturelle. Je descendis avant même que les marches enchantées ne se soient entièrement matérialisées, mes bottes trouvant une prise solide sur la glace tassée avec l'assurance que conférait le fait d'être mi-métamorphe renne, mi-autre chose de complètement différent.

Dernière année. La dernière ligne droite. Puis, la liberté.

L'aurore boréale peignait le ciel de nuances de vert et de violet, projetant des ombres familières sur des bâtiments que j'avais passé trois ans à apprendre à parcourir sans attirer l'attention. La stratégie avait fonctionné, pour l'essentiel. Faire profil bas, maintenir des relations diplomatiques avec le corps enseignant, exceller sur le plan académique sans en faire étalage. Simple.

De cette hauteur, je pouvais voir tout le campus s'étendre devant moi : les tours résidentielles de l'ouest où vivaient la plupart des étudiants, le quadrilatère académique central avec ses laboratoires et ses amphithéâtres, et le quadrant est avec son complexe de bibliothèques tentaculaires et ses installations de recherche qui bourdonnaient d'une activité magique perpétuelle.

De l'autre côté du quadrilatère, Rowan Blackthorn était adossé à un banc sculpté dans la glace, ses yeux gris d'orage suivant Ivy Snowfall tandis qu'elle gesticulait avec animation à propos de quelque chose qui nécessitait ses deux mains et un mépris apparent des lois de la physique. Leur lien vrombissait d'une lumière aurorale visible, le genre de magie de partenariat qui avait failli déchirer l'université l'année précédente, avant qu'ils n'aient prouvé qu'elle pouvait être quelque chose qui valait la peine d'être défendu.

Ils semblaient installés. Contents d'une manière qui me serra la poitrine avec un sentiment que je refusais d'examiner de trop près.

Plus loin sur le sentier cristallin, Elian Frostborn, le Prince Elian, bien qu'il portât ce titre avec la même élégance désinvolte qu'il arborait en toute chose, marchait avec Fiona Prancer en direction de la tour administrative. Leurs rires fusaient dans l'air glacial, vifs et simples. Deux personnes qui avaient combattu des cauchemars politiques et gagné, et qui planifiaient maintenant leur projet de recherche collaboratif avec le genre d'optimisme que je n'avais jamais tout à fait réussi à atteindre.

Chacun semblait avoir trouvé son rythme. Sa place. Son âme sœur.

Tout le monde sauf moi.

Parfait, me suis-je rappelé, en ajustant le porte-documents en cuir qui contenait ma proposition de projet de fin d'études soigneusement organisée. C'est exactement comme ça que tu le veux.

Le clan Polaris n'envoyait pas ses héritiers à l'université du

Pôle Nord pour trouver l'amour. Nous venions pour nouer des alliances, maîtriser la magie diplomatique et nous préparer à des postes au sein du Conseil Inter-Saisonnier, l'organe politique qui maintenait l'équilibre entre les cours et empêchait le monde magique de sombrer dans le genre de guerre territoriale qui avait failli tout détruire deux siècles plus tôt.

Mon père avait été on ne peut plus clair sur ses attentes avant que je ne parte pour ma première année : « Vous n'êtes pas ici pour vous faire des amis, Magnus. Vous êtes ici pour créer des liens qui serviront notre clan lorsque vous prendrez votre place au Conseil. Tout le reste n'est qu'une distraction. »

Le siège au Conseil n'était pas seulement une attente, c'était une rédemption. La seule façon de prouver que l'héritier Polaris qui avait échoué de façon catastrophique à l'académie de Frost-bane pouvait encore se voir confier des responsabilités. La seule façon de regagner ce que j'avais perdu lorsque la magie expéri-mentale avait prouvé que certaines formes de pouvoir étaient trop dangereuses pour être enseignées.

J'avais suivi cette directive avec le dévouement de quelqu'un qui comprenait ce qui arrivait quand on ne respectait pas les stan-dards du clan Polaris. Trois ans de réseautage stratégique, de démonstrations magiques prudentes qui mettaient en valeur ma puissance sans menacer personne, et une excellence académique qui me positionnait parfaitement pour être considéré par le Conseil.

Encore une année. Ensuite, je pourrais prouver que j'étais digne de l'héritage que je portais, malgré tout ce qui avait mal tourné.

Je repoussai cette pensée avant qu'elle ne puisse s'ache-ver, de la manière dont j'avais appris à le faire avec tout ce qui menaçait le contrôle minutieux que je maintenais. Certaines portes doivent rester fermées pour de bonnes raisons. Frostbane me l'avait appris, m'avait appris ce qui arrivait lorsque la magie expérimentale se révélait trop volatile pour être contrôlée, lorsque le feu rencontrait le gel sans le fondement de la confiance, lorsque les partenariats échouaient de façon catastrophique parce que personne n'avait admis avoir peur.

La tour du Givre se dressait devant moi, sa flèche cristalline disparaissant dans des nuages enchantés qui tourbillonnaient perpétuellement autour de son sommet. Ma suite serait au septième étage cette année ; le logement des étudiants de dernière année s'accompagnait de certains privilèges, notamment des espaces de travail privés pour les projets de fin d'études et de vrais murs au lieu des barrières semi-transparentes qui caractérisaient les dortoirs des premières années.

De l'intimité. Enfin.

— Magnus ! Attends !

Je me retournai et vis Dylan Vixen qui accourait vers moi, ses cheveux couleur rouille captant la lumière de l'aurore boréale, et sa grâce de métamorphe renard évidente dans chacun de ses mouvements. Derrière lui, Lyra Lumina suivait à un rythme plus mesuré, sa robe bleu pâle immaculée malgré la neige qui commençait à tomber.

— Je ne m'attendais pas à te voir avant la réunion d'orientation, dit Dylan avec un grand sourire empreint du charme désinvolte qui avait fait de lui la réussite académique la plus improbable de l'UPN. Pressé de commencer ce projet de fin d'études ? Laisse-moi deviner, un truc incroyablement complexe et politiquement significatif qui impressionnera chaque membre du Conseil qui l'examinera ?

— Relations diplomatiques par la théorie collaborative des éléments, ai-je répondu, le titre roulant sur ma langue avec une aisance travaillée. Une analyse de la manière dont les partenariats élémentaires peuvent être stabilisés par une méthodologie structurée.

Parce que si je pouvais prouver que les partenariats élémentaires pouvaient être sûrs, peut-être que ce qui s'est passé à Frostbane n'était pas de ma faute.

— Ça a l'air passionnant, dit Dylan, et je ne savais pas trop s'il était sarcastique ou sincère. Avec les métamorphes renards, c'était toujours un pari.

— C'est stratégique, ai-je corrigé. Les postes au Conseil sont compétitifs. Avoir une recherche qui démontre une compréhension des dynamiques inter-cours me donne un avantage.

L'expression de Lyra vira à quelque chose qui aurait pu être de la sympathie.

— Magnus, tu sais que le Conseil examine plus que la simple réussite académique, n'est-ce pas ? Ils cherchent des gens capables de nouer de véritables relations, pas seulement des cadres théoriques à leur sujet.

La critique me piqua plus qu'elle n'aurait dû, probablement parce qu'une partie de moi y reconnaissait la vérité. Mais l'admettre aurait signifié reconnaître que trois années de planification minutieuse m'avaient peut-être laissé avec un relevé de notes impressionnant et absolument aucun lien réel digne de ce nom.

— J'apprécie votre inquiétude, ai-je dit, en gardant un ton diplomatique. Mais je sais ce que je fais.

Dylan et Lyra échangèrent un de ces regards de couple, du genre qui en dit long sans mots, qui vient des liens magiques qui ont surmonté de véritables crises ensemble, du genre que j'avais passé trois ans à éviter avec succès.

— Si tu le dis, répondit Dylan, mais ses yeux verts laissaient paraître le doute. Simplement... n'oublie pas que les meilleures choses à l'UPN ont tendance à se produire quand tu ne suis pas une stratégie soigneusement planifiée.

Ils continuèrent vers le pavillon des Métamorphes, me laissant seul dans la neige tombante avec mon porte-documents et ma certitude que la planification était exactement ce qui assurait la sécurité des gens. Les stratégies signifiaient le contrôle. Le contrôle signifiait pas d'incendies. Pas de cris. Personne abandonné à Frostbane.

Personne n'est abandonné dans des catastrophes institutionnelles qui promettent la sécurité mais livrent quelque chose de bien plus dangereux.

Je gravis les marches de la tour du Givre deux par deux, mon endurance de métamorphe renne rendant l'ascension des sept étages à peine perceptible. La force d'ours qui sommeillait sous ma surface, la moitié de mon héritage que je ne mettais pas en avant, signifiait que j'aurais pu prendre les escaliers trois par trois, mais cela aurait attiré l'attention. Cela aurait soulevé des questions sur la pureté de la lignée et les politiques de clan auxquelles je n'avais aucun intérêt à répondre.

Le clan Polaris valorisait le contrôle par-dessus tout. Le sang-froid diplomatique. La pensée stratégique. Tout ce que le côté ours de ma nature voulait démolir avec une puissance brute et une territorialité instinctive. Cette force sauvage qui pouvait briser la glace d'un seul coup, cette férocité primale qui ne négociait ni ne stratégiait, mais agissait simplement.

Alors je la gardais en laisse. Ensevelie. Soigneusement gérée comme tout le reste dans ma vie parfaitement ordonnée. L'héritier diplomate qui ne laissait jamais personne voir le prédateur en dessous.

Ma suite était exactement comme je l'avais demandée : minimaliste, organisée, avec des baies vitrées qui donnaient sur le campus peint par les aurores boréales. Un espace de travail dominait un mur, déjà équipé du matériel de surveillance cristallin dont j'aurais besoin pour ma recherche de fin d'études. Des étagères attendaient les textes que j'avais accumulés au cours de trois années d'études ciblées.

Chaque chose à sa place. Tout sous contrôle.

Je déballai mes affaires avec une efficacité méthodique, suspendant mes robes de cérémonie, empilant mes journaux de recherche, disposant mes instruments magiques en rangées précises. La photographie faillit ne pas sortir de ma malle. Elle n'en sortait jamais.

Mais elle était là, enveloppée dans des enchantements protecteurs qui empêchaient l'image de s'estomper : deux enfants, âgés de dix ans, souriant à un appareil photo avec le genre de joie intrépide qui vient du fait de ne pas encore comprendre à quel point le monde peut faire mal. Le garçon avait des cheveux sombres qui refusaient de rester en place et des yeux qui portaient déjà trop de responsabilités. La fille flamboyait d'une énergie rouge et or, son sourire assez vif pour rivaliser avec le soleil d'été.

L'académie de Frostbane. Avant que tout ne tourne mal. Avant l'incident qui avait nécessité l'intervention personnelle du Père Noël et de nouvelles identités pour nous protéger du genre de surveillance des cours qui détruisait des vies.

Phoenix.

Elle avait été tout ce que je n'avais pas le droit d'être : sauvage, peu diplomate, brillante, libre. Tout ce que l'héritier Polaris ne pourrait jamais risquer de devenir.

Je fourrai la photographie dans le tiroir du bas de mon bureau, le refermant avec plus de force que nécessaire. Cette partie de ma vie était terminée. Phoenix Emberwing était partie, dispersée vers le destin qui l'avait réclamée après que nous ayons été séparés pour notre propre protection. La fille sur cette photo, sauvage, brillante et totalement incapable de contrôler la magie du feu qui la définissait et la mettait en danger, n'existait plus que dans mes souvenirs.

Et Magnus Polaris ne regardait pas en arrière. Regarder en arrière signifiait se souvenir de choses qui pourraient briser le contrôle que j'avais mis trois ans à construire.

Ma tablette-parchemin sonna pour signaler un message entrant, l'écran cristallin affichant la signature en forme d'éclair distinctive du professeur Blitzen.

Réunion d'orientation des dernières années : demain, 9 h, Grand Hall. Attribution des partenaires de projet de fin d'études à suivre. Aucune exception.

Attribution des partenaires.

Mon estomac se noua avec une sensation qui n'avait rien à voir avec l'altitude et tout à voir avec la seule variable que je n'avais pas pu contrôler dans ma dernière année soigneusement planifiée. Chaque autre année à l'UPN avait permis des projets indépendants pour les étudiants qui préféraient travailler seuls. Mais le projet de fin d'études, le projet culminant qui déterminait la considération du Conseil et le placement professionnel, exigeait un travail collaboratif.

« La magie de partenariat », avait annoncé le professeur Blitzen à la fin de l'année dernière, d'un ton qui n'admettait aucune réplique. « Démontre votre capacité à travailler avec différentes signatures magiques et types de personnalité. Une compétence essentielle pour quiconque espère servir à des postes intercours. »

J'avais passé l'été à espérer qu'elle reconsidérerait sa décision. Espérant qu'une exception administrative pourrait exister pour les étudiants qui avaient prouvé qu'ils pouvaient exceller de manière indépendante. Espérant que je n'aurais pas à risquer le genre de vulnérabilité qui vient en laissant quelqu'un s'approcher assez près pour voir sous le masque diplomatique que je portais.

Apparemment, l'espoir était pour les imbéciles.

L'aurore boréale à l'extérieur de ma fenêtre prit des teintes plus profondes de violet et de bleu, peignant le campus enneigé de couleurs crépusculaires. Quelque part là-dehors, mon futur partenaire emménageait probablement dans sa propre suite, tout aussi résigné ou excité par la collaboration obligatoire à venir.

S'il vous plaît, que ce soit quelqu'un de compétent, pensai-je, en relisant la proposition de projet de fin d'études que j'avais préparée au fil d'innombrables révisions. Quelqu'un de concentré qui comprend que c'est académique, pas personnel. Quelqu'un qui ne posera pas de questions auxquelles je ne peux pas répondre.

Quelqu'un qui ne ressemble en rien à la fille sur cette photographie.

Quelqu'un qui ne me rappellerait pas tout ce que j'avais perdu lorsque le programme de magie élémentaire expérimentale de l'académie de Frostbane avait prouvé que certaines formes de pouvoir étaient trop dangereuses pour être enseignées, trop volatiles pour être contenues et trop destructrices pour qu'on leur fasse confiance.

Relations diplomatiques par la théorie collaborative des éléments. Le titre seul promettait exactement ce que les membres du Conseil voulaient entendre : la reconnaissance de l'importance de la collaboration, la rigueur académique et l'application pratique.

Ce qu'il ne mentionnait pas, c'était la vraie raison pour laquelle j'avais choisi ce sujet.

Si je pouvais prouver que les partenariats élémentaires pouvaient être stabilisés par une méthodologie structurée et une gestion prudente, peut-être pourrais-je me convaincre que ce qui s'était passé à Frostbane avait été un échec de supervision plutôt qu'un défaut fondamental du concept lui-même.

Peut-être pourrais-je prouver que le contrôle était possible, même pour une magie aussi sauvage et dangereuse que...

Un formidable BOUM secoua la tour.

Je fus sur pieds instantanément. Le contrôle vola en éclats. L'ours en moi rugit à la surface avant que mon esprit ne puisse suivre. Mon corps reconnut une menace et y répondit avec une vitesse surnaturelle. Par ma fenêtre, je pouvais voir de la fumée s'élever en direction de la plateforme d'atterrissage, et des flammes, de vraies flammes, pas des illusions magiques, lécher une glace qui aurait dû être insensible au feu normal.

Des étudiants couraient vers le tumulte, leurs cris portant à travers l'air glacial. Des membres du corps professoral se matérialisèrent depuis divers bâtiments, leurs robes flottant derrière eux alors qu'ils convergeaient vers ce qui devenait rapidement une urgence magique à grande échelle.

Et se tenant au centre du chaos, nimbée de fumée et vacillant d'une magie du feu résiduelle qui teignait ses cheveux de nuances d'or et de cramoisi, se trouvait une silhouette que je reconnus malgré trois années et tous mes efforts prudents pour l'oublier.

Phoenix.

Nix.

La photographie dans mon tiroir aurait tout aussi bien pu s'enflammer pour de vrai, tant mon contrôle s'incinéra en ce seul instant de reconnaissance.

Elle était là. À l'UPN. Ayant l'air d'être exactement le désastre dont je me souvenais.

Et à en juger par la façon dont le professeur Blitzen se dirigeait déjà vers la scène avec des éclairs crépitant dans son sillage, le retour de Nix à l'éducation institutionnelle allait être à peu près aussi fluide que son arrivée avait été discrète.

C'est-à-dire : pas du tout.

Je saisis mon manteau et me dirigeai vers la porte, l'ours en moi grognant déjà que quelqu'un devait s'assurer qu'elle ne brûle pas toute l'université avant même le début de la réunion d'orientation.

Tant pis pour faire profil bas, pensai-je sombrement en dévalant les escaliers trois par trois, au diable la maîtrise de soi.

Certaines portes ne restent pas fermées. Certains feux vous retrouvent malgré tout.

Peu importe avec quel soin vous essayez de leur échapper.

CHAPITRE DEUX
L'INCENDIAIRE

N^{IX}

Le traîneau était en feu.

Pas au sens figuré, pas de manière maîtrisée par la magie, non, il était véritablement, littéralement en feu.

— Mademoiselle Ember, si vous pouviez, s'il vous plaît…, la voix du cocher se brisa sous l'effet de la panique tandis que les flammes léchaient les patins ouvragés, transformant l'argent enchanté en ruisseaux de métal en fusion qui crépitaient contre la neige tassée.

— J'essaie ! lançai-je sèchement, retenant ma magie avec toute la maîtrise dont j'étais capable, ce qui, visiblement, n'était pas suffisant, car les flammes ne firent que se propager plus vite. Les couronnes de houx décoratives s'enflammèrent comme du petit bois, projetant des étincelles en spirales dans le ciel peint d'aurores boréales.

C'était exactement la raison pour laquelle on ne devrait pas me laisser approcher des belles choses.

Ni des transports institutionnels.

Ni, soyons honnêtes, probablement des universités en général.

Le traîneau fit une embardée lorsque le cocher effectua un atterrissage d'urgence qui tenait plus du crash contrôlé que de la descente gracieuse. Nous heurtâmes la plateforme de l'Université du Pôle Nord assez fort pour projeter en l'air mes bagages déjà précaires, et je regardai, horrifiée, ma malle soigneusement préparée exploser en plein vol, éparpillant trois ans de tentatives de développement personnel sur la neige immaculée.

Des livres sur les techniques de maîtrise de la magie du feu. Des cristaux de méditation spécifiquement conçus pour canaliser l'énergie élémentaire volatile. Un nombre franchement embarrassant de journaux intimes remplis d'affirmations sur le fait de ne pas être une catastrophe ambulante.

Tout cela décorait maintenant la zone d'accueil de l'UNP comme des confettis à la fête la plus humiliante du monde.

Les flammes que j'avais accidentellement invoquées choisirent ce moment pour atteindre ce que je ne peux décrire que comme un apogée théâtral, explosant en une colonne de feu au parfum de cannelle qui peignit toute la plateforme d'atterrissage dans des teintes d'or et de pourpre. Magnifique. Dévastateur. Complètement hors de mon contrôle.

L'histoire de ma vie.

Une silhouette bougea à l'une des fenêtres de la tour supérieure, se découpant sur la lumière des aurores boréales, observant le chaos se dérouler. Génial. C'est exactement ce qu'il me manquait, un public pour mon humiliation totale et absolue.

— DEHORS ! hurla le cocher, abandonnant toute prétention de courtoisie professionnelle alors qu'il se hâtait de sortir du traîneau en flammes. — Tout le monde dehors avant que tout n'explose !

Je ne me le fis pas dire deux fois. Je saisis ce que je pus, ma lettre d'acceptation, miraculeusement intacte malgré l'enfer, et plongeai hors du traîneau juste au moment où les rênes enchan-tées prenaient feu. L'atterrissage fut moins gracieux que je ne l'avais espéré, ce qui n'était pas peu dire, vu que je n'avais pas beaucoup d'espoir de grâce au départ.

La neige amortit ma chute, le froid s'infiltrant à travers ma robe de voyage alors que je m'étalais sur la plateforme, tel un ange des neiges sujet aux catastrophes. À travers la fumée et les flammes, je pouvais voir des étudiants se rassembler, leurs visages choqués illuminés par une lueur de feu qui n'aurait certainement pas dû exister dans un établissement de magie de l'hiver.

Génial. Rien de tel pour faire une première impression mémorable.

Je me redressai, secouant la neige de mes cheveux et essayant de ressembler à quelqu'un qui avait totalement fait exprès de mettre le feu à un moyen de transport comme une déclaration artistique sur la volatilité de la magie élémentaire. Le look aurait probablement été plus convaincant si je n'étais pas en train de paniquer activement à cause des flammes qui se propageaient.

La fumée charriait une odeur de pin roussi et de panique, et quelque chose de plus ancien, de plus profond. Le genre de feu qui se souvient de tout ce que vous essayez d'oublier.

— Que quelqu'un aille chercher des ondines ! cria une voix dans la foule.

— Oubliez l'eau, il nous faut des boucliers de glace avant que ça n'atteigne les bâtiments principaux !

— Est-ce que cette fille va bien ?

— Est-ce qu'elle est folle ?

Oui et oui, pensai-je sombrement, regardant le traîneau succomber aux flammes avec le genre de destruction spectacu-laire qui allait probablement me faire expulser avant même que je n'arrive à la réunion d'information.

Trois ans. J'avais passé trois ans à me préparer pour ce

moment. Trois ans de méditation, d'exercices de contrôle, de séances de thérapie avec des conseillers magiques spécialisés dans les manifestations élémentaires volatiles. Trois ans à convaincre le Père Noël, le Père Noël lui-même, que Phoenix Emberwing méritait une seconde chance sous un nouveau nom dans un autre établissement.

Et j'avais tenu exactement quarante-sept secondes avant de mettre le feu à quelque chose.

Nouveau record. J'étais presque impressionnée par moi-même.

Le feu rugit plus fort, et je le sentis appeler quelque chose au plus profond de ma poitrine, cette part de moi, sauvage et indomptée, qui ne désirait rien de plus que de laisser les flammes tout consumer. D'arrêter de prétendre que je pouvais être contrôlée, gérable, inoffensive. D'embrasser le chaos qui ressemblait plus à un foyer que n'importe quel dortoir institutionnel ne le ferait jamais.

Non. Je serrai les poings, mes ongles s'enfonçant dans mes paumes, alors que je réprimais cette pulsion. J'étais allée trop loin pour abandonner maintenant. Je m'étais battue trop durement pour cette chance de prouver que je pouvais être plus que le désastre que tout le monde attendait.

J'avais promis à trop de gens, y compris à moi-même, que cette fois-ci, ce serait différent.

— Reculez ! Une voix autoritaire trancha le chaos, et soudain la Professeure Blitzen était là, ses cheveux argentés crépitant de véritables éclairs alors qu'elle évaluait la situation avec le genre de compétence terrifiante qui venait de décennies de gestion de crises surnaturelles. — Tout le monde, évacuez la plateforme. Maintenant.

Les étudiants se dispersèrent comme des cerfs effarouchés, leurs murmures portés par l'air assourdi par la neige. J'en saisis des fragments alors qu'ils se retiraient à une distance de sécurité.

« ... perte totale de contrôle... »

« ... ne devrait pas être autorisée ici... »

« ... tu te souviens de ce qui s'est passé à Frostbane... »

Cette dernière phrase me frappa comme un coup de poing, me coupant un souffle que je ne pouvais pas me permettre de perdre. Bien sûr qu'ils savaient. Bien sûr que l'histoire s'était répandue. Le milieu universitaire magique était un petit monde, et les échecs catastrophiques impliquant des programmes élémentaires expérimentaux avaient tendance à devenir des exemples à ne pas suivre qui résonnaient dans les couloirs des institutions pendant des années.

Phoenix Emberwing, l'ondine de feu qui avait failli réduire en cendres une académie entière. Un exemple à ne pas suivre.

Sauf que maintenant j'étais Nix Ember, et j'étais censée être différente. Meilleure. En contrôle.

Le traîneau en flammes derrière moi suggérait le contraire.

La magie de la Professeure Blitzen frappa les flammes avec une précision chirurgicale, non pas de l'eau ou de la glace, mais des éclairs concentrés qui perturbèrent les signatures magiques maintenant le feu en vie. En quelques secondes, l'enfer fut réduit à des braises fumantes, puis à de la fumée, puis à rien d'autre que l'odeur âcre des enchantements brûlés et d'un moyen de transport complètement détruit.

Le silence tomba sur la plateforme, seulement rompu par le doux sifflement du métal refroidissant et les battements assourdissants de mon propre cœur.

La Professeure Blitzen se tourna vers moi, son expression indéchiffrable sous la lumière changeante des aurores boréales. De près, elle était encore plus intimidante que ce que les histoires laissaient entendre, grande, élégante, avec des yeux qui semblaient voir à travers toutes les défenses que j'avais jamais construites.

— Phoenix Emberwing, dit-elle, sa voix portant à travers la plateforme soudainement silencieuse. Ou devrais-je dire, Nix Ember ? Bienvenue à l'Université du Pôle Nord.

La façon dont elle le dit fit que « bienvenue » sonna moins comme un accueil que comme une accusation.

— Je peux vous expliquer... commençai-je, mais elle leva une main, et je m'arrêtai en pleine phrase, un instinct de survie reconnaissant que des mots supplémentaires ne feraient qu'enfoncer le clou.

— Pouvez-vous ? demanda la Professeure Blitzen, et il y avait quelque chose dans son ton qui suggérait une véritable curiosité sous l'extérieur sévère. — Parce que de là où je suis, il semble que vous ayez détruit une propriété de l'université, créé un danger magique et annoncé votre arrivée avec le genre de panache dramatique qui suggère soit une confiance remarquable, soit un manque de contrôle catastrophique.

— La deuxième option, admis-je, car mentir semblait inutile alors que les preuves fumaient encore littéralement derrière moi. — Clairement un manque de contrôle catastrophique.

Quelque chose qui aurait pu être de l'approbation vacilla dans son expression. — Au moins, vous êtes honnête à ce sujet. C'est plus que ce que la plupart des étudiants parviennent à faire le premier jour.

Elle s'approcha, sa signature magique frôlant la mienne d'une manière qui fit reculer instinctivement ma magie du feu. Foudre et feu, tous deux volatiles, tous deux dangereux, mais fondamentalement incompatibles dans leur expression du pouvoir. Là où mes flammes voulaient consumer et se propager, ses éclairs cherchaient à frapper avec précision et détermination.

— Dites-moi, Mademoiselle Ember, dit-elle à voix basse, pour mes oreilles seules... pourquoi devrais-je vous autoriser à rester dans cet établissement alors que votre simple présence semble être un danger pour la sécurité ?

La question que je redoutais depuis que le Père Noël avait suggéré cette seconde chance.

— Parce que je veux apprendre, dis-je, soutenant son regard malgré chaque instinct qui hurlait de détourner les yeux. — Parce que je sais que je suis dangereuse, et je sais que j'ai besoin d'aide, et je sais que fuir les institutions signifie juste que je finirai par blesser quelqu'un. Mieux vaut y faire face ici, où il y a des gens qui comprennent la magie volatile et qui pourraient réellement m'aider à la contrôler.

— Et si vous ne parvenez pas à apprendre à vous contrôler ? insista la Professeure Blitzen. — Si vous vous révélez être aussi dangereuse que votre dossier le suggère ?

— Alors vous m'expulserez, et je devrai trouver un pic de montagne isolé pour y vivre, où la seule chose que je pourrai brûler sera ma propre cabane d'ermite. J'essayai l'humour, mais ça sonna amer. — Mais au moins, j'aurai essayé. Au moins, je ne passerai pas le reste de ma vie à me demander si j'aurais pu être autre chose qu'un désastre.

La Professeure Blitzen m'étudia longuement, ses yeux brillants comme des éclairs semblant peser quelque chose que je ne pouvais pas tout à fait nommer. Finalement, elle hocha la tête une fois, d'un geste sec et décidé.

— Vous me rencontrerez deux fois par semaine pour des évaluations de contrôle, dit-elle, reprenant un ton purement professionnel. — Vous assisterez à des séances de méditation obligatoires avec le département de conseil élémentaire. Vous porterez des bracelets de suppression pendant les cours jusqu'à ce que nous puissions établir des niveaux de contrôle de base. Sommes-nous claires ?

Le soulagement m'envahit si intensément que je faillis m'effondrer. — Limpide. Merci, Professeure.

— Ne faites pas de promesses en l'air, Mademoiselle Ember. Elle se détourna, faisant signe à des farfadets de maintenance qui étaient apparus avec du matériel de nettoyage. — Contentez-vous d'arriver à la réunion d'information sans causer un autre incident. Ce serait suffisant.

Elle s'éloigna à grandes enjambées, me laissant seule au milieu des débris de mon arrivée avec la conscience inconfortable que chaque étudiant à portée de voix venait d'assister à mon humiliation.

Parfait. Exactement le nouveau départ que j'avais espéré.

Je m'agenouillai pour rassembler mes affaires éparpillées, les joues brûlantes d'une gêne qui n'avait rien à voir avec la magie du feu. Les cristaux de méditation s'étaient brisés à l'impact, désormais sans valeur. Les livres de techniques de contrôle étaient endommagés par la fumée, leurs instructions précieuses rendues illisibles. Même mes journaux intimes, ces tentatives pathétiques d'affirmations positives, semblaient roussis et tristes contre la neige.

— Besoin d'aide ?

Je levai les yeux pour trouver une panthère des neiges métamorphe qui s'approchait, ses cheveux parsemés d'argent captant la lumière des aurores boréales et son expression amicale malgré ce dont elle venait d'être témoin. Elle portait une robe de dernière année, ce qui signifiait qu'elle avait survécu à trois ans à l'UNP et qu'elle avait apparemment encore assez de compassion pour aider les premières années sujettes aux catastrophes.

Attends, pas les premières années. Je n'étais pas une nouvelle étudiante aux yeux écarquillés. J'étais une étudiante de dernière année qui reprenait ses études. Techniquement. Miraculeusement. Désastreusement.

Cette pensée me tordit l'estomac d'anxiété.

— Je m'appelle Sera, continua-t-elle en s'agenouillant pour m'aider à ramasser les livres éparpillés. — Et avant que tu ne le demandes, oui, tout le monde a vu. Oui, ça va probablement devenir le ragot du campus d'ici une heure. Et non, ce n'est pas la pire arrivée de l'histoire de l'UNP.

— Vraiment ? demandai-je, sceptique.

— Vraiment. Il y a deux ans, un étudiant selkie a accidentellement inondé toute la Salle à Manger de Cristal pendant la réunion d'information. Il a transformé tout le bâtiment en aquarium pendant trois jours. Elle eut un grand sourire. — Au moins, le feu s'évapore. Les dégâts des eaux, c'est pour toujours.

Je ris malgré moi, une partie de la tension dans ma poitrine se relâchant. — Je suis Nix. Phoenix Ember, techniquement, mais tout le monde m'appelle Nix.

— Je sais, dit doucement Sera. — L'affaire de Frostbane.

Et voilà. La chose autour de laquelle nous dansions tous.

— Ouais, dis-je doucement. — L'affaire de Frostbane.

— Pour ce que ça vaut, dit Sera en me tendant un journal récupéré... tout le monde ici a quelque chose qu'il essaie de prouver, de surmonter ou de survivre. C'est un peu le principe de l'UNP. Tu es en bonne compagnie.

Nous finîmes de rassembler mes affaires dans un silence confortable, et je me sentis reconnaissante de son acceptation facile. Pas de jugement, pas de peur, juste une aide directe de la part de quelqu'un qui comprenait que les premiers jours étaient difficiles, même quand on ne mettait pas le feu à un moyen de transport.

— Tu sais où sont les suites des dernières années ? demandai-je, serrant ma lettre d'acceptation comme un talisman. — Je suis censée être dans l'Aile du Feu, au septième étage.

Les sourcils de Sera se haussèrent. — L'Aile du Feu ? C'est... ambitieux. Étant donné ta signature élémentaire.

— L'idée de la Professeure Blitzen de la thérapie d'exposition, apparemment. Je me forçai à sourire. — Je me suis dit que si je devais apprendre à me contrôler, autant être entourée de ce que j'essaie de contrôler.

— Ou tu mettras le feu à toute l'aile dans ton sommeil, dit joyeusement Sera. — Dans tous les cas, ça devrait être intéressant. Viens, je vais te montrer le chemin.

Nous traversâmes le campus ensemble, et j'essayai de ne pas remarquer comment les étudiants reculaient sur notre passage. J'essayai de ne pas entendre les chuchotements qui suivaient dans notre sillage. J'essayai de ne pas sentir le poids de trois années d'attentes, de peur et d'espoir désespéré peser sur mes épaules.

L'Aile du Feu était exactement ce que son nom suggérait, une section de l'architecture cristalline de l'UNP conçue spécifiquement pour les étudiants à la magie du feu volatile. Des flammes enchantées dansaient le long des murs, brûlant éternellement sans jamais rien consumer, baignant tout dans une chaude lumière ambrée qui aurait dû être accueillante mais qui, au lieu de cela, me serra la poitrine d'anxiété.

C'était censé être mon foyer. Censé être l'endroit où j'apprendrais enfin à être autre chose que dangereuse.

Alors pourquoi avais-je l'impression d'entrer dans une autre institution qui attendait de prouver que j'étais exactement le désastre que tout le monde craignait ?

— Et voilà, dit Sera en s'arrêtant devant une porte marquée de mon nom en écriture fluide. — Suite 714.

La porte était magnifique, en cristal sculpté qui scintillait de motifs de flammes incrustés, les sceaux magiques bourdonnant d'enchantements protecteurs conçus pour contenir exactement le genre de pouvoir catastrophique que je ne pouvais pas tout à fait contrôler.

Je tendis la main vers la poignée, puis hésitai.

— Et si je n'y arrive pas ? demandai-je doucement. — Et si je suis exactement ce que tout le monde pense que je suis, trop dangereuse, trop volatile, trop brisée pour être réparée ?

Sera me serra l'épaule avec une douceur inattendue. — Alors tu échoueras de manière spectaculaire, tu apprendras quelque chose de précieux, et tu trouveras ce qui vient après. Mais Nix ? Tu ne peux pas savoir avant d'avoir essayé. Et essayer signifie franchir cette porte.

Elle avait raison. Bien sûr qu'elle avait raison.

Je pris une profonde inspiration, poussai la porte de ma nouvelle suite et entrai dans le futur qui m'attendait à l'Université du Pôle Nord.

Derrière moi, les flammes enchantées le long du couloir vacillèrent en réponse à ma présence, reconnaissantes, accueillantes, et juste un peu effrayées.

Le sentiment était entièrement partagé.

Mais j'étais là. Malgré Frostbane, malgré le feu, malgré toutes les raisons que les gens avaient d'être terrifiés par ce que je pourrais faire.

J'étais là, et j'allais prouver que Phoenix Emberwing, que Nix Ember, pouvait être plus que la somme de ses désastres.

Même si ça devait me tuer.

Ou réduire en cendres toute l'université en essayant.

CHAPITRE TROIS

PARTENAIRES OPPOSÉS

MAGNUS

Le couloir était en feu.

Notre dernière année venait à peine de commencer et le chaos m'avait déjà retrouvé. Cependant, vu que la source de ladite crise se tenait en ce moment même au milieu des flammes, l'air à la fois défiant et terrifié, je n'aurais peut-être pas dû être surpris.

Elle avait dû se perdre en cherchant sa chambre, ou peut-être que l'Aile du Feu la détestait par principe. Quoi qu'il en soit, nous en étions là : Nix encerclée par les flammes, moi l'observant depuis le bout du couloir, et trois ans de distance prudente sur le point de partir en fumée.

Phoenix. Nix. Quel que soit le nom qu'elle utilisait maintenant pour se distancier du désastre auquel nous avions à peine survécu à Frostbane.

Elle ne m'avait pas encore vu. Trop concentrée à tenter de reprendre le contrôle de sa magie du feu, ses mains décrivant des motifs que je reconnaissais de nos sessions d'entraînement d'enfance. Sauf que maintenant, ces motifs étaient tremblants, désespérés, complètement inefficaces contre des flammes qui semblaient se nourrir de sa panique plutôt que d'obéir à ses ordres.

L'ours en moi a grogné, reconnaissant une menace et voulant réagir avec une puissance brute qui résoudrait le problème par la simple force. Ma part de renne, elle, était plus avisée ; elle savait qu'approcher la magie du feu de Nix avec une énergie agressive ne ferait qu'empirer les choses. Et l'héritier Polaris, la part diplomate que j'avais passé trois ans à perfectionner, savait exactement ce qu'il fallait faire.

Même si pour cela, je devais briser la distance prudente que j'avais maintenue depuis mon arrivée à l'UNP.

J'ai fait un pas en avant, invoquant le givre dans mes paumes avec le genre de contrôle précis qui venait d'années de pratique et d'une nécessité absolue. Pas une glace agressive qui se heurterait à son feu et causerait des explosions de vapeur. Pas des barrières défensives qui emprisonneraient la chaleur et aggraveraient tout. Juste un givre froid, structuré, méthodique, qui offrait une alternative au chaos qui consumait actuellement le couloir du septième étage.

— Recule, ai-je dit, ma voix tranchant le crépitement des flammes avec un calme diplomatique que je ne ressentais absolument pas.

Nix a pivoté vers moi et, l'espace d'un battement de cœur, nos regards se sont croisés par-delà le feu, la fumée et trois ans de silence soigneusement entretenu.

La reconnaissance l'a frappée comme un coup de poing.

— Magnus ?

— Recule, ai-je répété, canalisant plus de givre dans le couloir sans attendre qu'elle obéisse. La température a chuté brusquement tandis que ma magie de glace se répandait sur les murs brûlants, non pas pour combattre le feu directement, mais pour créer des voies structurées permettant à la chaleur de se dissiper en toute sécurité.

Le contrôle. C'était la clé pour gérer la magie élémentaire volatile. Pas la répression, pas l'agression, mais offrir un cadre que le chaos pouvait suivre vers la stabilité.

Les flammes ont vacillé, confuses face à la baisse soudaine de température et à l'introduction d'une énergie élémentaire opposée qui n'essayait pas de les détruire. Nix a reculé en trébuchant, sa magie du feu réagissant à mon givre en se rétractant, se consolidant au lieu de s'étendre.

Bien. C'était exactement ce qui devait se passer.

Je me suis approché, le givre se propageant sous mes pas comme une œuvre d'art cristalline sur le sol roussi. La force de l'ours sous ma surface voulait bondir, résoudre ce problème avec une puissance écrasante, mais je l'ai gardée en laisse. J'ai tout gardé sous contrôle, mesuré, diplomatique.

Le feu s'est éteint.

Pas de manière spectaculaire ni dans une confrontation explosive, il a simplement... capitulé. Un instant, les flammes consumaient le couloir, l'instant d'après, elles avaient disparu, ne laissant que de la fumée et l'odeur âcre d'une magie épicée à la cannelle que j'avais passé trois ans à essayer d'oublier.

Le silence est tombé, seulement rompu par le doux sifflement du givre fondant et nos deux respirations haletantes.

— Qu'est-ce que tu fais ici ? a demandé Nix, sa voix rauque à cause de la fumée et de ce qui aurait pu être de l'émotion. Elle ressemblait trait pour trait à la fille de la photo, tout en n'ayant rien à voir avec elle ; les mêmes cheveux roux et dorés, les mêmes yeux féroces, mais usée par des années à combattre une magie qui refusait de se laisser dompter.

— Je pourrais te poser la même question, ai-je répondu, gardant un ton neutre malgré le chaos de sentiments qui menaçait ma prudente sérénité. Tu es censée être...

— Ailleurs ? a-t-elle terminé amèrement. Loin de toi, des institutions et de tout endroit où je pourrais blesser des gens ? Ouais, eh bien, apparemment le Père Noël pense que je mérite une autre chance de prouver que je suis exactement le désastre que tout le monde croit que je suis.

Le dégoût de soi dans sa voix m'a frappé plus fort qu'il n'aurait dû. C'était bien. C'était ce que j'avais voulu : de la distance, la preuve que nous étions tous les deux passés à autre chose, la confirmation que l'amitié que nous avions partagée à Frostbane était aussi morte que le programme expérimental qui avait failli nous tuer.

Alors pourquoi entendre la défaite dans ses mots me causait-il une douleur dans la poitrine, comme si on m'avait transpercé les côtes avec des lances de givre ?

— Tu ne devrais pas être dans l'Aile du Feu, ai-je dit au lieu d'aborder tout ça. Pas si tu ne peux pas contrôler...

— Contrôler ? Le rire de Nix était assez aiguisé pour couper. C'est vrai. Parce que tu es un tel expert en contrôle, Magnus Polaris. Dis-moi, comment ça se passe avec cet héritage d'ours ? Tu fais toujours semblant qu'il n'existe pas ? Tu enterres toujours tout ce qui est sauvage et réel sous des couches de perfection diplomatique ?

L'accusation a frappé avec une précision chirurgicale des insécurités que je pensais enfouies assez profondément pour être en sécurité.

— Il ne s'agit pas de moi.

— Bien sûr que non. Il ne s'agit jamais de toi, n'est-ce pas ?

Elle s'est approchée, et je pouvais sentir la chaleur résiduelle qui émanait de sa peau, sa magie du feu dansant toujours juste sous la surface. Le parfait Magnus, avec son contrôle parfait et ses plans parfaits. Dis-moi, ta stratégie parfaite incluait-elle de tomber sur ton amie d'enfance catastrophique dès le premier jour ? Ou est-ce que ça entre dans la catégorie des « variables inattendues à gérer diplomatiquement » ?

— Nix...

— Non. Elle a levé une main, et de petites flammes ont vacillé autour de ses doigts avant qu'elle ne les serre en un poing. Juste... tais-toi. J'ai compris. Nous sommes des étrangers maintenant. C'est probablement plus sûr pour tout le monde.

Avant que je puisse formuler une réponse qui ne révélerait pas à quel point nous ne nous sentions pas comme des étrangers à un mètre l'un de l'autre, la professeure Blitzen est apparue au coin du couloir avec le genre de timing parfait qui suggérait que les êtres surnaturels possédaient des capacités de surveillance vraiment frustrantes.

— Monsieur Polaris. Mademoiselle Ember. Ses yeux vifs comme l'éclair ont évalué le couloir roussi et nos postures défensives avec l'efficacité de quelqu'un qui avait déjà vu ce drame particulier se jouer. Quelle chance que vous vous soyez déjà trouvés. Cela rendra la prochaine annonce considérablement moins compliquée.

Une appréhension s'est installée dans mon estomac, comme de la glace se formant sur l'eau.

— Une annonce ?

— Vos attributions de partenaires pour le projet de fin d'études. La professeure Blitzen a sorti deux documents cristallins qui miroitaient de sceaux magiques officiels. Ordres du chancelier. Bien que je soupçonne que le Père Noël ait eu une influence plus que passagère sur la décision.

Non. Absolument pas.

Je n'avais pas besoin de regarder le document pour savoir ce qu'il dirait. Je n'avais pas besoin de confirmation du désastre qui allait clairement consumer ma dernière année si soigneusement planifiée.

Mais j'ai regardé quand même.

Attribution de projet de fin d'études Partenaires : Magnus Polaris & Phoenix « Nix » Ember Sujet du projet : Équilibre élémentaire par la collaboration structurée Conseillère pédago-gique : Professeure Seraphina Blitzen Résultat attendu : Démons-tration d'un partenariat élémentaire contrôlé capable d'informer la politique du Conseil intersaisonnier sur la gestion de la magie volatile

Les mots sont devenus flous alors que mon contrôle soigneu-sement construit commençait à se fissurer sur les bords.

— Non, ai-je dit platement. C'est une erreur.

— Je vous assure que c'est tout à fait intentionnel. Le ton de la professeure Blitzen suggérait qu'elle avait anticipé cette réaction et la trouvait légèrement amusante. Vos signatures magiques sont exceptionnellement compatibles malgré, ou peut-être à cause de, vos natures élémentaires opposées. Feu et glace, structure et chaos, précision diplomatique et pouvoir instinctif.

— Compatibles ? La voix de Nix est montée dans les aigus, teintée de ce qui ressemblait à de l'hystérie. Personne n'a mentionné ce qui s'est passé à Frostbane ?

— Tout le monde a mentionné ce qui s'est passé à Frostbane, a corrigé calmement la professeure Blitzen. C'est précisément pour-quoi cette affectation a du sens. Vous avez déjà connu un échec catastrophique. Vous avez maintenant l'occasion d'en tirer des leçons.

— Ou de le répéter, ai-je dit sombrement... et d'emporter l'Université du Pôle Nord avec nous cette fois-ci.

— Ce serait certainement mémorable. L'expression de la professeure Blitzen suggérait qu'elle ne pensait pas ce résultat probable, ce qui témoignait d'une confiance inquiétante en deux personnes qui s'étaient avérées spectaculairement incapables de gérer leur magie élémentaire combinée. Cependant, j'ai légèrement plus confiance en vos capacités que vous ne semblez en avoir en vous-mêmes.

Elle nous a tendu à chacun une copie des détails du projet, sa magie de foudre crépitant pour souligner ses propos.

— Votre première session commune est demain matin, neuf heures précises, au Laboratoire d'Équilibre Élémentaire. Je vous suggère de passer la soirée à réviser les cadres théoriques de la magie d'opposition contrôlée. Et peut-être à travailler sur vos compétences en communication.

— Professeure..., ai-je commencé.

— Ce n'est pas négociable, Monsieur Polaris. Sa voix portait le genre d'autorité qui faisait mourir même les protestations diplomatiques avant d'être prononcées. Le chancelier, le Père Noël et le Conseil intersaisonnier ont tous approuvé ce projet. Vous travaillerez ensemble, vous démontrerez un partenariat élémentaire contrôlé, et vous prouverez que ce qui s'est passé à Frostbane était un échec institutionnel plutôt qu'une incompatibilité fondamentale entre vos signatures magiques.

Elle a fait une pause, son expression s'adoucissant légèrement.

— Ou vous échouerez ensemble, vous apprendrez de cet échec et vous avancerez avec une expérience précieuse sur vos limites. Dans tous les cas, vous ferez face à cela.

La professeure Blitzen s'est éloignée, nous laissant seuls dans le couloir roussi avec des documents de projet de partenariat qui ressemblaient à des condamnations à mort déguisées en opportunités académiques.

Nix a parlé la première.

— C'est de la folie.

— D'accord.

— On va réduire toute l'université en cendres.

— Probablement.

— Tes parfaites ambitions au Conseil vont partir en fumée. Littéralement.

— Presque certainement. J'ai étudié les détails du projet, cherchant des failles qui n'existaient manifestement pas. À moins qu'on ne trouve un moyen pour que ça marche.

Nix a ri, mais il n'y avait aucune once d'humour dans son rire.

— Que ça marche ? Magnus, je ne peux même pas marcher dans un couloir sans y mettre le feu. Comment suis-je censée collaborer avec quelqu'un dont la magie est fondamentalement opposée à tout ce que je suis ?

— De la même manière que je suis censé collaborer avec quelqu'un dont la simple présence menace chaque objectif soigneusement planifié vers lequel j'ai travaillé pendant des années. J'ai rencontré son regard directement, refusant de détourner les yeux de la peur, de la colère et de l'espoir désespéré que j'y voyais. On suit les instructions du projet. On aborde ça systématiquement. On prouve qu'une méthodologie structurée peut surmonter des signatures magiques volatiles.

— Tu veux traiter notre partenariat catastrophe-en-puissance comme un exercice académique ?

— Je veux survivre à ma dernière année sans détruire mon avenir ni le tien, ai-je corrigé. Et si ça signifie aborder ça avec une stratégie diplomatique au lieu d'un chaos émotionnel, alors oui. C'est exactement ce que je propose.

Nix m'a fixé pendant un long moment, quelque chose de compliqué vacillant sur son visage.

— Tu as changé.

— Toi aussi.

— Pas assez, apparemment. Elle a fait un geste vers les murs roussis qui nous entouraient. Je mets toujours le feu à tout. Je suis toujours exactement le problème contre lequel tout le monde mettait ses enfants en garde.

La défaite dans sa voix a fait se fissurer quelque chose dans mon contrôle soigneusement entretenu.

— Nix...

— S'il te plaît, a-t-elle dit doucement. Juste... n'essaie pas de régler ça avec des platitudes diplomatiques, Magnus. Nous savons tous les deux que ce projet est une catastrophe qui n'attend que d'arriver. La seule question est de savoir combien de dégâts nous ferons avant qu'ils ne me renvoient enfin pour être le boulet que tout le monde sait que je suis.

Avant que je puisse répondre, avant que je puisse dire tout ce que je voulais laisser échapper – qu'elle n'était pas un boulet, pas un désastre, pas définie par un incident catastrophique dans une institution qui n'avait pas su protéger ses étudiants – des bruits de pas ont résonné dans le couloir.

— Ah, vous voilà ! La voix distinctive du Père Noël l'a précédé, aiguë et chantante de cette manière qui faisait toujours penser aux humains à des figures de grand-père joyeux au lieu de l'ancien et puissant roi elfe qu'il était en réalité. J'espérais vous voir tous les deux avant la réunion d'orientation.

Il est apparu, sa robe argentée brillant sous l'éclairage de secours qui s'était activé quand Nix avait mis le feu aux luminaires normaux. Ses oreilles pointues et ses dents trop acérées étaient bien visibles, rappelant à quiconque regardait que la joyeuse mythologie humaine avait peu de ressemblance avec la réalité.

— Chancelier Santa, ai-je dit, m'inclinant avec le respect diplomatique approprié.

— Monsieur, a ajouté Nix, sa voix faible d'une manière que je ne lui avais jamais entendue auparavant.

— S'il vous plaît, juste Santa. Ses yeux d'obsidienne nous ont étudiés tous les deux avec une intensité déconcertante. Je voulais vous parler personnellement de votre projet. La professeure Blitzen a une tendance à la communication efficace qui manque parfois... de contexte.

— De contexte ? a demandé Nix.

— Ce projet n'est pas une punition, a dit Santa doucement. Même si je soupçonne que vous le ressentez tous les deux comme tel. C'est une opportunité, non seulement de réussite académique, mais aussi de guérison.

— De guérison, ai-je répété, goûtant le mot comme s'il était étranger. De ce qui s'est passé à Frostbane.

— De ce qui s'est passé, oui. Mais plus important encore, de ce que vous vous êtes raconté à propos de ce qui s'est passé. Santa s'est approché, sa magie ancienne pressant contre nos deux signatures d'une manière qui a apaisé mon givre et le feu de Nix dans une immobilité prudente. Vous avez tous les deux porté la culpabilité, la peur et la certitude de l'échec. Ce projet vous demande de déposer ces fardeaux et de découvrir ce qui est réellement possible lorsque vous travaillez ensemble au lieu de vous fuir l'un l'autre.

— Et si nous échouons ? La voix de Nix était à peine plus qu'un murmure. Si nous prouvons que le feu et la glace sont vraiment fondamentalement incompatibles ?

— Alors vous échouerez, a dit simplement Santa. Et vous apprendrez de cet échec et irez de l'avant. Mais Nix, Magnus, je gère l'éducation magique et l'équilibre territorial depuis plus longtemps que la plupart des civilisations n'ont existé. Je n'attribue pas de partenariats que je crois voués à un échec catastrophique.

Il a sorti un petit cube cristallin qui pulsait d'une magie concentrée.

— Ceci est un enregistrement de votre dernière session d'entraînement à Frostbane. Avant l'incident. Avant que tout ne tourne mal.

J'ai fixé le cube, mon cœur martelant contre mes côtes.

— Pourquoi voudrions-nous voir ça ?

— Parce que vous vous êtes tous les deux souvenus de la fin, de la fumée, de la peur, de l'échec. Il est peut-être temps de vous souvenir du début. Santa a pressé le cube dans ma paume, son contact chaud malgré la magie hivernale qui aurait dû le rendre froid. Regardez-le ensemble. Puis décidez si ce projet est vraiment impossible, ou si vous avez simplement eu trop peur de vous souvenir de ce dont vous êtes capables lorsque vous vous faites confiance.

Il s'est tourné pour partir, puis s'est arrêté.

— Oh, et Magnus ? Vos ambitions au Conseil sont en sécurité. Ce projet a été spécifiquement demandé par trois membres du Conseil intersaisonnier qui croient que les partenariats élémentaires contrôlés représentent l'avenir de la diplomatie magique. Réussissez, et vous aurez un soutien que vous n'auriez jamais imaginé. Échouez, et vous aurez tout de même prouvé que vous êtes prêt à affronter les défis les plus difficiles au lieu de vous cacher derrière une distance diplomatique sûre.

— Comment avez-vous...

— Je suis le Père Noël, a-t-il dit avec un large sourire carnassier. Je sais quand vous dormez, quand vous êtes éveillé, et certainement quand vous vous mentez à vous-même sur ce que vous voulez vraiment.

Il a disparu au coin du couloir, nous laissant seuls avec le couloir roussi, un projet impossible et un cube cristallin qui promettait de nous montrer exactement ce que nous fuyions depuis trois ans.

Nix a fixé le cube dans ma main.

— Tu veux le regarder ?

Le voulais-je ? Regarder signifiait se souvenir. Se souvenir signifiait ressentir. Ressentir signifiait reconnaître que la personne contrôlée et diplomate que j'étais devenu fuyait peut-être quelque chose de plus important que ce vers quoi elle courait.

— Demain, ai-je dit, refermant mes doigts sur le cube. Après notre première session avec la professeure Blitzen. Nous aurons besoin de contexte pour ce que nous verrons.

— Lâche, a dit Nix, mais sans aucune animosité.

— Stratège, ai-je corrigé.

— C'est la même chose quand tu évites les choses qui te font peur.

Elle n'avait pas tort.

Nous sommes restés dans un silence inconfortable, tenant tous les deux nos documents de projet de fin d'études comme des boucliers contre la réalité.

— Je devrais y aller, a finalement dit Nix. Avant de mettre le feu à autre chose et de prouver à tout le monde qu'ils ont raison de dire que je suis trop dangereuse pour l'éducation institutionnelle.

— Nix...

— Non, a-t-elle répété. Juste... n'essaie pas de régler ça ce soir, Magnus. Laisse-moi avoir une soirée pour paniquer à propos du désastre que toi et moi allons créer avant que nous devions prétendre que nous pouvons vraiment faire en sorte que ça marche.

Elle s'est éloignée, me laissant seul dans le couloir roussi avec le givre fondant autour de mes pieds et la conscience inconfortable qu'elle avait raison.

J'étais un lâche.

Parce que regarder ce cube signifiait affronter la vérité que j'avais évitée : que j'avais échoué à sauver Phoenix Emberwing à Frostbane.

J'avais échoué à nous sauver tous les deux.

Et maintenant j'avais un an, un projet impossible, pour découvrir si la rédemption était réellement possible, ou si certains feux brûlaient vraiment trop fort pour être contenus en toute sécurité.

CHAPITRE QUATRE

PREMIER AFFRONTEMENT

N IX
Le Laboratoire d'Équilibre Élémentaire donnait
l'impression que quelqu'un avait conçu une arène
magique dans le but spécifique que les esprits du feu instables s'y
sentent inadéquats et terrifiés.

Des murs cristallins s'élevaient à quinze mètres au-dessus de
nos têtes, leurs surfaces gravées de runes de confinement qui
pulsaient d'une magie suppressive. Le sol était divisé en cercles
concentriques, chacun représentant un niveau différent d'intensité magique, de l'anneau extérieur sûr où les observateurs
pouvaient regarder sans se faire incinérer, à la zone centrale où,
apparemment, Magnus et moi étions censés prouver que nous
n'allions pas nous entretuer.

Ni tuer tout le monde, par la même occasion.

— Nerveuse ? fit la voix de Magnus derrière moi, fraîche et
contrôlée de cette manière exaspérante qu'il avait de faire en sorte
que tout ressemble à une négociation diplomatique.

Je ne me suis pas retournée. — Terrifiée. Et toi ?

— Inquiet. Une pause. — Terrifié aussi, mais je dis « inquiet » parce que ça a l'air plus professionnel.

Malgré tout, malgré la mission impossible, les trois ans de séparation et la certitude que nous étions sur le point de créer une catastrophe qui ferait passer Frostbane pour un incident mineur, j'ai failli sourire.

Failli.

— Mademoiselle Ember. Monsieur Polaris. La professeure Blitzen s'est matérialisée dans le cercle central avec le genre de panache dramatique qui suggérait qu'elle s'entraînait aux entrées surnaturelles depuis des siècles. Ses yeux, vifs comme l'éclair, nous ont évalués tous les deux avec une précision clinique. — Ponctuels. C'est un début prometteur.

— Nous préférons décevoir lentement plutôt qu'immédiatement, ai-je marmonné, ce qui m'a valu un regard sévère de Magnus qui disait clairement n'énerve pas la professeure dès le premier jour.

Trop tard. Je provoquais les figures d'autorité depuis ma naissance. C'était pratiquement ma marque de fabrique.

L'expression de la professeure Blitzen laissait entendre qu'elle avait entendu mon commentaire et l'avait noté pour s'en souvenir plus tard. — Avant de commencer, établissons les règles de base. Premièrement : ce laboratoire est conçu pour contenir des catastrophes magiques jusqu'à une gravité de catégorie 4. Au-delà, nous évacuons le bâtiment.

— Rassurant, a dit Magnus d'un ton sec.

— Deuxièmement : votre objectif aujourd'hui n'est pas la maîtrise. Ce n'est même pas la compétence. Votre objectif est de canaliser vos magies élémentaires opposées dans le même espace sans créer d'explosion de vapeur, de défaillance en cascade des cristaux, ou tout autre phénomène nécessitant une intervention médicale d'urgence.

— Vous mettez la barre bien bas, ai-je dit. J'apprécie.

— Troisièmement, la magie de foudre de la professeure Blitzen a crépité pour souligner ses propos, vous porterez tous les deux des bracelets de surveillance qui suivront votre production magique et vos états émotionnels. Si l'un d'entre vous approche des niveaux d'instabilité dangereux, la séance se termine immédiatement. Pas de discussion, pas de seconde chance.

Elle a fait un geste, et deux bracelets cristallins sont apparus, flottant vers nous avec une douce insistance. Le mien était chaud au toucher, s'harmonisant déjà avec ma signature de feu. Celui de Magnus irradiait le froid, des motifs de givre se formant sur sa surface à l'instant où ses doigts se sont refermés dessus.

Les bracelets se sont clipsés à nos poignets et, immédiatement, j'ai senti la pression subtile de la magie de surveillance évaluer tout, de mon rythme cardiaque à la température de mon noyau de feu. Intrusif. Nécessaire. Humiliant.

— Maintenant, a poursuivi la professeure Blitzen en se déplaçant vers l'anneau d'observation extérieur... nous allons commencer par une manifestation élémentaire de base. Monsieur Polaris, veuillez créer une structure de glace simple dans le cercle central. Mademoiselle Ember, vous ferez de même avec le feu. Le but est la coexistence, pas l'interaction.

La coexistence. C'est ça. Parce que ça avait si bien fonctionné à Frostbane.

J'ai regardé Magnus se diriger vers le cercle central avec le genre de grâce contrôlée qui faisait paraître tout ce qu'il faisait facile. Sa posture était parfaite, diplomatique, calme, projetant une confiance qu'il ne ressentait probablement pas. Tout ce que l'héritier des Polaris devait être.

Tout ce que je n'arrivais jamais à feindre, même dans mes meilleurs jours.

Il a tendu une main, et du givre a éclos de sa paume avec une précision à couper le souffle. Pas d'éclats agressifs ou de barrières défensives, mais de délicates formations cristallines qui ressemblaient à des fleurs gelées poussant à partir de rien. Magnifique. Structuré. Complètement, parfaitement contrôlé.

La force d'ours sous sa surface ne transparaissait absolument pas. Il était devenu doué pour la cacher.

— À votre tour, Mademoiselle Ember, a incité la professeure Blitzen.

Je suis entrée dans le cercle, extrêmement consciente de la proximité de Magnus et de la façon dont ma magie de feu a immédiatement voulu répondre à sa glace. Pas avec harmonie, mais avec opposition. Avec le genre de réaction volatile qui transformait les démonstrations contrôlées en évacuations d'urgence.

Contrôle, me suis-je rappelé, en appelant le feu dans mes paumes avec toute la discipline que la thérapie avait tenté de m'inculquer. Tu n'es plus à Frostbane. Tu n'es plus cette gamine effrayée qui ne pouvait pas gérer son propre pouvoir. Tu es…

Les flammes ont jailli, sauvages et hautes, filant vers le plafond avant que je ne puisse les retenir. Pas des fleurs. Pas de délicates formations. Juste du feu brut, chaotique, qui voulait tout consumer à sa portée.

Y compris les parfaites sculptures de glace de Magnus.

— Nix… L'avertissement de Magnus est arrivé trop tard.

Mon feu a heurté son givre avec le genre de collision catastrophique qui a créé exactiment ce contre quoi la professeure Blitzen nous avait mis en garde : de la vapeur. Des nuages épais et brûlants ont rempli le cercle central et ont déclenché toutes les alarmes de proximité du laboratoire.

— Cessez la manifestation ! La voix de la professeure Blitzen a tranché à travers le chaos. — Vous deux, retirez votre magie immédiatement !

J'ai essayé. Vraiment.

Mais le feu avait goûté la glace de Magnus, avait senti cette opposition familière, et il s'est souvenu. Souvenu de Frostbane. Souvenu de la façon dont nos éléments avaient dansé ensemble avant de tout détruire. Souvenu que quelque part sous la peur et l'échec, il y avait eu quelque chose qui donnait l'impression de rentrer à la maison.

Les flammes se sont étendues, se nourrissant à la fois du souvenir et de la panique.

— Nix ! Les mains de Magnus ont trouvé mes épaules, le givre irradiant de son contact d'une manière qui aurait dû faire mal mais qui, au lieu de ça, m'a soulagée. — Regarde-moi. Pas le feu. Moi.

J'ai forcé mes yeux à rencontrer les siens, trouvant un calme glacial là où je m'attendais à de la colère ou de la peur.

— Respire, a-t-il dit doucement, son sang-froid diplomatique se fissurant juste assez pour laisser transparaître une réelle inquiétude. — Inspire sur quatre temps, retiens sur quatre temps, expire sur quatre temps. Tu te souviens du rythme.

Je m'en souvenais. Nous l'avions pratiqué un millier de fois à Frostbane, pendant les séances avant que tout ne tourne mal. Sa structure, mon chaos, trouvant l'équilibre par la respiration et la confiance, et la certitude absolue que nous ne laisserions pas l'autre tomber.

Avant que nous n'apprenions que cette certitude était un mensonge.

Mais mon corps s'en souvenait quand même, retrouvant le rythme sans pensée consciente. Inspire sur quatre temps, retiens, expire sur quatre temps. Le givre de Magnus sur mes épaules a ancré le mouvement, donnant à mon feu quelque chose contre quoi se mesurer.

Les flammes se sont repliées sur elles-mêmes, se consolidant au lieu de s'étendre.

— Bien, a murmuré Magnus, sa voix assez basse pour que je sois la seule à l'entendre. — C'est bien ce que tu fais. Continue juste de respirer.

Le feu est retombé à des niveaux gérables, puis s'est éteint complètement, ne laissant que la chaleur résiduelle et l'odeur âcre de l'ozone brûlé là où ma magie avait percuté la sienne.

Le silence est tombé sur le laboratoire, seulement rompu par le bourdonnement des équipements de surveillance et ma propre respiration saccadée.

— Eh bien, a dit la professeure Blitzen après un instant qui parut une éternité. — C'était instructif.

— Instructif, ai-je répété, hébétée. — C'est une façon de voir les choses.

— Catastrophique en est une autre, a ajouté Magnus, en s'éloignant de moi avec une distance prudente qui m'a serré la poitrine pour des raisons que je refusais d'analyser.

La professeure Blitzen est descendue dans le cercle central, son expression pensive plutôt que désapprobatrice. — Vos bracelets de surveillance ont enregistré des données fascinantes. Souhaitez-vous savoir ce que j'ai observé ?

— Que nous sommes une catastrophe annoncée ? ai-je suggéré avec amertume.

— Que vous vous êtes stabilisés l'un l'autre. Elle a fait un geste, et des affichages holographiques sont apparus, montrant nos productions magiques cartographiées l'une par rapport à l'autre. — Regardez le schéma. Le feu de Mademoiselle Ember a grimpé en flèche au début, oui. Mais à l'instant où Monsieur Polaris a établi un contact physique et initié le rythme de respiration, sa production s'est stabilisée à précisément quarante-sept pour cent de son maximum, exactement le niveau requis pour une manifestation contrôlée.

Elle a pointé le graphique de Magnus. — Et la magie de glace de Monsieur Polaris, qui se manifeste généralement avec une précision rigide, a montré une flexibilité et une capacité d'adaptation accrues lorsqu'elle était canalisée par contact physique avec Mademoiselle Ember. Sa production a augmenté pour correspondre à la sienne, créant une opposition parfaite plutôt qu'une suppression.

— Une opposition parfaite qui a créé une explosion de vapeur, a fait remarquer Magnus.

— Une opposition parfaite qui a créé une vapeur maîtrisable qui s'est dissipée en quelques secondes, a corrigé la professeure Blitzen. — Sans dommage structurel, sans blessures, et avec une résolution contrôlée grâce à la technique de respiration collaborative. J'appellerais ça un progrès significatif pour une première séance.

J'ai fixé les données holographiques, incapable de croire ce que je voyais. — On s'est stabilisés l'un l'autre ?

— Vos éléments sont naturellement opposés, oui. Mais l'opposition n'est pas synonyme d'incompatibilité. Le feu a besoin de quelque chose contre quoi se heurter. La glace a besoin de quelque chose pour définir ses limites. L'expression de la professeure Blitzen s'est légèrement adoucie. — Vous vous êtes tous les deux convaincus que Frostbane a échoué parce que vos magies sont fondamentalement incompatibles. Et si l'échec venait du fait que l'institut n'a pas su vous aider à transformer cette opposition en collaboration ?

Cette suggestion m'a fait l'effet d'un coup de poing, recadrant trois ans de culpabilité et de certitudes d'une manière que je n'étais pas prête à assimiler.

— Que voulez-vous dire ? a demandé Magnus, son masque de diplomate se fissurant pour révéler une confusion sincère.

— Je veux dire que le programme expérimental de Frostbane a tenté de faire harmoniser vos éléments, d'éliminer l'opposition au lieu de la structurer. Ils voulaient que votre feu et votre glace se fondent en quelque chose de neutre et de gérable. La professeure Blitzen a montré du doigt la vapeur qui se dissipait. — Mais la magie élémentaire ne fonctionne pas ainsi. L'opposition crée de l'énergie. L'énergie crée du pouvoir. Le pouvoir, lorsqu'il est correctement canalisé, crée des possibilités qu'aucun des deux éléments ne pourrait atteindre seul.

Elle a fait apparaître un autre écran, qui affichait cette fois des modèles théoriques ressemblant à de la poésie mathématique. — Votre devoir ne consiste pas à éliminer l'opposition. Il s'agit de prouver que l'opposition, lorsqu'elle est structurée par la confiance et une technique de collaboration, peut être contrôlée plutôt que catastrophique.

— Et si nous n'arrivons pas à construire cette confiance ? ai-je demandé à voix basse.

— Alors vous échouerez, a simplement dit la professeure Blitzen. — Mais un échec après un effort sincère enseigne plus qu'un succès obtenu par l'évitement. Ce qui nous amène à votre prochain devoir.

Magnus et moi avons échangé des regards méfiants.

— Vous passerez deux heures par jour dans ce laboratoire à pratiquer la manifestation élémentaire de base en présence l'un de l'autre. Aucune interaction, juste de la coexistence. Développez une tolérance avant de tenter l'intégration. Elle a sorti deux carnets cristallins qui se sont matérialisés dans nos mains. — Vous tiendrez également des journaux communs où vous documenterez vos réponses magiques et émotionnelles à chaque session. L'honnêteté est non négociable.

— Des journaux communs ? J'ai feuilleté les pages qui étaient à la fois vierges et pourtant semblaient lourdes d'attentes. — Vous voulez qu'on partage nos sentiments sur le fait de mettre le feu aux choses ?

— Je veux que vous compreniez que vos états émotionnels influencent directement votre contrôle élémentaire. Le sang-froid diplomatique de M. Polaris masque une anxiété qui se manifeste par des structures de glace rigides. L'humour autodérisoire de Mlle Ember masque une peur qui se manifeste par des flammes incontrôlées. Tant que vous ne serez pas honnêtes sur les émotions qui animent votre magie, vous n'atteindrez jamais la stabilité requise pour la collaboration.

Elle s'est dirigée d'un pas vif vers la sortie du laboratoire, ses éclairs traînant derrière elle comme des points d'exclamation. — Séance demain, même heure. Venez préparés à être mal à l'aise. C'est là que l'on progresse.

La porte s'est scellée derrière elle avec un carillon cristallin qui ressemblait étrangement à un rire cosmique.

Magnus et moi sommes restés debout dans le cercle central, entourés par l'équipement de surveillance, la vapeur qui se dissipait et la conscience inconfortable que la professeure Blitzen venait de nous donner des devoirs émotionnels à faire.

— Des journaux communs, a finalement dit Magnus. — Ça va être mortifiant.

— Complètement, ai-je approuvé. — Tu veux qu'on mente et qu'on invente des trucs sympas sur le fait qu'on n'a aucun problème à travailler ensemble ?

— C'est tentant. Il a étudié son carnet comme s'il pouvait contenir les réponses à des questions qu'il n'était pas prêt à poser. — Mais quelque chose me dit que la professeure Blitzen a des sorts de détection pour ce genre de supercherie.

— Probablement. J'ai feuilleté les pages blanches qui me semblaient accusatrices dans leur vacuité. — Donc, j'imagine qu'on va devoir le faire à la dure.

— Apparemment. Magnus a croisé mon regard, et l'espace d'un instant, j'ai vu au-delà du masque de diplomate la personne que j'avais connue à Frostbane. Celui qui s'était entraîné avec moi à faire des exercices de respiration. Celui qui avait cru que nous pouvions équilibrer le feu et la glace par quelque chose d'aussi simple que l'amitié et la confiance.

Celui que j'avais laissé tomber quand tout avait mal tourné.

— Pour ce que ça vaut, a-t-il dit doucement... tu n'as pas échoué à Frostbane.

La phrase a flotté entre nous comme du givre dans l'air chaud, belle, fragile, impossible à maintenir.

— Si, j'ai échoué, ai-je répondu, puisque l'honnêteté était apparemment notre nouvelle exigence. — On a tous les deux échoué. La question est de savoir si on va échouer à nouveau, ou si cette fois on sera assez courageux pour affronter ce que cet échec signifiait vraiment.

— Qu'est-ce que ça signifiait ? a demandé Magnus.

J'ai regardé les données de surveillance toujours affichées sur les écrans holographiques, montrant le moment où notre opposition avait créé un équilibre parfait au lieu d'une destruction catastrophique.

— Que nous étions peut-être plus forts ensemble que chacun de notre côté, ai-je dit. — Et ça nous a fait plus peur que le feu ne l'a jamais fait.

Magnus est resté silencieux un long moment, des motifs de givre se formant et se dissolvant sur ses paumes dans une manifestation inconsciente de sa tourmente émotionnelle.

— Demain, a-t-il finalement dit. — On s'occupera de ça demain.

— Lâche, ai-je lancé, mais sans la moindre animosité.

— Stratège, a-t-il corrigé, en écho à notre échange de la nuit précédente.

Ses doigts se sont brièvement crispés, le givre a jailli puis a disparu avant qu'il ne puisse l'arrêter. Il n'a plus dit un mot. Il a juste hoché la tête une fois et il est parti, maître de lui même alors qu'il ne l'était clairement pas.

Mais cette fois, quand il s'est éloigné, le givre qu'il a laissé derrière lui n'était pas des barrières défensives.

C'était le début d'un pont.

— Magnus, attends. Les mots m'ont échappé avant que je puisse les retenir. — L'enregistrement. Celui que le Père Noël nous a donné. Tu as dit qu'on le regarderait ensemble après l'entraînement. Est-ce qu'on devrait...

— Pas maintenant. Sa voix était calme mais définitive, bien qu'il se soit arrêté sur le seuil. — Je ne suis pas prêt.

Cet aveu, que Magnus Polaris, qui faisait face à tout avec un sang-froid diplomatique, n'était pas prêt à confronter notre passé commun, aurait dû être rassurant. Aurait dû signifier que je n'étais pas la seule à avoir encore peur de ce que ce cube cristallin pourrait nous montrer.

Au lieu de ça, la distance entre nous m'a semblé encore plus grande.

Il a continué vers la porte, sans se retourner. Et les motifs de givre qu'il a laissés cette fois n'étaient pas des barrières défensives.

Ils étaient le début d'un pont.

Malgré la peur, l'échec et la certitude absolue que nous allions créer des catastrophes qui feraient passer les explosions de vapeur pour de la rigolade, une partie de moi espérait que nous serions assez courageux pour le traverser.

Même si cela signifiait de faire s'effondrer tous les murs que nous avions si soigneusement érigés pour nous protéger l'un de l'autre.

Parce que peut-être que ce dont nous avions besoin, ce n'était pas la sécurité.

Peut-être que nous avions besoin du feu.

Et de la glace.

Et de la confiance nécessaire pour croire que l'opposition pouvait créer quelque chose de magnifique au lieu de catastrophique.

Ou peut-être qu'on allait juste réduire en cendres un autre institut et prouver à tout le monde qu'on était bien des catastrophes ambulantes.

Quoi qu'il en soit, la séance de demain allait être intéressante.

J'ai sorti mon journal commun, fixant la première page blanche avec le genre de terreur habituellement réservée aux confrontations avec d'anciennes entités magiques pleines de dents.

Ça y était. L'endroit où je devrais être honnête au lieu d'être sarcastique, vulnérable au lieu d'être sur la défensive. Où la voix dans ma tête, celle qui narrait mes catastrophes avec un humour noir et de l'autodérision, devrait admettre de vrais sentiments.

Terrifiant. Mais aussi... peut-être nécessaire.

Jour Un : On a failli créer une explosion de vapeur. Magnus a touché mes épaules et je ne lui ai pas immédiatement mis le feu. La professeure Blitzen pense qu'on s'est stabilisés l'un l'autre. Je pense qu'on est tous complètement à côté de la plaque, mais au moins, ce délire est accompagné de jolis graphiques.

Progrès : Minimes. Niveau de terreur : Maximum. Chances de succès : À déterminer.

Aussi, Magnus fait toujours ce truc où il feint un sang-froid diplomatique alors que des motifs de givre trahissent ses vraies émotions. Certaines choses ne changent jamais. Je ne suis pas sûre que ce soit réconfortant ou terrifiant.

Probablement les deux.

Mais sérieusement : quand il a touché mes épaules et m'a fait respirer, j'ai eu l'impression d'être à Frostbane avant que tout ne tourne mal. Comme si on pouvait vraiment y arriver. Et ça m'a fait plus peur que le feu ne l'a jamais fait.

J'ai refermé le journal avant de pouvoir écrire quoi que ce soit de plus révélateur, le rangeant avec la conscience inconfortable que demain, je devrais partager ces pensées avec la personne que j'avais passé trois ans à essayer d'oublier.

La personne qui venait de me rappeler que des exercices de respiration et la confiance pouvaient stabiliser le feu.

La personne qui pourrait vraiment croire que nous pouvions réussir.

Même si je n'y croyais pas moi-même.

La journée de demain allait être une catastrophe.

J'avais hâte.

CHAPITRE CINQ

VISITE AU TEMPLE DU FEU

MAGNUS

Le Temple du Feu se dressait à la lisière sud du campus de l'UNP, une structure qui semblait défier l'hiver lui-même. Là où tout le reste de l'université célébrait la glace, la neige et la beauté cristalline, le temple resplendissait de flammes éternelles qui ne consumaient jamais leur combustible, ne s'étendaient jamais au-delà de leurs limites désignées, ne menaçaient jamais le monde gelé qui les entourait.

En somme, c'était tout ce que la magie du feu de Nix n'était pas.

— Tu n'étais pas obligé de venir, a dit Nix pour la troisième fois depuis que nous avions quitté le campus principal. Elle marchait les bras enroulés autour d'elle-même malgré la chaleur qui émanait du temple devant nous, son malaise évident dans chaque ligne tendue de son corps.

— La professeure Blitzen nous a assigné une recherche commune sur la magie élémentaire ancestrale, ai-je répondu, en gardant un ton diplomate malgré l'épuisement qui menaçait ma contenance soigneusement entretenue. Les archives du Temple du Feu sont essentielles pour comprendre ta lignée magique.

— Ma lignée magique catastrophique, a-t-elle corrigé avec amertume. Celle qui met le feu à tout depuis avant que l'histoire ne soit consignée.

Je n'ai pas argumenté, principalement parce qu'elle n'avait pas tort. La lignée de la famille Emberwing était légendaire parmi les esprits du feu ; puissante, volatile, et sujette au genre de désastres spectaculaires qui devenaient des contes édifiants murmurés dans les couloirs des institutions.

Phoenix n'était pas la première Emberwing à lutter pour garder le contrôle.

Elle était simplement la première que j'avais personnellement échoué à aider.

L'entrée du temple était gardée par deux anciens esprits du feu dont les flammes brûlaient dans des tons de bleu et de blanc, le genre de contrôle de la température qui venait de siècles de pratique et d'une maîtrise absolue. Ils ont étudié Nix avec des expressions qui mêlaient la reconnaissance à la méfiance.

— Phoenix Emberwing, a dit l'esprit le plus âgé, sa voix crépitant comme du bois qui brûle. Nous nous demandions quand vous nous reviendriez.

— Nix, a-t-elle corrigé à voix basse. Seulement Nix, maintenant.

— Les noms ne changent pas les lignées, mon enfant. L'esprit a fait un geste vers l'entrée du temple, où les flammes s'écartèrent comme des rideaux pour révéler les archives au-delà. La section de vos ancêtres se trouve dans la chambre forte est. Troisième niveau, après les flammes commémoratives.

— Des flammes commémoratives ? ai-je demandé.

— Pour les Emberwing qui ont brillé d'un éclat trop vif, a

répondu l'esprit, son regard ne quittant jamais le visage de Nix. Il y en a beaucoup.

Les mots pesaient lourdement de sous-entendus alors que nous entrions dans le temple. À l'intérieur, l'air était lourd de chaleur et de magie ancienne, chaque surface sculptée de motifs de flammes qui semblaient danser bien qu'étant de pierre. Du feu magique flottait librement dans l'espace, entretenu par des esprits qui avaient dédié leur vie à la compréhension du pouvoir élémentaire dans sa forme la plus pure.

C'était magnifique. Sacré. Et à en juger par la façon dont Nix serrait sa sacoche de recherche à s'en blanchir les jointures, absolument terrifiant.

— Ça va ? ai-je demandé doucement alors que nous montions les escaliers vers le troisième niveau.

— Je suis dans un temple dédié à l'élément que je ne peux pas contrôler, entourée d'esprits qui maîtrisent tout ce que j'ai échoué à faire, en route vers un mémorial pour des membres de ma famille qui se sont littéralement consumés en essayant de gérer la même magie qui essaie actuellement de me dévorer de l'intérieur. Elle a ri, mais le son était cassant. Pourquoi est-ce que ça n'irait pas ?

Avant que je puisse formuler une réponse qui ne sonnerait pas comme une platitude diplomatique creuse, nous avons atteint la chambre forte est.

Les flammes commémoratives m'ont frappé en premier, des dizaines d'entre elles, chacune représentant un Emberwing qui avait perdu le contrôle. Certaines brûlaient d'un éclat vif et féroce, suggérant un pouvoir qui avait submergé son réceptacle. D'autres vacillaient, faibles et petites, évoquant une magie qui avait été réprimée jusqu'à consumer son détenteur de l'intérieur.

Toutes étaient des avertissements.

Nix s'est arrêtée à l'entrée de la chambre forte, sa respiration courte d'une manière qui n'avait rien à voir avec la montée.

— Je ne crois pas que je puisse faire ça, a-t-elle murmuré.

— Alors on s'en va. Je me suis mis à côté d'elle, sans la toucher, mais assez près pour offrir ma présence si elle en avait besoin. La recherche peut attendre.

— Non, elle ne peut pas. Elle s'est forcée à avancer, dépassant les flammes commémoratives pour entrer dans la chambre forte proprement dite. Si je dois survivre à ce projet final sans nous tuer tous les deux, j'ai besoin de comprendre ce que je combats.

La chambre forte est était plus petite que ce à quoi je m'attendais, bordée de registres de flammes cristallisées qui pulsaient de souvenirs stockés. Chacun représentait la lutte documentée d'un Emberwing avec la magie du feu, leurs triomphes, leurs échecs, leurs derniers instants avant que le pouvoir ne les consume entièrement.

Nix parcourait les registres avec un désespoir grandissant, lisant des inscriptions qui racontaient des histoires de génie et de destruction à parts égales.

— Seraphina Emberwing : Maîtrise du tissage de flammes à l'âge de douze ans. A perdu le contrôle lors de la défense territoriale. Victimes : dix-sept. Elle est passée au suivant. Marcus Emberwing : Pionnier des techniques de bouclier de feu. S'est consumé en tentant de protéger une institution magique défaillante. Victimes : lui-même.

— Nix...

— Phoenix Emberwing. Elle avait trouvé son propre registre, le cristal pas encore entièrement formé car son histoire n'était pas encore terminée. Mais ce qui était là a serré ma poitrine, emplie de reconnaissance. Sujet d'entraînement élémentaire expérimental. Perte de contrôle catastrophique à l'Académie de Frostbane.

Victimes : la confiance institutionnelle, une amitié, toutes perspectives d'avenir.

— Ce n'est pas... ai-je commencé, mais elle s'enfonçait déjà plus profondément dans la chambre forte, vers des registres qui précédaient l'histoire récente.

— Regarde ça. Elle a sorti un cristal ancien, ses flammes presque dormantes avec l'âge. Ember la Première. Matriarche originelle des Emberwing. Sa notation dit qu'elle a découvert que la magie du feu répond à l'opposition, qu'elle a besoin de quelque chose contre quoi se définir, sinon elle consume tout sans discernement.

Je me suis approché, lisant l'inscription par-dessus son épaule. Le texte était ancien, écrit en script de flammes qui vacillait et dansait sur la surface du cristal.

Le feu sans limite est une destruction sans but. Ce n'est que par l'opposition que la flamme trouve sa forme. Ne cherche pas à réprimer le chaos, mais à lui donner une structure par le contact avec ce que tu n'es pas.

— L'opposition, ai-je dit doucement, en pensant aux mots de la professeure Blitzen sur nos éléments qui se stabilisent mutuellement. Elle parle de partenariat élémentaire.

— Elle parle exactement de ce qui nous a détruits à Frostbane. Nix a reposé le cristal avec des mains tremblantes. Trouver quelque chose contre quoi pousser. Sauf que quand j'ai poussé contre ta glace, Magnus, tout a explosé.

— Parce que Frostbane n'a pas compris comment structurer cette opposition, ai-je argumenté, en sortant d'autres cristaux qui racontaient des histoires similaires. Regarde, voici une autre Emberwing qui s'est associée à un mage de la glace. Celeste Emberwing et... le géant du gel Thorvald. Ils ont développé quelque chose appelé la « Danse des Limites », une technique où le feu et la glace créent des points de pression délibérés qui forcent les deux éléments à se manifester de manière contrôlée.

Nix a pris le cristal, ses flammes s'étirant inconsciemment vers les souvenirs stockés. Au moment où son feu a touché le registre, le cristal a brillé intensément, projetant des images dans l'air entre nous.

Deux silhouettes sont apparues, un esprit du feu enveloppé de flammes pourpres, un géant du gel rayonnant d'un froid qui faisait se former de la glace sur chaque surface. Ils se déplaçaient ensemble dans des motifs qui étaient à la fois combat et danse, leurs éléments s'entrechoquant et se séparant dans des rythmes qui créaient de la beauté au lieu de la destruction.

— Ils ne s'harmonisent pas, a soufflé Nix, en regardant la façon dont le feu et la glace s'étincelaient l'un contre l'autre sans créer de réactions catastrophiques. Ils se défient mutuellement. Chaque mouvement est une opposition, mais une opposition contrôlée. Comme...

— Comme la structure et le chaos trouvant un équilibre par le contact lui-même, ai-je terminé, la compréhension se mettant en place. Le feu pousse, la glace résiste. La glace avance, le feu recule. Aucun élément ne domine, mais aucun ne se rend. Ils maintiennent une tension qui force les deux à prendre forme.

L'image a montré Celeste et Thorvald créant quelque chose d'extraordinaire, des murs de vapeur qui se solidifiaient en barrières, des motifs de givre qui canalisaient le feu en formations artistiques, des flammes qui découpaient la glace avec une précision chirurgicale.

— C'est incroyable, a murmuré Nix.

— C'est ce que nous étions supposés apprendre à Frostbane, ai-je dit, la frustration montant contre les institutions qui nous avaient tous les deux trahis. Pas la suppression ou l'harmonisation, mais l'opposition structurée.

La projection a vacillé et a changé, montrant la fin de l'histoire de Celeste et Thorvald. L'âge les rattrapant tous les deux, leurs éléments dansant toujours alors que leurs corps défaillaient. L'image finale les a montrés ensemble, le feu et la glace fusionnés d'une manière qui créait quelque chose que ni l'un ni l'autre n'aurait pu accomplir seul.

Puis le cristal s'est éteint.

Nix est restée silencieuse un long moment, ses flammes dansant autour de ses mains dans des motifs qui ressemblaient presque aux mouvements que nous venions de voir.

— Tu penses qu'on pourrait l'apprendre ? a-t-elle demandé doucement. La Danse des Limites ?

— Je pense que nous devons essayer, ai-je répondu. Parce que l'alternative est de passer le reste de notre vie à fuir des éléments qui font partie de ce que nous sommes.

Elle s'est tournée pour me faire face complètement, et dans la lumière éternelle du temple, je pouvais voir à la fois l'espoir et la terreur se livrer bataille dans son expression.

— J'ai peur, Magnus. L'aveu est sorti, brut et honnête. Pas seulement d'échouer au projet final ou de réduire l'UNP en cendres. J'ai peur que si nous réussissons vraiment, si nous apprenons à travailler ensemble comme Celeste et Thorvald, nous prouverons que Frostbane était de ma faute. Que j'aurais pu le contrôler si j'avais juste été plus forte, ou plus courageuse, ou moins brisée.

La douleur dans sa voix a fait craquer quelque chose dans ma contenance soigneusement entretenue. — Frostbane n'était pas de ta faute.

— Si, ça l'était...

— Ça ne l'était pas. Je me suis rapproché, du givre se formant sur le sol de pierre où mes pieds touchaient. Tu n'étais qu'une enfant entraînée à des techniques expérimentales par une institution plus intéressée par les résultats que par la sécurité. Ils nous ont poussés trop vite, ont exigé la maîtrise sans construire les fondations, et quand tout s'est effondré, ils t'ont blâmée au lieu de leurs propres échecs.

— Tu ne sais pas...

— Je sais que tu as passé des années à croire que tu étais le désastre qui a tout détruit. Les mots sont sortis, emplis d'une conviction que je ne savais pas pouvoir atteindre. Je le sais parce que j'ai passé trois ans à croire la même chose de moi-même. Que si j'avais été plus fort, plus contrôlé, meilleur à gérer mes propres éléments, j'aurais pu te sauver. Nous sauver tous les deux.

Nix me dévisageait, des flammes vacillant autour de ses mains dans des motifs qui semblaient vouloir s'étirer vers moi. — Tu penses que tu m'as laissée tomber ?

— Je sais que je l'ai fait. L'aveu a donné l'impression d'enlever une armure que je portais depuis si longtemps que j'avais oublié qu'elle était là. Tu étais mon amie, Nix. Ma partenaire à chaque session d'entraînement. Et quand les choses ont mal tourné, je me suis figé, littéralement et au figuré. J'ai choisi l'instinct de survie plutôt que de te protéger, et j'ai passé mon temps depuis à prouver à tout le monde que je suis digne d'une confiance que je ne suis pas sûr de mériter.

— Magnus...

— Alors oui, ai-je continué... Je pense que nous pourrions apprendre la Danse des Limites. Parce que l'alternative est de continuer à nous punir pour des échecs qui n'étaient pas entière- ment les nôtres. Et j'en ai marre de fuir la seule personne qui comprenait vraiment ce que ça faisait d'avoir une magie qui exigeait plus que ce que nous savions donner.

Le silence s'est étiré entre nous, rempli par le feu du temple et la magie ancienne, et trois années de distance soigneusement maintenue ont commencé à se fissurer.

— J'ai écrit dans mon journal hier soir, a finalement dit Nix, sa voix stable malgré les flammes qui dansaient autour de ses doigts. Sur le fait que, quand tu as touché mes épaules pendant notre première session, j'ai eu l'impression de revivre Frostbane avant que tout ne tourne mal. Sur le fait que ça m'a fait plus peur que le feu.

— Pourquoi est-ce que ça t'a fait peur ? ai-je demandé, bien qu'une partie de moi connaisse déjà la réponse.

— Parce que me sentir en sécurité avec toi, sentir que peut-être nous pourrions vraiment nous équilibrer, signifie risquer tout ce que j'ai construit pour me protéger. Elle a rencontré mon regard directement. Ça signifie te faire confiance pour ne pas te figer quand les choses deviennent difficiles. Et me faire confiance pour ne pas tout réduire en cendres quand j'ai peur.

— Je ne peux pas promettre que je ne me figerai pas, ai-je dit honnêtement. Le contrôle diplomatique que j'ai passé des années à perfectionner est littéralement une armure de givre contre tout ce qui menace mon avenir soigneusement planifié. Mais Nix, je peux te promettre que cette fois, si tu as besoin de moi, je fondrai.

Quelque chose a changé dans son expression, l'espoir perçant à travers la peur comme une flamme à travers la glace.

— C'était presque romantique, a-t-elle dit, tentant un humour qui ne masquait pas tout à fait l'émotion sous-jacente. D'une manière profondément ringarde et axée sur la magie élémentaire.

— La diplomatie est mon langage amoureux, ai-je répondu d'un ton sec.

Elle a ri, et cette fois, le son était sincère. — On est de vrais désastres.

— Des désastres contrôlés, ai-je corrigé. Ou nous le serons, une fois que nous aurons appris à danser.

Nix a de nouveau regardé le cristal qui avait révélé le partenariat de Celeste et Thorvald, ses flammes s'étirant vers sa surface dormante avec quelque chose qui ressemblait à de la nostalgie.

— Demain, a-t-elle dit. Nous demanderons à la professeure Blitzen pour la Danse des Limites. Pour voir si c'est réellement possible ou si nous nous faisons simplement des illusions avec de l'histoire ancienne.

— Demain, ai-je acquiescé.

Mais alors que nous quittions la chambre forte, passant devant les flammes commémoratives qui murmuraient des avertissements sur les Emberwing qui avaient brillé d'un éclat trop vif, je n'ai pas pu me défaire du sentiment que nous avions franchi un seuil dans ce temple.

Nous étions passés de partenaires assignés essayant de survivre à une collaboration obligatoire à deux personnes envisageant réellement que travailler ensemble pourrait être possible.

Terrifiant. Exaltant. Probablement catastrophique.

Absolument inévitable.

À l'extérieur du temple, l'hiver a repris ses droits, la neige tombant douce et persistante, les aurores peignant le ciel dans des teintes qui rivalisaient avec les flammes intérieures. Le contraste entre le feu et la glace ressemblait moins à une opposition qu'à une conversation.

— Magnus ? La voix de Nix était empreinte d'incertitude. Ce que tu as dit là-dedans, sur le fait d'avoir choisi l'instinct de survie plutôt que de me protéger à Frostbane...

— Je le pensais. J'ai gardé mon regard droit devant, observant la neige se déposer sur le sol gelé. J'ai passé trois ans à avoir honte de ce choix.

— Ne le sois pas. Elle s'est arrêtée de marcher, me forçant à me tourner vers elle. J'ai passé tout ce temps à souhaiter que tu aies choisi l'instinct de survie plus tôt. Avant que tu ne sois blessé en essayant de contenir mon feu. Avant que ma perte de contrôle ne te tue presque.

Nous portions tous les deux la culpabilité pour le même incident, tous deux certains d'avoir laissé tomber l'autre, tous deux fuyant une magie qui exigeait une confiance que nous avions trop peur de donner.

— On est des idiots, ai-je dit finalement.

— De parfaits idiots, a-t-elle convenu. Mais au moins, nous sommes constants dans notre stupidité. Ça compte pour quelque chose.

— Vraiment?

— Probablement pas. Mais je choisis l'optimisme plutôt que la précision pour ce soir. Elle a recommencé à marcher, ses flammes laissant des traces chaudes dans l'air hivernal. Demain, nous pourrons recommencer à être terrifiés à l'idée de tout détruire. Ce soir, je vais juste faire semblant que nous pourrions survivre à ce projet final sans victimes.

— Stratégie audacieuse, ai-je dit.

— Je suis une personne audacieuse, a-t-elle répliqué. Catastrophiquement audacieuse. C'est pratiquement ma marque de fabrique.

J'ai presque souri. Presque laissé ma contenance diplomatique se fissurer assez pour montrer l'espoir qui tentait de faire surface sous mon armure de givre.

Presque admis que marcher à côté d'elle, le feu et la glace existant dans le même espace sans destruction, ressemblait à ce que j'avais connu de plus proche de la paix depuis des années.

Mais la diplomatie était une habitude, et l'espoir était dangereux, et admettre tout cela signifierait reconnaître que Nix Ember devenait quelque chose de plus qu'une partenaire assignée.

Elle devenait la personne qui me donnait envie d'apprendre à danser.

Même si cela signifiait risquer tout ce que j'avais construit pour me garder en sécurité.

Même si cela signifiait fondre quand elle aurait besoin de moi, peu importe les conséquences.

Même si cela signifiait faire confiance au fait que le feu et la glace pouvaient créer de la beauté au lieu de la catastrophe.

Demain, nous affronterions la professeure Blitzen et poserions des questions sur d'anciennes techniques impossibles.

Ce soir, je marchais simplement à côté de quelqu'un qui comprenait ce que ça faisait d'être terrifié par son propre pouvoir.

Et j'essayais de ne pas remarquer à quel point il semblait naturel d'accorder mes pas aux siens, comment l'opposition entre nos éléments commençait à ressembler moins à un danger qu'à un potentiel.

J'essayais de ne pas espérer que peut-être, éventuellement, contre toute évidence et histoire institutionnelle, nous pourrions vraiment y arriver.

Mais l'espoir, comme le feu, était difficile à contrôler une fois qu'il commençait à brûler.

Et en m'éloignant du Temple du Feu, je pouvais sentir les deux commencer à faire fondre le givre prudent que j'avais maintenu autour de tout ce qui comptait.

Terrifiant. Inévitable. Probablement catastrophique.

Ça en valait absolument la peine.

CHAPITRE SIX

AVERTISSEMENTS ET MURMURES

N^{IX} Le Grand Réfectoire de Cristal bourdonnait de ce chaos maîtrisé qui naît lorsque des centaines d'étudiants essaient de manger, de socialiser et d'éviter des désastres scolaires simultanément. J'étais assise seule à une table dans un coin, tripotant la nourriture dans mon assiette tout en relisant les notes que Magnus et moi avions compilées au Temple du Feu, quand Dylan Vixen s'est laissé tomber sur la chaise en face de moi.

— Alors, a-t-il dit avec le charme caractéristique d'un métamorphe-renard qui devait probablement le tirer de la plupart des mauvais pas... tu es la fameuse Phoenix Emberwing. L'elfe de feu en binôme avec notre ours polaire diplomate préféré pour le projet de fin d'études qui est actuellement le sujet de ragots numéro un du campus.

J'ai posé ma fourchette avec un soin délibéré. — Nix. Et si tu es là pour me prévenir du danger de ce partenariat, tu es à peu près la quinzième personne aujourd'hui. Je tiens les comptes.

— En fait, a dit Dylan, son grand sourire s'effaçant pour

laisser place à quelque chose de plus sincère... je suis là parce que Lyra m'a envoyé pour fouiner en son nom. Elle est trop polie pour t'interroger directement, mais en tant qu'agent du chaos repenti, je n'ai pas de tels scrupules.

Malgré moi, j'ai failli sourire. — Repenti ?

— Presque repenti. Il y a eu un incident avec des gargouilles et de l'opéra-rock dont nous ne parlons pas. Il s'est penché en avant, ses yeux verts vifs d'une intelligence qui ne cadrait pas avec son allure décontractée. Mais sérieusement, comment tu tiens le coup ? Magnus est l'une des personnes les plus maîtrisées que j'aie jamais rencontrées, ce qui veut dire que faire équipe avec quelqu'un dont la magie est littéralement incontrôlable doit créer une tension intéressante.

— C'est une façon de voir les choses, ai-je marmonné. Catastrophique en est une autre.

— Tu vois, c'est ce que je pensais aussi. Mais voilà le truc... Dylan a sorti ce qui ressemblait à des notes de recherche couvertes à la fois de son écriture et de l'écriture élégante que j'ai reconnue comme étant celle de Lyra. Ma petite amie est un génie de la magie de la lumière qui a passé sa deuxième année en binôme avec un métamorphe-renard du chaos dont tout le monde disait qu'il serait sa ruine académique. On était un désastre. On a déclenché toutes les alarmes du campus, on a failli se faire expulser, et on a prouvé que des signatures magiques opposées pouvaient soit créer un échec catastrophique, soit un succès révolutionnaire.

Il a poussé les notes vers moi. — Ça, ce sont les comptes rendus de nos sessions de notre premier mois de travail en commun. Tu remarques quelque chose de familier ?

J'ai parcouru les pages, y voyant des schémas qui m'ont serré la poitrine tant je les reconnaissais. Des pics magiques quand les émotions s'emballaient. Des explosions de vapeur, enfin, des explosions d'aurores dans leur cas, lorsque leurs éléments se sont touchés pour la première fois. Une stabilisation progressive grâce à un contact structuré et une honnêteté émotionnelle forcée.

— Vous vous êtes stabilisés l'un l'autre, ai-je dit doucement.

— Finalement. Après beaucoup de désastres et une professeure Lumina très patiente, qui n'a pas baissé les bras avec nous. L'expression de Dylan est devenue sérieuse. Nix, je ne suis pas là pour te mettre en garde contre le danger. Je suis là pour te dire que les partenariats dangereux sont parfois ceux pour lesquels il vaut la peine de se battre. Parce que oui, Magnus et toi pourriez créer des échecs spectaculaires. Mais vous pourriez aussi créer quelque chose qu'aucun de vous ne pourrait accomplir seul.

— Ou on mettra le feu à l'UPN et on prouvera à tout le monde que les éléments instables sont incompatibles, ai-je rétorqué, mais sans conviction.

— C'est possible. Mais voilà ce que j'ai appris... Dylan s'est levé, se préparant à partir mais s'arrêtant pour croiser mon regard directement. Les gens qui nous ont prévenus, Lyra et moi, du danger de la magie de partenariat n'avaient pas tort. Ils se concentraient juste sur le mauvais danger. Le vrai risque n'était pas que notre magie nous détruise mutuellement. C'était qu'on ait trop peur de faire confiance à ce qu'on était en train de construire, parce que tout le monde nous disait que c'était impossible.

Il est parti avant que je puisse formuler une réponse, me laissant avec des notes de recherche et la conscience désagréable que Magnus et moi n'étions peut-être pas le premier partenariat impossible à faire face au scepticisme institutionnel.

J'étais encore en train de digérer cette révélation quand Ivy Snowfall est apparue à ma table, sa magie d'elfe de lumière projetant une douce illumination sur mes documents de recherche.

— Je peux ? a-t-elle demandé en désignant le siège que Dylan venait de quitter.

— Si tu es là pour ajouter une autre encoche à mon compte d'« avertissements sur les partenariats dangereux »...

— Je suis là parce que j'ai failli tuer Rowan l'année dernière, a interrompu Ivy tranquillement, en s'installant sur la chaise avec la grâce propre à son héritage d'elfe. Notre lien de partenariat a été utilisé comme une arme par des gens qui voulaient contrôler l'infrastructure magique de l'UPN. Nous avons failli mourir. Plusieurs fois. Et tout le monde nous disait que le partenariat était trop dangereux, trop instable, un risque trop grand pour trop peu de récompense.

Elle a sorti son propre journal, étrangement similaire à celui que la professeure Blitzen nous avait donné, à Magnus et à moi. — Voici mes notes sincères de troisième année. La peur, la certitude que j'allais détruire tout ce pour quoi Rowan avait travaillé, la conviction absolue que j'étais le boulet qui ruinerait nos deux avenirs.

— Pourquoi tu me montres ça ? ai-je demandé.

— Parce que tu as mis le feu à un traîneau en arrivant et qu'on t'a immédiatement assigné le projet de fin d'études le plus controversé de l'histoire récente de l'UPN. Parce que j'ai vu ton regard quand les gens chuchotent à propos de Frostbane, comme si tu attendais le moment où ils réaliseront que tu es exactement le désastre qu'ils craignent. Parce que j'ai été cette personne, Nix. Et je suis là pour te dire que les murmures ne te définissent pas. Ta magie ne te définit pas. Seuls tes choix le font.

Elle s'est levée, laissant son journal sur la table. — Lis-le si tu veux. Ou pas. Mais sache que les partenariats terrifiants ont un historique de succès à l'UPN dont personne ne parle, parce que l'échec fait de meilleurs ragots que le triomphe.

Je l'ai regardée partir, les doigts me démangeant d'ouvrir ce journal et de voir la preuve que des partenariats impossibles pouvaient réellement fonctionner. Mais avant que je n'aie pu le faire, Fiona Prancer s'est glissée sur le siège désormais vacant avec la grâce assurée de quelqu'un qui est à la fois l'héritière d'une lignée légendaire de métamorphes-rennes et qui a réussi un partenariat avec un véritable prince.

— Laisse-moi deviner, ai-je dit d'un ton sec. Tu es là pour m'offrir ta sagesse sur les partenariats dangereux parce que le prince Elian et toi avez failli provoquer une crise politique inter-cours ?

— En fait, a dit Fiona avec un sourire qui suggérait qu'elle avait entendu parler de mon système de comptage... Je suis là parce que Connor m'a demandé de prendre de tes nouvelles, loyauté familiale, tu sais. C'est mon cousin, et il se souvenait de toi des sessions d'intégration. Il a dit que tu étais sur son radar depuis, et il voulait s'assurer que tu ne te noyais pas sous la pression institutionnelle.

Attends. — Connor Prancer est ton cousin ?

— Et le petit ami de Kayla, a confirmé Fiona. Le monde magique est petit. Il devient encore plus petit quand on compte le nombre de personnes qui observent pour voir si Magnus et toi allez soit révolutionner la théorie du partenariat élémentaire, soit prouver que certaines formes de magie sont vraiment incom-patibles.

— Aucune pression, ai-je marmonné.

— Aucune, a acquiescé joyeusement Fiona. Mais voilà ce que j'ai appris en première année : les gens qui comptent ne sont pas ceux qui murmurent sur le danger. Ce sont ceux qui se présentent quand les choses deviennent difficiles et refusent de te laisser y faire face seule. Elian et moi avions la professeure Blitzen, Connor, et finalement tout un réseau de personnes qui ont choisi de croire en notre partenariat même quand nous n'étions pas sûrs d'y croire nous-mêmes.

Elle s'est penchée en avant, son expression devenant sérieuse. — Tu as Magnus. Je le connais depuis trois ans, et je ne l'ai jamais vu regarder quelqu'un comme il te regarde, comme si tu étais à la fois sa plus grande peur et sa plus grande priorité. Ce genre d'intensité concentrée de la part de quelqu'un d'aussi maîtrisé que Magnus ? Ce n'est pas de la simple obéissance pour un devoir. C'est quelque chose qui mérite d'être protégé.

— Même si ça risque de tout réduire en cendres ? ai-je demandé doucement.

— Surtout dans ce cas, a dit Fiona. Parce que Nix, tu ne vas pas tout réduire en cendres. Tu vas réduire en cendres toutes les fausses croyances sur ce dont tu es capable. Et Magnus va faire fondre toutes les défenses diplomatiques qu'il a construites pour se protéger. Et ensemble, vous allez prouver que l'opposition crée des possibilités.

Elle est partie avant que je puisse assimiler cette forme particulière d'optimisme, me laissant seule à une table couverte de notes de recherche, de journaux empruntés et de la conscience grandissante que peut-être, éventuellement, les murmures sur les partenariats dangereux passaient à côté de quelque chose de fondamental.

Ils se concentraient sur le danger de l'échec.

Personne ne parlait des dangers de la réussite.

Le danger de faire réellement confiance à quelqu'un au point de le laisser voir vos pires moments. Le danger de permettre au partenariat de compter plus que l'instinct de survie. Le danger de découvrir que vos éléments supposément incompatibles pourraient créer quelque chose d'extraordinaire si vous étiez assez courageux pour risquer la catastrophe.

Un mouvement près de la section des archives a attiré mon

attention, deux silhouettes émergeant d'entre de hautes étagères, leurs têtes penchées l'une vers l'autre pour discuter d'un texte ancien qui semblait enveloppé dans des enchantements protecteurs. Les cheveux blanc argenté de l'elfe des tempêtes et les traits givrés de la sorcière de l'hiver les ont immédiatement distingués : Theo Stormweaver et Eira Frostwind, le couple de deuxième année dont les rumeurs sur le projet de fin d'études suggéraient qu'il impliquait des artefacts cryptiques et une histoire magique oubliée.

Ils ne m'avaient pas remarquée, trop absorbés par la découverte qu'ils venaient de faire. Theo a pointé quelque chose dans le texte, son expression animée malgré l'heure tardive, tandis qu'Eira traçait des runes protectrices avec une précision minutieuse. Ils se déplaçaient avec une sorte de synchronisation inconsciente qui témoignait d'un partenariat profond, pas le genre dramatique et instable que Magnus et moi tentions, mais quelque chose de plus calme. De plus stable. Construit sur une curiosité partagée plutôt que sur une collaboration forcée.

Alors qu'ils passaient près de ma table, j'ai saisi un fragment de leur conversation : « ... troisième référence à la Convergence Aurorale, ce qui signifie que le timing n'est pas une coïncidence, et si les Fondateurs ont vraiment intégré des sécurités dans l'architecture du campus... »

Ils ont disparu en direction des collections restreintes, me laissant avec l'impression que leurs recherches allaient plus loin qu'un simple travail académique. Le genre d'enquête mystérieuse et magique qui suggérait que leur parcours après l'obtention de leur diplôme impliquerait de percer des secrets plutôt que de suivre des carrières traditionnelles.

Je les ai ajoutés à ma liste mentale de partenariats impossibles qui fonctionnaient d'une manière ou d'une autre.

J'étais encore en train de digérer la situation quand Magnus est apparu à ma table, des motifs de givre se formant sur la surface là où ses doigts la touchaient.

— On dirait que tu as passé une soirée intéressante, a-t-il observé, en étudiant la collection de documents étalés sur la table.

— Tes amis sont terrifiants, ai-je répondu. Ils n'ont pas arrêté de défiler pour me raconter des histoires de partenariats dangereux qui ont réussi contre toute attente. C'est comme si quelqu'un avait organisé une intervention à l'envers.

L'expression de Magnus a changé pour quelque chose qui aurait pu être de l'amusement sous son calme diplomatique. — Dylan ?

— Il a commencé. Puis Ivy, puis Fiona. Je crois qu'il y a un complot.

— Certainement un complot, a convenu Magnus en s'installant sur le siège en face de moi. Lyra m'a coincé après mon séminaire de Politique et Diplomatie pour me faire part d'environ trois ans de recherche sur les signatures magiques opposées créant une harmonie inattendue. Apparemment, la professeure Lumina a des archives entières sur les partenariats impossibles qui ont réussi.

— Ils nous donnent de l'espoir, ai-je dit, sans savoir si c'était merveilleux ou terrifiant.

— On dirait bien. Magnus a examiné les journaux empruntés étalés sur la table. La question est de savoir si nous sommes assez courageux pour y croire.

J'ai pensé à tout ce que j'avais appris. À la Danse de la Frontière de Celeste et Thorvald. À la révolution du chaos et de la lumière de Dylan et Lyra. À la résistance architecturale de Rowan et Ivy. Au triomphe politique d'Elian et Fiona.

Au schéma qui émergeait de chaque partenariat impossible, ce succès ne venait pas de l'élimination de l'opposition, mais de sa structuration en quelque chose de délibéré.

— J'ai écrit dans mon journal aujourd'hui, ai-je dit doucement. Sur le Temple du Feu. Sur Celeste et Thorvald. Sur le fait que Frostbane a peut-être échoué parce qu'ils essayaient de nous faire nous harmoniser alors que nous étions censés apprendre à nous défier l'un l'autre.

— J'ai écrit quelque chose de similaire, a admis Magnus en sortant son propre journal avec une réticence visible. Sur le fait que j'ai passé trois ans à avoir honte de t'avoir fait échouer, alors que le véritable échec était peut-être l'institution qui exigeait la perfection d'étudiants qui apprenaient encore les bases.

Nous sommes restés assis en silence un instant, tous les deux fixant des journaux qui contenaient une honnêteté qu'aucun de nous n'était tout à fait prêt à partager.

— On devrait probablement les lire, ai-je dit. Le devoir du journal commun implique d'être réellement vulnérables l'un envers l'autre.

— Probablement, a convenu Magnus, sans faire le moindre geste pour ouvrir son journal.

— Demain ? ai-je suggéré.

— Demain, a-t-il confirmé, le soulagement évident dans les motifs de givre qui s'étaient formés et dissous sur la table tout au long de notre conversation.

Mais cette fois, alors que nous rangions nos affaires et nous préparions à quitter le réfectoire, quelque chose semblait différent. Les murmures étaient toujours là, les étudiants spéculant sur le fait que notre partenariat se terminerait en triomphe ou en désastre. Les avertissements demeuraient, des amis bien intentionnés s'inquiétant des risques que nous prenions.

Mais sous tout cela, il y avait autre chose. Une fondation qui se construisait sur l'honnêteté, l'espoir et la volonté d'essayer réellement au lieu de fuir la peur.

— Même heure demain pour notre session avec la professeure Blitzen ? a demandé Magnus alors que nous arrivions à l'endroit où nos chemins se séparaient, lui vers la Tour du Givre, moi vers l'Aile du Feu.

— Même heure, ai-je confirmé. Et Magnus ? Ce que tu as dit dans le temple, que tu fondrais quand j'aurais besoin de toi...

— Je le pensais, m'a-t-il interrompu avant que je puisse terminer.

— Je sais. C'est ça qui me fait peur. Je me suis forcée à croiser son regard directement. Parce que si tu tiens vraiment cette promesse, je vais devoir tenir la mienne de ne pas tout réduire en cendres quand j'ai peur. Et Nix Ember qui contient son feu quand les émotions s'emballent ? C'est beaucoup demander.

— Est-ce que ce n'est pas aussi beaucoup demander à Magnus Polaris de laisser fondre son contrôle diplomatique pour le bien de quelqu'un d'autre ? a-t-il répliqué. Je suppose que nous allons tous les deux devoir nous hisser à des normes impossibles.

— Je suppose. J'ai souri malgré la peur qui s'enroulait dans ma poitrine. Aucune pression, ou quoi que ce soit.

— Aucune, a convenu Magnus, faisant écho au commentaire de Fiona avec assez d'humour pince-sans-rire pour me faire rire.

Il est parti en direction de la Tour du Givre, et je me suis dirigée vers l'Aile du Feu, tous deux transportant des journaux remplis d'une honnêteté que nous n'étions pas tout à fait prêts à partager et d'un espoir auquel nous n'étions pas tout à fait prêts à croire.

Derrière nous, les murmures continuaient. Des avertissements sur le danger. Des spéculations sur l'échec. Des inquiétudes sur des partenariats instables détruisant la stabilité institutionnelle.

Mais devant nous, à peine visible dans l'obscurité peinte d'aurores, se trouvait la possibilité que peut-être, éventuellement, ces murmures avaient tort.

Peut-être que l'opposition n'était pas l'incompatibilité.

Peut-être que la structure et le chaos pouvaient danser.

Peut-être que le feu et la glace pouvaient créer quelque chose qu'aucun des deux éléments ne pourrait accomplir seul.

Nous devrions faire face à la professeure Blitzen et l'interroger sur des techniques anciennes qui pourraient être impossibles à apprendre.

Pour l'instant, je marchais simplement dans l'obscurité hivernale avec des flammes dansant autour de mes doigts et la certitude grandissante que Magnus Polaris allait détruire chaque mur défensif que j'avais construit pour protéger les gens de mon feu.

Et la partie terrifiante n'était pas la destruction.

C'était à quel point j'avais envie de le laisser faire.

À quel point j'avais envie de croire que son givre pouvait structurer mes flammes sans les supprimer. Que son contrôle pouvait donner forme à mon chaos sans éliminer ce qui le rendait puissant. Qu'ensemble, nous pouvions prouver à tout le monde que les partenariats impossibles n'étaient pas condamnés à un échec catastrophique.

J'ai sorti mon journal une fois arrivée dans ma suite, fixant les pages blanches qui exigeaient une vulnérabilité que je n'étais pas sûre de posséder.

Jour Deux : Visité le Temple du Feu. Appris la Danse de la Frontière grâce à des ancêtres qui ont compris ce que Frostbane n'a jamais compris, que le feu a besoin d'opposition pour trouver sa forme. Magnus a dit qu'il fondrait quand j'aurai besoin de lui. J'essaie de décider si c'est la chose la plus romantique ou la plus terrifiante que quelqu'un m'ait jamais promise.

Probablement les deux.

Tout le monde n'arrête pas de partager des histoires de partenariats dangereux qui ont réussi. Ça me donne de l'espoir, ce qui est dangereux parce que l'espoir signifie risquer la possibilité que je ne sois peut-être pas le désastre que j'ai cru être pendant trois ans.

Demain, nous sommes censé échanger nos journaux. Demain, je dois laisser Magnus voir les parties de moi qui ne sont pas de l'autodérision sarcastique. Demain, je dois croire qu'il ne se figera pas quand il réalisera à quel point j'ai peur.

La journée de demain va être terrible.

J'ai hâte.

J'ai refermé le journal, le rangeant avec la conscience que demain apporterait soit une percée, soit un désastre.

Probablement les deux.

Mais pour ce soir, je me suis juste permis d'espérer que peut-être, éventuellement, Magnus et moi étions en train de construire quelque chose qui en valait la peine.

Même si cela signifiait de réduire en cendres toutes les défenses que j'avais jamais construites.

Même si cela signifiait de faire assez confiance à quelqu'un pour lui montrer mon feu sans armure.

Même si cela signifiait de découvrir que les murmures sur le danger avaient raison, mais que le danger n'était pas la destruction.

C'était la transformation.

Et la transformation, je commençais à l'apprendre, ressemblait toujours à une brûlure avant de ressembler à un envol.

CHAPITRE SEPT

LA FORGE DU FUTUR

MAGNUS

La Forge du Futur se trouvait à l'extrémité nord du campus, un bâtiment cristallin conçu pour les projets de fin d'études des étudiants de dernière année qui nécessitaient des environnements spécialisés. Chaque suite était enchantée pour simuler différentes conditions magiques : la chaleur du désert pour les praticiens de la magie du sable, les profondeurs de l'océan pour les esprits de l'eau, les systèmes orageux pour les manipulateurs de météo.

Et pour Nix et moi, une chambre capable de contenir le genre d'opposition élémentaire qui pourrait soit créer une percée, soit une catastrophe.

La professeure Blitzen nous avait assigné des heures d'entraînement privé ici, loin de l'équipement de surveillance et de l'atmosphère clinique du Laboratoire d'Équilibre Élémentaire. « Vous avez besoin d'espace pour pouvoir échouer sans public », nous avait-elle dit, ses yeux brillants comme des éclairs nous jaugeant tous les deux avec une précision déconcertante. « L'honnêteté émotionnelle requiert de l'intimité. »

C'est ainsi que je me suis retrouvé devant la Suite 714, tenant deux journaux et avec la conscience désagréable que l'heure suivante exigerait une vulnérabilité que j'avais passé trois ans à éviter.

La porte s'est ouverte avant que j'aie pu frapper.

— Tu es en avance, a dit Nix, l'air tout aussi incertaine que moi sur ce que nous nous apprêtions à faire. Elle portait une tenue d'entraînement décontractée au lieu de la tenue formelle que la plupart des étudiants de dernière année privilégiaient, ses cheveux roux et or attachés en arrière d'une manière qui la faisait paraître plus jeune. Vulnérable.

Comme la fille que j'avais connue.

— La ponctualité est une vertu diplomatique, ai-je répondu, me retranchant derrière des tournures formelles parce qu'elles étaient plus sûres que d'admettre que j'avais fait les cent pas devant la Tour de Glace pendant vingt minutes, essayant de me convaincre que ce n'était pas une idée exécrable.

— C'est ça. Parce que c'est tout à fait une réunion diplomatique. Elle s'est écartée pour me laisser entrer, des flammes dansant autour de ses doigts en motifs qui trahissaient sa nervosité. — Pas du tout deux personnes sur le point de partager des journaux pleins d'une honnêteté émotionnelle qu'elles préféreraient mettre au feu plutôt que d'en discuter.

La suite était plus petite que ce à quoi je m'attendais, dominée par un espace d'entraînement central avec des murs renforcés capables de résister à des événements magiques de catégorie 5. Mais quelqu'un, probablement Nix, avait ajouté des coussins dans la zone d'observation, créant un espace qui ressemblait moins à un laboratoire qu'à un endroit où les gens pourraient réellement avoir des conversations.

— J'ai apporté du thé, a-t-elle dit en désignant une installation à l'allure étrangement domestique. — Parce qu'apparemment, affronter ses plus grandes peurs est plus facile avec une boisson. Ou du moins, c'est ce que suggérait le manuel du service d'orientation.

— Tu as lu le manuel du service d'orientation ?

— J'ai lu tous les manuels sur la gestion de la magie volatile et la régulation émotionnelle que contient la bibliothèque de l'UPN. Elle a versé le thé avec des mains qui tremblaient légèrement. — Trois ans à me préparer au moment où quelqu'un me donnerait une autre chance. Je ne voulais pas la gâcher en n'étant pas préparée.

Cet aveu m'a touché plus que de raison. J'avais passé des années à bâtir des références diplomatiques et des relations politiques. Elle les avait passées à essayer de prouver qu'on pouvait lui faire confiance pour ne pas tout réduire en cendres.

Nous nous sommes installés dans la zone des coussins, les journaux fermés entre nous comme des engins non explosés.

— Alors, a dit Nix après un silence qui s'était un peu trop étiré. — Comment on fait ? On commence juste à lire à voix haute ? À tour de rôle ? On prétend qu'on est tous les deux assez matures émotionnellement pour la vulnérabilité et on espère que tout se passe pour le mieux ?

— On pourrait commencer par pourquoi ça nous terrifie, ai-je suggéré, me surprenant moi-même par cette honnêteté. — Avant de lire ce qu'on a écrit.

Nix m'a étudié un long moment, des flammes vacillant autour de sa tasse de thé en motifs qui semblaient presque vouloir m'atteindre. — Vas-y en premier. Tu es meilleur avec les mots.

— Je suis meilleur en dérobades diplomatiques, l'ai-je corrigée. — Il y a une différence.

— Alors, esquive diplomatiquement en direction de l'honnê-teté, a-t-elle dit avec un léger sourire. — Je te l'autorise.

J'ai pris une inspiration, du givre se formant sur mes paumes dans une manifestation inconsciente de ce contrôle qui était à la fois ma plus grande force et mon plus grand défaut.

— Je suis terrifié, ai-je dit doucement... — que si je te laisse voir ce qu'il y a vraiment dans mon journal, la peur, l'incertitude et toutes les manières dont je ne suis pas la personne contrôlée et diplomatique que je prétends être, tu réaliseras que je suis exacte-ment aussi brisé que toi. Frostbane n'a pas seulement échoué à cause de l'incompétence de l'institution. Ça a échoué parce qu'aucun de nous n'était assez fort pour sauver l'autre.

Nix a posé son thé avec un soin délibéré. — Et ça te terrifie parce que... ?

— Parce que si nous sommes tous les deux brisés, alors ce partenariat est voué à l'échec dès le départ. Deux personnes frac-turées ne peuvent pas créer de la stabilité. Elles ne font qu'ampli-fier les blessures de l'une et de l'autre jusqu'à ce que tout s'effondre. Les mots sortaient plus vite maintenant, une honnê-teté que j'avais réprimée pendant des jours perçant enfin à travers mon contrôle diplomatique. — Et si ce partenariat échoue, si je ne suis même pas capable de gérer un projet de fin d'études collabo-ratif avec quelqu'un que je connais déjà, alors chaque membre du Conseil qui m'évalue verra exactement ce que j'ai caché : que je ne suis pas digne de l'héritage des Polaris ou du poste pour lequel j'ai travaillé.

— Donc ta terreur est professionnelle, a dit Nix lente-ment. — Liée au fait de te prouver digne des attentes.

— Et personnelle, ai-je admis, croisant son regard malgré chaque instinct qui hurlait de maintenir une distance défen-sive. — Parce que, Nix, tu n'es pas seulement ma partenaire de projet de fin d'études. Tu es la personne qui me connaissait avant que j'apprenne à cacher tout ce qui était sauvage et incontrôlé derrière un sang-froid diplomatique. Tu as vu la force d'ours que je réprime, les réactions instinctives que je me suis entraîné à enfouir, les parties de moi qui ne correspondent pas au moule de l'héritier Polaris. Et si je te laisse revoir ces parties, si je fais fondre le contrôle que j'ai passé trois ans à construire, je suis terrifié que tu confirmes ce que je soupçonne déjà.

— C'est-à-dire ?

— Que je ne suis fonctionnel que lorsque je suis gelé. Que dès l'instant où je me permets de ressentir, de réagir ou de faire confiance sans planifier chaque conséquence, je détruirai tout ce que j'ai construit. Le givre s'est étendu sur le sol où mes pieds touchaient, des motifs cristallins qui parlaient d'un contrôle se fracturant sous la pression. — À Frostbane, j'ai ressenti. J'ai fait confiance. Je me suis laissé croire qu'être ton partenaire signifiait que je pouvais être plus que l'héritier diplomatique que tout le monde attendait. Et quand les choses ont mal tourné, quand ton feu a spiralé et que le mien s'est figé de panique, j'ai appris que ressentir était dangereux. Que la confiance était un handicap. Que la seule façon de survivre était d'éliminer chaque variable que je ne pouvais pas contrôler.

Le silence qui a suivi était lourd de reconnaissance mutuelle.

— À mon tour ? a demandé Nix à voix basse.

J'ai hoché la tête, ne faisant pas confiance à ma voix.

Elle a posé son journal, ses flammes se rétractant d'une manière qui la faisait paraître plus petite. Plus jeune. Comme si elle se préparait à un impact.

— Je suis terrifiée, a-t-elle dit, reprenant mes premiers mots… — de te faire du mal. Pas sur le plan académique ou professionnel, même si ça me terrifie aussi. Je suis terrifiée que mon feu te consume comme il a consumé tout ce à quoi j'ai jamais tenu. Que ce partenariat se termine avec toi brûlé, blessé, traumatisé d'une manière qu'aucune magie du givre ne peut protéger.

Elle a relevé sa manche, révélant des cicatrices que je n'avais jamais remarquées, de faibles motifs qui semblaient avoir été gravés dans sa peau par ses propres flammes.

— Celles-ci datent de sessions d'entraînement, a-t-elle expliqué. — Des moments où mon feu m'a échappé et où j'étais la seule cible disponible. Des moments où la peur de blesser quelqu'un d'autre a fait que ma magie s'est retournée contre moi, parce qu'au moins, si je me brûlais moi-même, personne d'autre n'était en danger. Son rire était cassant. — Le service d'orientation appelle ça un « comportement d'autoprotection inadapté ». Moi, j'appelle ça la seule raison pour laquelle je n'ai encore tué personne.

Cette révélation m'a serré la poitrine d'horreur et de résonance. — Nix...

— Laisse-moi finir, m'a-t-elle interrompu. — Parce que si je ne dis pas ça maintenant, je me convaincrai qu'il vaut mieux le taire. Je suis terrifiée que tu te rendes compte que je ne suis pas quelqu'un qui a du mal à se contrôler. Je suis quelqu'un qui en manque fondamentalement. Que mon feu n'est pas quelque chose qui peut être géré, structuré ou canalisé par la magie de partenariat. C'est quelque chose qui existe pour détruire, et je ne suis que le réceptacle assez malchanceux pour le porter.

Elle a croisé mon regard, et la douleur dans ses yeux était dévastatrice. — À Frostbane, je croyais que je pouvais apprendre à me contrôler. Je croyais qu'avec le bon entraînement, le bon partenaire et assez de détermination, je pouvais devenir quelqu'un de sûr à fréquenter. Et puis tout a explosé, et j'ai appris que cette croyance était un leurre. Que je suis exactement ce contre quoi les flammes commémoratives du Temple du Feu mettent en garde, une Braisedaile qui brûlera d'un éclat trop vif et emportera avec elle tous ceux qu'elle aime.

— Ce n'est pas... ai-je commencé, mais elle a levé une main, des flammes dansant autour de ses doigts en motifs qui ressemblaient à une supplique.

— C'est vrai, Magnus. Ou ça le sera, un jour ou l'autre. Parce que le feu ne change pas. Il ne fait que consumer. Et plus tu resteras près de moi, plus tu essaieras d'aider à structurer mon chaos, plus il est probable que tu seras un dommage collatéral quand je perdrai finalement tout contrôle.

Elle a rabaissé sa manche, cachant les cicatrices qui racontaient des histoires de douleur auto-infligée pour protéger les autres. — Alors oui, je suis terrifiée à l'idée de partager nos journaux, d'être honnête émotionnellement et de construire la confiance par la vulnérabilité. Parce que chaque pas vers toi est une nouvelle occasion pour mon feu de détruire quelqu'un que j'aime. Et je ne survivrai pas à un autre Frostbane, Magnus. Je ne survivrai pas en sachant que j'ai brûlé quelqu'un qui croyait en moi.

Les mots flottaient entre nous, bruts, douloureux et plus honnêtes que tout ce à quoi je m'étais attendu.

J'aurais dû répondre par une réassurance diplomatique. J'aurais dû offrir des arguments soigneusement construits sur les raisons pour lesquelles ses craintes n'étaient pas fondées, sur les protections institutionnelles, les protocoles de surveillance et toutes les manières dont ce partenariat était différent de Frostbane.

Au lieu de ça, j'ai laissé le givre se propager de mes paumes et j'ai répondu à sa douleur avec une honnêteté égale.

— J'ai failli te tuer à Frostbane, ai-je dit doucement. — Pas avec du feu. Avec de la glace.

Les flammes de Nix vacillèrent de confusion. — De quoi tu parles ?

— L'incident. Le moment où tout a mal tourné. Tu te souviens comment les rapports officiels disaient que ton feu avait spiralé hors de contrôle et que j'avais figé en essayant de le contenir ? Je me suis forcé à continuer malgré chaque instinct diplomatique qui hurlait de maintenir le récit soigneusement construit que je m'étais raconté pendant trois ans. — Ce n'est pas ce qui s'est passé.

Je me suis levé, incapable de rester immobile en admettant des vérités que j'avais enfouies sous le givre et l'ambition politique. — Ton feu a grimpé, oui. Mais il n'était pas incontrôlé, il réagissait à une menace. Le lien expérimental qu'ils avaient placé sur nous était en train de s'effondrer, et ton feu essayait de nous protéger tous les deux en brûlant les contraintes magiques avant qu'elles ne puissent causer des dommages permanents.

— Alors pourquoi tout le monde a dit...

— Parce que j'ai paniqué, ai-je interrompu, l'aveu ayant un goût de cendre. — Père Noël nous a donné cet enregistrement. Celui qui montre ce qui s'est vraiment passé. On devrait le regarder ensemble. Voir la vérité au lieu des histoires que nous nous sommes racontées.

— Je ne suis pas prête... a commencé Nix, mais j'ai secoué la tête.

— Moi non plus. Mais c'est peut-être exactement pour ça qu'on doit le faire. J'ai croisé son regard directement. — J'ai senti ton feu monter, senti le lien céder, et au lieu de te faire confiance, au lieu de laisser ton feu faire ce pour quoi il était conçu, j'ai figé. Littéralement. J'ai fait appel à chaque once de magie de glace que je possédais et j'ai essayé de supprimer tes flammes parce que j'étais terrifié qu'elles nous consument tous les deux.

Le souvenir a refait surface avec une clarté brutale. Le feu de

Nix, brûlant, vif et féroce mais contrôlé, atteignant les points faibles du lien avec une précision chirurgicale. Ma glace répondant avec une force écrasante, étouffant ses flammes et la piégeant dans un givre qui avait failli arrêter son cœur.

— L'explosion de vapeur dont tout le monde parle ? ai-je continué, du givre se formant et se brisant sur mes paumes en motifs qui reflétaient le chaos de ce moment. — Ce n'était pas le feu rencontrant la glace dans une collision catastrophique. C'était ton feu qui luttait pour survivre à ma suppression. Qui luttait pour te maintenir en vie alors que ma panique avait failli te tuer.

Nix me dévisageait, ses flammes figées en motifs qui ressemblaient à du choc. — Tu es en train de dire que Frostbane a échoué parce que tu as figé, pas parce que j'ai brûlé ?

— Je dis que nous avons tous les deux échoué parce que nous ne nous sommes pas fait confiance. Parce que quand les choses sont devenues difficiles, j'ai choisi le contrôle plutôt que la collaboration. J'ai choisi de te supprimer plutôt que de te soutenir. Et l'institution a blâmé ton feu parce que c'était plus facile que d'admettre que leur lien expérimental était défectueux et que leur héritier de glace supposément contrôlé était celui qui avait failli causer des victimes.

J'ai croisé son regard directement, la laissant voir la culpabilité que je portais depuis trois ans. — Tu as peur de me blesser, Nix. J'ai passé trois ans terrifié de l'avoir déjà fait. Que mon besoin de contrôle t'ait blessée d'une manière qu'aucune distance diplomatique ne pourrait réparer. Que chaque cicatrice que tu portes, physique ou autre, existe parce que je n'ai pas été assez courageux pour fondre quand tu avais besoin de moi.

Le silence s'est étiré assez longtemps pour que le givre se répande sur tout le sol, rencontrant des flammes qui avaient inconsciemment commencé à ramper vers moi.

Là où ils se sont rencontrés, de la vapeur s'est élevée en doux motifs qui ne ressemblaient en rien à une explosion.

— Donc, nous sommes tous les deux des désastres, a finalement dit Nix, la voix rauque d'émotion. — Tous les deux convaincus que nous sommes celui qui a tout détruit. Portant tous les deux la culpabilité du même incident depuis des perspectives complètement opposées.

— Il semblerait, ai-je convenu.

— Et maintenant, on est censés partager nos journaux, construire la confiance et créer la Danse des Frontières alors qu'on n'arrive même pas à se mettre d'accord sur la faute de qui était Frostbane ?

— Ça a l'air d'être le plan.

Nix a ri, mais cette fois, son rire semblait authentique plutôt qu'amer. — On est tellement foutus.

— Complètement, ai-je dit en me réinstallant dans la zone des coussins. — Mais Nix, j'en ai fini de fuir ce qui s'est passé. J'en ai fini de prétendre qu'un contrôle parfait effacera le fait que j'ai figé quand tu avais besoin de moi. Et j'en ai fini de laisser la peur de l'échec m'empêcher d'essayer réellement de réussir.

J'ai attrapé mon journal, les mains fermes malgré la glace qui se formait sur ses bords. — Alors oui, je suis terrifié par la vulnérabilité, l'honnêteté émotionnelle et le fait de te laisser voir chaque morceau fracturé que j'ai caché. Mais je suis plus terrifié de répéter Frostbane en choisissant la sécurité plutôt que le partenariat.

Nix m'a étudié un long moment, ses flammes se stabilisant en motifs qui semblaient presque paisibles. — Tu crois vraiment qu'on peut y arriver ? Que deux personnes portant autant de blessures peuvent créer quelque chose qui ne se termine pas en catastrophe ?

— Je crois, ai-je dit avec précaution... — que nous ne pouvons pas le savoir tant que nous n'aurons pas essayé. Et essayer signifie partager réellement ce que nous avons écrit au lieu de passer toute la session à parler de pourquoi ça nous terrifie.

— Stratège, a marmonné Nix, mais elle a pris son journal avec des mains qui ne tremblaient plus. — Très bien. Mais si ça tourne au désastre émotionnel, je te blâmerai, toi et ton insistance diplomatique sur l'honnêteté.

— Marché conclu, ai-je acquiescé.

Nous étions assis dans la Forge du Futur, deux personnes portant des années de culpabilité, de peur et de certitude de l'échec, entourées de murs conçus pour contenir les catastrophes.

Et lentement, prudemment, avec le genre de vulnérabilité qui donnait l'impression de retirer son armure au milieu d'une bataille, nous avons commencé à lire.

Nix a commencé, sa voix stable malgré les flammes qui dansaient nerveusement autour de ses mains. Elle a lu sur le Temple du Feu, sur la découverte d'ancêtres qui comprenaient ce que Frostbane n'avait jamais compris, sur la terreur de l'espoir mêlée à la certitude de l'échec.

J'ai suivi, lisant sur le contrôle diplomatique comme une armure de givre, sur la suppression des instincts d'ours qui voulaient résoudre les problèmes par la force plutôt que par la stratégie, sur la peur que fondre signifiait perdre chaque identité que j'avais construite pour me protéger.

Nous n'avons pas commenté. Pas analysé. Juste lu, laissant l'honnêteté exister sans interprétation défensive.

Au moment où nous avons fini, le sol était un patchwork de givre et de flammes, de la vapeur s'élevant là où nos éléments se rencontraient en motifs qui ressemblaient moins à de l'opposition qu'à une conversation.

— Ce n'était pas aussi terrible que ce à quoi je m'attendais, a dit Nix doucement.

— Étonnamment supportable, ai-je convenu.

Elle m'a raccompagné jusqu'à la porte, flammes et givre traînant dans notre sillage comme la preuve d'un partenariat qui pourrait réellement fonctionner.

— Magnus ? a-t-elle appelé alors que je mettais un pied dans le couloir. — Ce que tu as dit sur le fait de figer quand j'avais besoin que tu fondes...

— Je le pensais, l'ai-je interrompue avant qu'elle ne puisse finir.

— On est des désastres, a-t-elle dit.

— Des désastres contrôlés, l'ai-je corrigée.

— Pas encore. Mais peut-être en voie de le devenir.

J'ai quitté la Forge du Futur avec du givre fondant sur mes paumes et la conscience désagréable que Nix Ember était en train de détruire chaque mur défensif que j'avais construit pour garder les gens à une distance de sécurité.

Et la partie terrifiante n'était pas la destruction.

C'était à quel point j'avais envie de la laisser faire.

À quel point j'avais envie de croire que le partenariat pouvait signifier soutien au lieu de suppression. Que la vulnérabilité pouvait créer de la force au lieu de la faiblesse. Que fondre ne signifiait pas perdre le contrôle, mais enfin être assez courageux pour laisser quelqu'un voir les parties de soi qui ne correspondaient pas à la perfection diplomatique.

Je marchais dans l'obscurité de l'hiver avec un espoir qui commençait à faire fondre le givre prudent que j'avais maintenu autour de tout ce qui comptait.

Terrifiant. Inévitable. Potentiellement catastrophique, mais en valant absolument la peine.

CHAPITRE HUIT
L'OURS INTÉRIEUR

N^{IX}

L'Arène Diplomatique était le dernier endroit où je m'attendais à voir Magnus Polaris perdre le contrôle.

J'étais venue assister à son examen pratique de Relations Inter-Cours Avancées, en partie parce que la professeure Blitzen avait suggéré qu'observer les cours non élémentaires de l'autre nous aiderait à comprendre nos forces respectives, et en partie parce que j'étais curieuse de voir Magnus dans son élément. Le regarder naviguer des scénarios politiques avec la même précision qu'il appliquait à la magie du givre me semblait pouvoir être instructif.

Et peut-être que, après avoir partagé nos journaux la nuit dernière dans la Forge du Futur, je voulais le voir réussir quelque chose. Je voulais la preuve qu'au moins l'un de nous deux était fonctionnel dans des contextes qui n'impliquaient pas de tout mettre à feu et à sang.

L'arène était bondée d'étudiants de dernière année, tous tenus d'observer dans le cadre de notre propre formation diplomatique.

Dylan et Lyra étaient assis quelques rangs plus loin, échangeant des commentaires à voix basse qui les faisaient rire tous les deux. Rowan et Ivy étaient plus près du front, leur lien créant de subtils motifs d'aurores même en mode observation. Elian et Fiona avaient pris place près du sol de l'arène, leur présence royale commandant l'attention sans effort.

Et là, dans l'anneau central, se tenait Magnus, vêtu d'une tenue diplomatique officielle qui lui donnait en tout point l'air de l'héritier Polaris : contrôlé, posé et en parfaite maîtrise de la situation.

L'examen pratique était simple : les étudiants étaient opposés les uns aux autres dans des conflits diplomatiques simulés, et devaient négocier des résolutions sans intervention magique. De la pure stratégie, des manœuvres politiques et le genre de navigation verbale prudente qui donnait à ma magie du feu une démangeaison de tout réduire en cendres au lieu de contourner les complications par la parole.

L'adversaire de Magnus était un représentant de la cour du printemps nommé Silas Thornwood, connu pour ses tactiques de négociation agressives qui frôlaient l'intimidation magique. Le scénario portait sur des droits territoriaux contestés entre les cours de l'hiver et du printemps, exactement le genre de conflit réel que le Conseil Inter-Saisonnier demanderait un jour à Magnus de gérer.

— Monsieur Polaris, annonça le professeur Arcturus depuis la tribune d'observation, sa voix empreinte de l'autorité froide qui rendait la plupart des étudiants nerveux. Vous pouvez commencer par présenter votre position d'ouverture.

Magnus s'avança vers le cercle de négociation avec une grâce diplomatique parfaite, chaque geste maîtrisé et délibéré. — La revendication historique de la cour de l'hiver sur les territoires du nord est bien documentée par des traités remontant à trois siècles...

— De l'histoire ancienne, l'interrompit Silas, sa magie du printemps créant une pression subtile qui rendait l'air lourd de pollen et de croissance. Le besoin d'expansion de la cour du printemps est immédiat. Le précédent historique ne signifie rien face à la nécessité actuelle.

C'était une ouverture agressive classique : rejeter le fondement de l'adversaire, établir l'urgence comme primordiale, le forcer à défendre des positions réactives au lieu de maintenir le contrôle stratégique.

J'avais vu Magnus gérer bien pire lors de nos séances d'entraînement dans la Forge du Futur. Je l'avais regardé naviguer ma volatilité émotionnelle avec la même précision diplomatique qu'il appliquait à tout le reste. Ça aurait dû être un jeu d'enfant pour lui.

Mais quelque chose n'allait pas.

Je l'ai senti avant de le voir, un changement dans la posture de Magnus, trop subtil pour la plupart des observateurs, mais qui hurlait sa détresse à quelqu'un qui avait passé la semaine dernière à apprendre à déchiffrer ses schémas de contrôle. Sa magie du givre, habituellement invisible sauf si elle était délibérément manifestée, a commencé à se former sur le sol de l'arène, là où ses pieds touchaient.

— Les revendications historiques de la cour de l'hiver, poursuivit Magnus, sa voix toujours contrôlée mais avec une dureté qui n'était pas là auparavant... ne sont pas de simples précédents. Elles représentent un équilibre soigneusement maintenu entre les territoires saisonniers qui assure...

— Un équilibre maintenu par la force, insista Silas, sa magie du printemps s'intensifiant d'une manière qui fit éclore des fleurs dans les fissures du sol de l'arène. La cour de l'hiver a conservé ces territoires par l'intimidation et l'expansion agressive. Il est peut-être temps que le clan Polaris apprenne qu'une discussion diplomatique exige un véritable compromis au lieu de se reposer sur la réputation de coercition glaciale de votre famille.

Le sol sous les pieds de Magnus s'est fissuré tandis que le givre s'étendait en motifs déchiquetés qui ne ressemblaient en rien à son contrôle précis habituel.

Je me suis penchée en avant, une alarme me piquant le long de la colonne vertébrale. Quelque chose le faisait réagir. Les tactiques agressives de Silas étaient la norme pour les joutes diplomatiques, mais Magnus réagissait comme s'il s'agissait de menaces réelles plutôt que d'exercices académiques.

— Le clan Polaris, dit Magnus, sa voix tombant dans un registre qui suggérait que son côté ours était plus proche de la surface qu'il ne le devrait pendant un examen non magique... maintient l'intégrité territoriale par des accords structurés, non par l'intimidation. Peut-être que le représentant de la cour du printemps devrait se familiariser avec les véritables protocoles diplomatiques au lieu de compter sur la pression magique pour compenser la faiblesse de ses arguments.

Plusieurs étudiants ont eu un hoquet de surprise. Ce n'était pas une manœuvre diplomatique, c'était une confrontation directe. Le genre de réponse agressive qui suggérait un contrôle se fracturant sous la pression.

Silas sourit, sentant une faiblesse. — Des arguments faibles ? Ou peut-être que l'héritier Polaris a simplement l'habitude de submerger l'opposition avec une force magique supérieure au lieu de s'engager dans une négociation de bonne foi. Dites-moi, Magnus, réglez-vous tous vos problèmes en les congelant jusqu'à ce qu'ils cessent d'être gênants ?

Le craquement a été audible, la glace se propageant depuis la position de Magnus en motifs qui semblaient agressifs plutôt que défensifs. Ses yeux avaient changé pour devenir quelque chose qui suggérait que ses instincts d'ours essayaient de faire surface, tentant de répondre à une menace perçue avec le genre de pouvoir direct qu'il avait passé des années à réprimer.

— Peut-être, dit Magnus, le givre se formant maintenant activement sur ses mains bien qu'il s'agisse d'un examen non magique... que le représentant de la cour du printemps aimerait tester cette théorie directement. Voir si le froid de l'hiver peut en effet submerger la croissance du printemps par une force supérieure au lieu d'une négociation diplomatique.

Oh non. Ce n'était pas Magnus qui parlait. C'était la partie de lui qu'il avait avoué réprimer, la force de l'ours qui voulait résoudre la confrontation par un pouvoir direct au lieu d'une stratégie prudente.

Le professeur Arcturus se leva, des éclairs crépitant en guise d'avertissement autour de sa tenue. — Monsieur Polaris, vous êtes dangereusement près de violer les protocoles de l'examen. Toute manifestation magique lors des épreuves pratiques de diplomatie entraîne un échec immédiat et un examen disciplinaire.

Mais Magnus n'écoutait pas. Son givre se propageait plus vite maintenant, créant des barrières. L'ours sous son calme diplomatique faisait surface, et à en juger par la panique dans ses yeux, il n'avait aucune idée de comment l'arrêter.

Je me suis mise en mouvement avant même que la pensée consciente ne puisse m'arrêter.

— Excusez-moi, pardon, laissez-moi passer... Je me suis frayé un chemin devant les étudiants de ma rangée, ignorant les protestations alors que je me dirigeais vers le sol de l'arène. Le professeur Arcturus se déplaçait déjà pour intervenir, mais j'étais plus proche, plus rapide, et absolument certaine que l'autorité traditionnelle n'était pas ce dont Magnus avait besoin à ce moment-là.

Il avait besoin de quelqu'un qui comprenait ce que l'on ressentait quand la magie que vous aviez passé des années à contrôler refusait soudainement d'obéir.

— Magnus, ai-je appelé, entrant dans le cercle de négociation malgré les multiples voix criant que les observateurs n'étaient pas autorisés sur le sol pendant les examens en cours.

Ses yeux ont trouvé les miens, et j'ai vu la reconnaissance sous la panique. Je l'ai vu combattre des instincts qui exigeaient qu'il réponde à la menace par une force écrasante.

— Respire, ai-je dit, m'approchant malgré le givre qui s'étendait autour de ses pieds comme des barrières défensives. Inspire sur quatre temps, retiens sur quatre, expire sur quatre. Tu te souviens du rythme.

— Nix, je ne peux pas... Sa voix était rauque, à peine maîtrisée. L'ours est trop proche. Si je perds le contrôle ici, si je me transforme vraiment pendant un examen de diplomatie...

— Tu ne le feras pas, l'ai-je interrompu, maintenant assez proche pour sentir le froid qui irradiait de sa peau. Parce que tu n'es pas seul, tu te souviens ? Nous sommes partenaires. Ce qui veut dire que quand tu as besoin de quelqu'un pour t'aider à trouver l'équilibre, je suis là pour faire contrepoids.

J'ai appelé le feu dans mes paumes, pas un feu sauvage, pas explosif, juste des flammes contrôlées qui offraient de la chaleur contre son froid de plus en plus agressif. Au moment où mon feu a rencontré son givre, j'ai senti le changement. Sa glace n'a pas étouffé mes flammes. Mon feu n'a pas consumé son froid. Ils... coexistaient simplement, créant une pression qui forçait les deux éléments à prendre forme au lieu de sombrer dans le chaos.

— C'est ça, ai-je dit tranquillement, me positionnant là où son givre et mon feu créaient des points de contact délibérés. Tu n'es pas en train de geler le problème, Magnus. Tu lui donnes une structure. Il y a une différence.

Sa respiration a commencé à se régulariser, suivant le rythme que je maintenais. Inspire sur quatre, retiens, expire sur quatre. Le même rythme qu'il avait utilisé pour me calmer lors de notre première séance, maintenant inversé pour l'ancrer au moment où son contrôle se fracturait.

— Silas te provoquait, ai-je continué, laissant mon feu maintenir une pression constante contre son givre de plus en plus stable. C'est une tactique diplomatique standard : pousser jusqu'à ce que votre adversaire perde son sang-froid, puis exploiter la rupture. Tu n'as pas échoué en réagissant. Tu as juste oublié que l'opposition n'est pas toujours hostile. Parfois, c'est un soutien sous une autre forme.

Le givre cessa de s'étendre. Les motifs agressifs s'adoucirent pour devenir quelque chose de plus délibéré. Et lentement, si lentement que je pouvais sentir l'effort que cela lui coûtait, Magnus a ramené ses instincts d'ours sous son calme diplomatique.

— Mieux ?, ai-je demandé.

— Mortifié, a-t-il répondu, sa voix retrouvant son registre maîtrisé malgré la rougeur sur ses pommettes qui suggérait l'embarras. Mais fonctionnel. Merci.

— Ne me remercie pas tout de suite. Nous sommes toujours au milieu de ton examen pratique, et je suis presque sûre que le professeur Arcturus est à deux doigts de nous renvoyer tous les deux pour interférence à un examen.

Magnus a regardé par-dessus mon épaule vers l'endroit où le professeur Arcturus se tenait sur la tribune d'observation, son expression illisible sous les éclairs crépitants. L'arène entière était devenue silencieuse, des centaines d'étudiants observant pour voir ce qui arriverait à l'héritier Polaris qui avait failli perdre le contrôle et à la fée du feu qui était intervenue.

— M. Polaris, dit enfin le professeur Arcturus, sa voix portant dans le silence de la pièce. Mlle Ember. Dans mon bureau. Immédiatement.

Nous avons échangé un regard où se mêlaient résignation et soulagement. Quelles que soient les conséquences, au moins Magnus ne s'était pas réellement transformé pendant un examen de diplomatie. Ç'aurait mis un terme définitif à ses ambitions pour le Conseil.

Au lieu de ça, cela risquait seulement de leur nuire gravement.

— Pour mémoire, murmura Magnus alors que nous quittions l'arène ensemble... ça va faire les beaux jours des rumeurs du campus.

— J'ai déjà une réputation légendaire pour avoir mis le feu à un moyen de transport le jour de mon arrivée, ai-je répliqué. Autant ajouter « a perturbé les examens de diplomatie » à mon palmarès.

— On est des catastrophes, a-t-il dit.

— Des catastrophes contrôlées, ai-je corrigé, reprenant notre échange habituel. Ou en passe de le devenir.

Le bureau du professeur Arcturus était exactement aussi intimidant que prévu, avec ses murs cristallins gravés de motifs d'éclairs, un mobilier qui semblait conçu pour que les étudiants se sentent tout petits, et une autorité qui pesait sur nos signatures magiques avec une intensité gênante.

— Asseyez-vous, ordonna-t-il en désignant des chaises qui se matérialisèrent avec une redoutable efficacité.

Nous nous sommes assis.

Le silence s'étira assez longtemps pour que du givre se forme sur mes paumes, une réaction inconsciente à la tension que je sentais émaner de Magnus à côté de moi.

— M. Polaris, dit enfin le professeur Arcturus, ses yeux pâles évaluant Magnus avec une précision clinique. En vingt ans d'enseignement des épreuves pratiques de diplomatie, je n'ai jamais vu un étudiant frôler d'aussi près la perte totale de contrôle que vous aujourd'hui. Voudriez-vous expliquer quels facteurs ont contribué à votre quasi-échec ?

La mâchoire de Magnus se contracta. Du givre se formait et se dissolvait sur ses mains, trahissant sa tourmente émotionnelle. — Le scénario a déclenché des réponses défensives instinctives que je n'ai pas réussi à réprimer de manière adéquate. Ça ne se reproduira pas.

— Vraiment ? Le professeur Arcturus se pencha en avant. Parce que de là où j'observais, il m'a semblé que votre répression était le problème. Vous avez établi un contrôle si rigide sur vos instincts d'ours que lorsqu'ils ont émergé naturellement sous la pression, vous n'aviez aucun cadre pour les gérer. Uniquement la répression, qui a manifestement échoué.

Il se tourna vers moi. — Et Mlle Ember. Vous avez enfreint les protocoles de l'examen en entrant dans une épreuve pratique en cours. Pourtant, votre intervention a empêché ce qui aurait pu être une perte de contrôle catastrophique. Expliquez-moi votre raisonnement.

Je l'ai regardé droit dans les yeux, refusant d'être intimidée. — Magnus utilise le givre comme une armure contre tout ce qui menace son contrôle. Quand Silas a réussi à percer ses défenses diplomatiques, il n'a pas su comment réagir autrement qu'en renforçant cette armure. Ce qui fonctionne très bien jusqu'à ce que l'armure elle-même devienne le problème.

— Et votre feu a fourni… ?

— Une opposition qui a forcé sa glace à trouver une forme au lieu de simplement construire des barrières défensives, ai-je dit, me souvenant de la Danse de la Frontière de Celeste et Thorvald. Le feu et la glace ne s'harmonisent pas. Mais ils peuvent se défier l'un l'autre pour se structurer si les deux éléments font confiance au contact.

Le professeur Arcturus nous étudia tous les deux pendant un long moment. — Vous décrivez la magie de partenariat. Ce dont Mlle Ember n'aurait pas dû être capable de faire usage pendant une épreuve pratique de diplomatie qui interdit explicitement toute intervention magique.

— Elle n'a pas utilisé la magie de partenariat, intervint Magnus, avec une chaleur défensive dans la voix que je ne lui avais jamais entendue. Elle a utilisé une manifestation élémentaire de base pour me servir d'ancrage quand je perdais le contrôle. Si quelqu'un a enfreint les protocoles, c'est moi. Nix n'a fait qu'empêcher la catastrophe que j'ai créée.

— En réalité, dit le professeur Arcturus avec quelque chose qui aurait pu être de l'approbation... vous avez tous deux démontré le principe exact que la formation diplomatique est conçue pour enseigner. Que l'opposition, lorsqu'elle est structurée par une confiance mutuelle, crée une stabilité qu'aucune des parties ne pourrait atteindre indépendamment.

Il sortit deux documents cristallins qui se matérialisèrent dans nos mains. — Vos résultats d'examen. M. Polaris, vous obtenez le maximum de points pour avoir démontré que même les individus les plus contrôlés ont leurs limites, et pour avoir accepté de l'aide au lieu de continuer à vous fracturer. Mlle Ember, vous obtenez le maximum de points pour avoir identifié la crise, être intervenue efficacement et avoir prouvé que la magie élémentaire peut servir des fins diplomatiques lorsqu'elle est appliquée avec précision plutôt qu'avec puissance.

Je fixai le document, n'arrivant pas à croire ce que je lisais. — On... a réussi ?

— Vous avez dépassé les attentes, me corrigea le professeur Arcturus. Je vous suggère cependant de vous entraîner à la gestion de crise dans des lieux moins publics. Les rumeurs de la démonstration d'aujourd'hui vous suivront tous les deux jusqu'à l'obtention de votre diplôme et au-delà.

Il nous congédia d'un geste qui suggérait qu'il avait dit tout ce qu'il avait l'intention de dire. Nous quittâmes son bureau dans un silence stupéfait, marchant dans des couloirs qui semblaient trop lumineux après l'obscurité cristalline de l'intimidation.

— Ça s'est mieux passé que prévu, dit enfin Magnus.

— On a eu la note maximale parce que j'ai perturbé ton examen et que tu as failli perdre le contrôle, ai-je répondu. Je suis quasi certaine que c'est l'équivalent académique de la réussite par le chaos.

— Un chaos contrôlé, corrigea-t-il avec un léger sourire.

Nous sommes arrivés à l'endroit où nos chemins se séparaient, lui vers la bibliothèque pour réviser l'examen de Politique Territoriale du lendemain, moi vers la Future Forge pour m'exercer à la manifestation du feu, là où mettre le feu aux choses était réellement approprié.

— Nix ? La voix de Magnus m'arrêta avant que je puisse partir. Ce que tu as fait dans l'arène...

— Tu as fait la même chose pour moi lors de notre première séance, l'ai-je interrompu. Tu m'as aidée à respirer quand mon feu partait en vrille. C'était juste un renvoi d'ascenseur.

— C'était plus que ça. Il se rapprocha, le givre et le feu créant des motifs familiers là où nos éléments se touchaient. Tu m'as vu perdre le contrôle, et au lieu de fuir ou de laisser les autorités s'en occuper, tu es entrée au cœur de la crise et tu m'as donné exactement ce dont j'avais besoin. Une opposition qui forçait la structure au lieu de l'armure.

— C'est ce que font les partenaires, non ? dis-je doucement. On se pousse l'un l'autre à prendre forme quand le chaos devient trop écrasant.

— Exact, acquiesça-t-il. Bien que la plupart des partenariats n'impliquent pas de démonstrations publiques pendant les examens de diplomatie.

— On est des acharnés, répondis-je avec un sourire qui semblait sincère. Autant rendre nos catastrophes mémorables.

Magnus se mit à rire, et ce son fit éclore dans ma poitrine une chaleur qui n'avait rien à voir avec la magie du feu.

— La Future Forge, pour t'entraîner à la Danse de la Frontière avant qu'on ne la tente devant le professeur Blitzen ?

Elle hocha la tête.

Il partit en direction de la bibliothèque, et je me dirigeai vers la Future Forge, tous deux conscients que quelque chose de fondamental avait changé aujourd'hui.

Magnus m'avait laissé voir ses instincts d'ours faire surface. Il m'avait fait confiance pour l'aider quand son contrôle s'était fracturé au lieu de se cacher derrière une perfection diplomatique.

Et j'avais répondu avec un feu qui soutenait au lieu de consumer. Avec une opposition qui créait la structure au lieu de la destruction.

Nous étions en train d'apprendre à danser.

Lentement, maladroitement, avec des échecs publics qui alimenteraient les rumeurs pendant des semaines.

Mais nous apprenions.

Et le plus terrifiant n'était pas l'échec public, ni les rumeurs, ni même le risque d'une collision magique catastrophique.

C'était à quel point il semblait naturel d'apporter une opposition quand Magnus avait besoin de structure. À quel point c'était devenu instinctif de croire que son givre pouvait défier mon feu sans le réprimer.

À quel point je commençais à croire que peut-être, éventuellement, nous pourrions vraiment réussir cet impossible partenariat.

Une fois arrivée à la Future Forge, je sortis mon journal, fixant les pages qui exigeaient une honnêteté que j'arrivais de mieux en mieux à fournir.

Jour Cinq : J'ai vu Magnus perdre presque le contrôle pendant un examen de diplomatie. Ses instincts d'ours ont refait surface et je l'ai aidé à se calmer en utilisant le feu comme opposition pour l'ancrer. On a eu la note maximale pour ce désastre public. Je suis presque sûre que c'est le truc le plus Magnus Polaris qui soit jamais arrivé, transformer une perte de contrôle catastrophique en réussite académique par la seule force de la répartie diplomatique.

Mais franchement : quand je l'ai vu perdre le contrôle, je n'ai pas pensé aux protocoles, aux conséquences, ou au fait que mon intervention pourrait empirer les choses. Je savais juste qu'il avait besoin d'opposition pour trouver une structure, tout comme j'ai besoin de son givre pour donner forme à mon feu. Et ça a marché.

On est vraiment en train d'apprendre à s'équilibrer. Feu et glace, chaos et contrôle, à trouver des moyens de coexister qui ne finissent pas en explosion.

Demain, on s'entraîne à la Danse de la Frontière. Demain, on structure délibérément l'opposition au lieu de tomber dessus par accident en pleine crise.

Demain, on verra si on est assez courageux pour faire confiance au contact quand il est planifié plutôt qu'instinctif.

Terrifiant. Excitant. Finira probablement en une sorte de catastrophe.

J'ai hâte.

Je refermai le journal et le rangeai, consciente que Magnus et moi avions franchi un nouveau seuil aujourd'hui.

Nous étions passés de partenaires capables de se stabiliser en cas de crise à des partenaires qui recherchaient activement cette stabilisation.

De personnes fuyant l'opposition à des personnes apprenant à danser avec elle.

Et demain, nous verrions si un partenariat délibéré pouvait égaler le lien instinctif que nous avions découvert dans la crise.

Demain, nous saurions si la Danse de la Frontière était vraiment possible.

Ou si le feu et la glace auraient toujours besoin de l'urgence pour trouver l'équilibre.

Quoi qu'il en soit, j'en avais fini de fuir.

Fini de me cacher derrière l'autodérision et la certitude de l'échec.

Fini de croire que mon feu n'existait que pour détruire.

Magnus m'avait montré que l'opposition pouvait créer la structure.

Il était temps de lui montrer que le feu pouvait apporter un soutien au lieu du chaos.

Il était temps de danser.

CHAPITRE NEUF

FAUX PAS ET DÉFENSES

MAGNUS

La réunion du conseil des professeurs était censée être une simple supervision de routine des projets de fin d'études. Des évaluations de mi-semestre habituelles, des bilans de progression et le genre de formalités bureaucratiques qui permettaient de tenir les dossiers de l'institution à jour sans vraiment interférer avec le travail des étudiants.

J'aurais dû me douter que la routine ne serait pas au rendez-vous dès lors que mon partenariat avec Nix était impliqué.

— Le binôme Polaris-Ember présente des schémas préoccupants, annonça la professeure Meridian, sa magie des esprits du vent créant de subtils courants d'air qui transportaient la tension à travers la salle de conférence. De multiples incidents d'instabilité magique en public, des violations de protocole pendant les examens, et un enchevêtrement émotionnel croissant qui suggère que le partenariat dépasse les limites académiques appropriées.

J'étais assis dans la section réservée aux observateurs avec d'autres étudiants de dernière année dont les projets avaient été signalés pour examen, essayant de garder une contenance diplomatique tout en écoutant les professeurs débattre pour savoir si Nix et moi étions une réussite académique ou une catastrophe en puissance.

À côté de moi, les flammes de Nix dessinaient des motifs nerveux autour de ses doigts, assez maîtrisées pour ne rien enflammer, mais assez volatiles pour trahir exactement ce qu'elle ressentait à l'idée d'être débattue comme un cas d'école.

— Les incidents que vous citez, a répondu froidement la professeure Blitzen, sa foudre crépitant d'une irritation à peine contenue... démontrent précisément le genre de partenariat adaptatif que nous essayons de cultiver. Mademoiselle Ember est intervenue pendant la crise de contrôle de Monsieur Polaris parce qu'elle a reconnu ce dont il avait besoin. Ce n'est pas de l'enchevêtrement émotionnel, c'est de la magie collaborative compétente.

— C'est aussi une violation des protocoles d'examen, a fait remarquer le professeur Arcturus, bien que son ton suggérât qu'il jouait l'avocat du diable plutôt qu'une véritable opposition. Et si j'ai salué leur démonstration à l'époque, le précédent inquiète les professeurs qui pensent que les partenariats devraient maintenir une distance professionnelle.

— Distance professionnelle, a marmonné Nix à voix basse, juste assez fort pour que je l'entende. Parce que rien n'incarne mieux une collaboration efficace que de traiter son partenaire comme un étranger que l'on est contractuellement obligé de tolérer.

Je n'ai pas répondu, principalement parce qu'elle avait raison et que le reconnaître n'aurait fait qu'accentuer les inquiétudes de la faculté concernant notre enchevêtrement émotionnel.

La professeure Frostwick, du département des Applications Magiques Avancées, s'est levée, sa prestance de géante de glace captant l'attention. —J'ai examiné les données de surveillance de leurs sessions au Laboratoire d'Équilibre Élémentaire. Les schémas sont sans précédent. Pas seulement une stabilisation, mais une amélioration active. Leur rendement magique combiné dépasse leurs capacités individuelles de quarante-sept pour cent. Ce n'est pas préoccupant. C'est révolutionnaire.

— Ou dangereux, a rétorqué la professeure Meridian. Un pouvoir révolutionnaire sans surveillance institutionnelle adéquate, c'est ainsi que se produisent des incidents comme celui de Frostbane. Ces étudiants ont déjà prouvé qu'ils sont capables d'une perte de contrôle catastrophique lorsqu'ils sont en binôme. Poursuivre cette collaboration risque de répéter cet échec sur le campus de l'UNP.

La mention de Frostbane a fait jaillir les flammes de Nix, pas de façon désordonnée, mais suffisamment pour montrer que le commentaire avait atteint sa cible.

J'ai tendu la main sans réfléchir, laissant mon givre frôler son feu selon des motifs que nous avions pratiqués. Pas pour le supprimer, juste un contact pour l'ancrer. Ses flammes se sont calmées aussitôt, se rétractant en une manifestation contrôlée qui démontrait exactement le genre de partenariat qui était censé préoccuper la faculté.

Plusieurs professeurs ont remarqué l'échange. J'ai pu voir la professeure Blitzen cacher un sourire derrière sa contenance diplomatique.

— La comparaison avec Frostbane est inappropriée, a dit fermement la professeure Blitzen. L'échec de cette institution résultait d'une magie de liaison expérimentale appliquée sans protocoles de sécurité adéquats ni consentement des étudiants. Mademoiselle Ember et Monsieur Polaris pratiquent une opposition structurée sous une surveillance constante. Les situations sont incomparables.

— Le sont-elles vraiment ? La professeure Meridian a affiché des écrans holographiques montrant les données de nos sessions. Regardez les schémas de résonance émotionnelle. Ces étudiants ne collaborent pas seulement sur le plan magique, ils forment des liens qui suggèrent un attachement personnel profond. Quand les partenariats deviennent personnellement importants, le jugement objectif fait défaut. C'est là que les catastrophes se produisent.

— C'est aussi là que les avancées se produisent, a lancé la voix de Dylan Vixen depuis la section étudiante, surprenant tout le monde, y compris moi. Désolé, je ne voulais pas interrompre la discussion du corps professoral, mais en tant que personne ayant formé des liens personnels profonds pendant l'entraînement à la magie en partenariat, je me sens qualifié pour commenter.

Lyra lui a donné un coup de coude, mais il a continué quand même. — En deuxième année, on nous a dit à Lyra et à moi que notre lien émotionnel était préoccupant. Que les partenariats devaient rester centrés sur le plan académique. Et vous savez quoi ? Plus notre lien personnel devenait profond, mieux notre magie fonctionnait. Parce que la confiance n'est pas seulement académique, elle est personnelle. Et la magie puissante exige de la confiance.

— Monsieur Vixen, a dit le professeur Arcturus avec ce qui aurait pu être de l'amusement... bien que votre perspicacité soit appréciée, le témoignage des étudiants ne fait généralement pas partie des procédures d'évaluation de la faculté.

— Alors ça devrait peut-être être le cas, a ajouté Ivy Snowfall, se levant avec le genre de détermination tranquille qui la rendait plus intimidante qu'une confrontation bruyante n'aurait pu le faire. Vous évaluez le partenariat de Magnus et Nix sans considérer ce qu'ils ont réellement accompli. Ils ont pris des éléments opposés qui, historiquement, créent des catastrophes et les ont transformés en une force stabilisatrice. Ce n'est pas préoccupant, c'est exactement ce que la magie en partenariat est censée démontrer.

Rowan se tenait à ses côtés, sa magie de la tempête créant de subtils motifs qui parlaient d'un pouvoir maîtrisé. — Et si l'inquiétude concerne l'attachement personnel affectant le jugement, considérez peut-être que les partenariats impersonnels survivent rarement au genre de pression que créent les projets de fin d'études. Les partenariats qui réussissent sont ceux où les étudiants tiennent suffisamment l'un à l'autre pour surmonter les difficultés au lieu d'abandonner quand les choses se compliquent.

— Monsieur Blackthorn soulève un point pertinent, a déclaré la professeure Blitzen, son expression suggérant qu'elle prenait plaisir à voir les étudiants défendre les principes du partenariat. L'investissement émotionnel n'est pas un handicap, c'est une motivation. Ces étudiants travaillent plus dur, s'exercent plus longtemps et se dépassent précisément parce qu'ils tiennent à ne pas décevoir l'autre.

La professeure Meridian n'avait pas l'air convaincue. — Et quand cet investissement émotionnel interfère avec leur capacité à maintenir des limites appropriées ? Quand des sentiments personnels compromettent le jugement professionnel ?

— Alors ils échouent comme n'importe quel autre partenariat, a répondu sèchement la professeure Frostwick. Mais les pénaliser préventivement pour leur lien émotionnel suggère que nous croyons que les partenariats devraient être purement transactionnels. Que la magie collaborative peut être atteinte sans vraiment se soucier de son collaborateur. Je n'ai jamais vu cette théorie réussir en pratique.

Le débat s'est poursuivi, les professeurs se disputant sur la surveillance appropriée contre la liberté académique, sur l'enchevêtrement émotionnel contre l'investissement collaboratif, sur la question de savoir si Nix et moi représentions une percée ou une rupture imminente.

Et pendant tout ce temps, Nix était assise à côté de moi avec des flammes maîtrisées en des motifs qui démontraient exactement le genre de maîtrise qui inquiétait prétendument la faculté. Son feu dansait en rythme avec mon givre, ni réprimé, ni sauvage, existant simplement dans une opposition délibérée qui créait une structure au lieu du chaos.

— C'est humiliant, a-t-elle murmuré lors d'un échange particulièrement houleux sur la question de savoir si notre partenariat devait être soumis à une surveillance accrue. Être débattus comme si nous étions des expériences susceptibles d'exploser si elles ne sont pas correctement contenues.

— C'est de la surveillance académique, ai-je répondu à voix basse. La procédure standard pour les partenariats qui s'écartent des schémas attendus.

— Nous ne nous écartons pas, nous réussissons différemment de ce qu'ils avaient prévu. Il y a une distinction.

Elle n'avait pas tort. Mais expliquer cela à une faculté investie dans des cadres collaboratifs traditionnels aurait nécessité le genre de manœuvres diplomatiques que j'étais trop fatigué pour tenter.

Finalement, le chancelier Santa est entré dans la salle de conférence avec une présence qui a fait taire tout le monde, professeurs et étudiants confondus.

— Je crois, dit-il, sa voix aiguë et chantante portant une autorité qui transcendait la hiérarchie académique... que cette discussion a perdu de vue son objectif fondamental. Nous ne sommes pas ici pour débattre de la question de savoir si le partenariat de Mademoiselle Ember et de Monsieur Polaris nous met à l'aise. Nous sommes ici pour évaluer s'ils atteignent les objectifs du projet de fin d'études.

Il a fait un geste, et de nouveaux écrans sont apparus, pas seulement nos données de surveillance, mais une analyse comparative par rapport à chaque partenariat réussi de l'histoire de l'UNP.

— Leur rendement magique dépasse celui de tous les partenariats historiques avec des marges significatives, a poursuivi Santa. Leur capacité à stabiliser des éléments volatils par une opposition structurée démontre une maîtrise de la théorie collaborative. Et leur volonté d'intervenir lors des crises de l'autre montre exactement le genre de confiance que nous prétendons valoriser dans la magie en partenariat.

Il s'est tourné pour faire face directement à la professeure Meridian. — Vos inquiétudes concernant l'enchevêtrement émotionnel sont notées. Mais Frostbane a échoué parce qu'une institution a donné la priorité au contrôle sur le bien-être des étudiants. Parce que les administrateurs étaient plus soucieux de contenir le pouvoir que de le comprendre. Je ne répéterai pas cet échec à l'Université du Pôle Nord.

La déclaration a flotté dans l'air comme de la glace se cristallisant en hiver.

— Mademoiselle Ember et Monsieur Polaris continueront leur projet de fin d'études sous la supervision de la professeure Blitzen, a conclu Santa. Ils maintiendront leur programme d'entraînement actuel, leurs journaux de bord et leur recherche collaborative. Et la faculté apportera son soutien plutôt que son scepticisme, ses conseils plutôt que ses soupçons.

Il nous a regardés droit dans les yeux, Nix et moi. — Je vous suggère cependant de travailler vos relations publiques. Les ragots du campus sur votre partenariat ont atteint des proportions qui suggèrent que vous êtes soit des génies révolutionnaires, soit des désastres catastrophiques. Visez peut-être quelque chose de plus diplomatiquement ambigu.

Malgré la tension, j'ai failli sourire. Il fallait bien que ce soit Santa pour transformer la surveillance du corps professoral en conseils sur la gestion de la perception institutionnelle.

La réunion s'est terminée, les professeurs arborant des airs plus ou moins satisfaits ou inquiets. Le professeur Blitzen s'est approchée de nous alors que les autres sortaient, son expression pensive.

— C'était inconfortable, a-t-elle déclaré sans préambule. Et ce ne sera pas la dernière fois que votre partenariat sera soumis à l'examen de l'institution. La question est de savoir si vous laisserez cet examen saper votre confiance ou renforcer votre détermination.

— Nous sommes déjà des désastres, a répliqué Nix. Autant être des désastres confiants.

— Des désastres confiants et contrôlés, ai-je corrigé automatiquement.

Le sourire du professeur Blitzen était acéré. — Bien. Parce que votre prochain défi est la Démonstration Inter-Cours dans trois semaines. Chaque projet de fin d'études présente ses résultats préliminaires aux représentants du Conseil. Vous devrez montrer non seulement que votre partenariat fonctionne, mais aussi pourquoi il est important.

Elle est partie avant que l'un ou l'autre d'entre nous ait pu digérer cette révélation particulière.

— La Démonstration Inter-Cours, a dit lentement Nix. Devant des représentants du Conseil qui évalueront Magnus pour de futurs postes.

— Apparemment, ai-je acquiescé, en essayant de ne pas penser à quel point cela pourrait affecter de manière catastrophique mon avenir si soigneusement planifié.

— Aucune pression, a-t-elle marmonné.

— Pas la moindre.

Nous avons quitté la salle de conférence ensemble, conscients que des étudiants observaient notre départ avec des expressions allant du soutien au scepticisme. Les ragots que Santa avait mentionnés étaient évidents dans les conversations chuchotées et les regards spéculatifs.

— Ils parient pour savoir si nous allons réussir ou exploser, a observé Nix. J'ai entendu quelqu'un offrir une cote de trois contre un pour un échec catastrophique.

— Les plus malins parieraient sur un succès contrôlé, ai-je répondu avec plus d'assurance que je n'en ressentais.

— Vraiment ? Parce que, Magnus, nous venons d'assister à une réunion où la moitié des professeurs pensent que nous sommes émotionnellement compromis et l'autre moitié que nous sommes révolutionnaires. Aucune de ces évaluations ne suggère un « succès contrôlé ».

Elle n'avait pas tort. Mais l'admettre aurait signifié reconnaître à quel point notre partenariat était réellement précaire, non seulement sur le plan magique, mais aussi politique.

— Nix...

— Ne fais pas ça, m'a-t-elle interrompu en s'arrêtant dans un couloir qui offrait une intimité relative. N'essaie pas de transformer ça en quelque chose de gérable avec ton jargon diplomatique. Nous avons tous les deux entendu ce qu'ils ont dit. Que notre lien émotionnel est préoccupant. Que l'attachement personnel compromet le jugement. Que nous répétons les schémas de Frostbane en nous souciant trop de ne pas nous décevoir l'un l'autre.

— Et alors ? ai-je demandé, ne sachant pas où elle voulait en venir.

— Et alors, ils ont probablement raison, a-t-elle dit doucement, ses flammes se repliant sur elles-mêmes en motifs qui ressemblaient à des barrières défensives. Nous sommes investis émotionnellement. Nous nous soucions de ne pas nous décevoir. Et cela signifie que notre jugement pourrait être compromis par des sentiments personnels plutôt que par l'objectivité académique.

— Alors, que suggères-tu ?

— Je suggère, a dit Nix en plongeant son regard dans le mien... que nous devons peut-être leur prouver qu'ils ont tort. Que l'investissement émotionnel rend les partenariats plus forts, pas plus faibles. Que se soucier de son collaborateur crée de la motivation au lieu d'être un handicap.

— Comment prouver ça ?

— En réussissant, a-t-elle répondu simplement. En perfectionnant la Danse des Limites et en en faisant la démonstration à la présentation Inter-Cours. Nous avons déjà commencé à l'apprendre, ces sessions à la Forge du Futur où nous n'arrêtions pas de créer des explosions de vapeur ? Nous nous améliorons. Nous sentons que les mouvements commencent à fonctionner lorsque nous faisons confiance au lieu de contrôler. En montrant à chaque membre sceptique du corps professoral et à chaque administrateur inquiet que le feu et la glace peuvent créer quelque chose d'extraordinaire, précisément parce que nous sommes émotionnellement investis pour ne pas nous réduire mutuellement en cendres.

La détermination dans sa voix a fait éclore quelque chose de chaleureux dans ma poitrine qui n'avait rien à voir avec l'opposition à son feu.

— Trois semaines, ai-je dit. Pour maîtriser des techniques élémentaires anciennes et créer une démonstration assez impressionnante pour convaincre les représentants du Conseil que les partenariats instables méritent un soutien institutionnel.

— Un délai tout à fait raisonnable, a convenu Nix avec un humour noir. Qu'est-ce qui pourrait bien mal tourner ?

Tout, probablement. Mais pour la première fois depuis que les professeurs avaient commencé à remettre en question notre partenariat, j'ai ressenti quelque chose qui ressemblait à de l'espoir.

Parce que Nix avait raison, se soucier de ne pas se décevoir l'un l'autre n'était pas un handicap. C'était la raison pour laquelle nous avions survécu à chaque crise jusqu'à présent. La raison pour laquelle j'avais su faire fondre ma rigueur quand elle avait besoin de structure, et qu'elle m'avait fourni le feu dont j'avais besoin pour m'ancrer.

La raison pour laquelle nous étions en train de réussir un partenariat que tout le monde avait supposé finir en catastrophe.

— Même heure demain ? ai-je demandé. Forge du Futur, on s'entraîne jusqu'à ce qu'on puisse exécuter la Danse des Limites sans mettre le feu au bâtiment ?

— Même heure, a-t-elle confirmé.

Mais avant que je puisse partir, Nix m'a attrapé le bras, ses flammes créant une pression chaude contre mon givre.

— Magnus ? Ce qu'ils ont dit là-dedans, sur l'enchevêtrement émotionnel qui compromet le jugement...

— C'est une préoccupation théorique de la part de professeurs qui n'ont pas fait l'expérience d'un partenariat magique réussi, ai-je interrompu. Nous ne sommes pas compromis, Nix. Nous sommes engagés. Il y a une différence.

— Ah oui ? Elle a scruté mon visage avec une intensité qui rendait difficile le maintien d'un calme diplomatique. Parce que je tiens à ce que tu réussisses dans tes ambitions au Conseil. Je tiens à ne pas être l'ondine de feu qui détruit ton avenir si soigneusement planifié. Et ça, ça affecte mon jugement sur les risques qui valent la peine d'être pris.

— Bien, ai-je dit, nous surprenant tous les deux par la conviction féroce dans ma voix. Parce que je tiens à ce que tu prouves à tout le monde qu'ils ont tort à propos de la magie instable qui serait intrinsèquement dangereuse. Je tiens à ce que tu croies que tu es plus que le désastre par lequel Frostbane a essayé de te définir. Et ça, ça affecte absolument mon jugement sur les défis qui valent la peine d'être relevés.

Nous sommes restés immobiles dans le couloir, le feu et le givre créant des motifs là où nos éléments se touchaient, tous deux reconnaissant ce que les professeurs avaient identifié comme préoccupant, et choisissant de le voir plutôt comme une force.

Elle est partie en direction de l'Aile du Feu, et je me suis dirigé vers la Tour du Givre, tous deux conscients que l'examen minutieux des professeurs venait d'intensifier chaque aspect de notre partenariat.

La Démonstration Inter-Cours prouverait si nous étions une réussite révolutionnaire ou un échec catastrophique.

Si l'investissement émotionnel créait une percée ou un effondrement.

Si le feu et la glace pouvaient danser avec assez de beauté pour convaincre les sceptiques que l'opposition créait des possibilités.

Trois semaines pour maîtriser des techniques que Celeste et Thorvald avaient mis des années à perfectionner.

Trois semaines pour prouver que se soucier de son partenaire rendait les partenariats plus forts, pas plus faibles.

Trois semaines pour démontrer que Magnus Polaris et Nix Ember ne se contentaient pas de survivre à leur collaboration, ils la révolutionnaient.

Aucune pression.

Juste l'avenir de la théorie de la magie des partenariats, mes ambitions au Conseil, la preuve pour Nix qu'elle n'était pas définie par ses échecs passés, et l'attention sceptique de chaque membre du corps professoral et représentant du Conseil qui évaluerait notre démonstration.

Totalement gérable.

J'ai sorti mon journal une fois arrivé dans ma suite, fixant les pages qui exigeaient l'honnêteté sur la surveillance des professeurs et les enjeux croissants.

Jour Six : Réunion des professeurs pour évaluer notre partenariat. La moitié pensent que nous sommes préoccupants, l'autre moitié que nous sommes révolutionnaires. Santa nous a défendus. Nix et moi avons décidé que l'investissement émotionnel est une force, pas un handicap. La Démonstration Inter-Cours dans trois semaines prouvera si nous avons raison.

Le professeur Meridian nous a comparés à Frostbane. Elle a dit que les partenariats avec un attachement personnel profond créent des catastrophes. Le feu de Nix a jailli, et je l'ai ancrée sans réfléchir. Ce qui a probablement prouvé ce que Meridian avançait sur l'enchevêtrement émotionnel, mais a aussi démontré exactement pourquoi cet enchevêtrement nous rend plus forts.

Trois semaines pour maîtriser la Danse des Limites. Trois semaines pour prouver que le feu et la glace peuvent créer de la beauté par une opposition délibérée. Trois semaines pour montrer à tout le monde que se soucier de son partenaire n'est pas un handicap, c'est la raison pour laquelle les partenariats survivent à la pression.

Terrifiant. Impossible. Absolument nécessaire.

Demain, nous nous entraînons. Demain, nous commençons à construire une démonstration qui soit lancera notre avenir, soit le détruira.

J'ai refermé le journal, le rangeant en ayant conscience que tout venait de devenir considérablement plus compliqué.

La surveillance des professeurs signifiait une visibilité accrue. La Démonstration Inter-Cours signifiait des conséquences politiques. Le délai de trois semaines signifiait un entraînement intensif qui mettrait à l'épreuve chaque aspect de notre partenariat.

Mais sous la pression se trouvait autre chose, la certitude que Nix et moi étions en train de construire quelque chose qui valait la peine d'être défendu.

Pas seulement un partenariat académiquement réussi.

Mais la preuve que l'opposition pouvait créer des possibilités lorsqu'elle était structurée par la confiance et l'investissement émotionnel.

Nous allions commencer à pratiquer sérieusement la Danse des Limites.

Nous allions prouver que le feu et la glace pouvaient danser.

Ou nous allions réduire en cendres tout ce que nous avions construit et donner raison aux sceptiques.

Dans tous les cas, ce serait mémorable.

CHAPITRE DIX

VAPEUR ET STRATÉGIE

N^{IX}

La Forge du Futur, à deux heures du matin, était soit le meilleur, soit le pire endroit pour s'entraîner à une magie élémentaire qui, historiquement, finissait en explosions. Je penchais plutôt pour « le pire » en fixant les traces de roussissure que mon feu avait laissées sur les murs renforcés lors de notre dernière séance d'entraînement.

Plus que trois semaines avant la Démonstration Inter-Cours. Deux semaines depuis la réunion du corps enseignant qui avait placé notre partenariat sous le microscope de l'institution. Et environ six heures depuis que Magnus et moi avions accidentellement créé une explosion de vapeur si impressionnante qu'elle avait déclenché toutes les alarmes du bâtiment.

D'où la séance d'entraînement à deux heures du matin. Car, apparemment, nous avions décidé que le sommeil était moins important que de ne pas nous ridiculiser devant les représentants du Conseil.

— Tu réfléchis trop, a dit Magnus de l'endroit où il se tenait au centre de l'espace d'entraînement, des motifs de givre s'étendant depuis ses pieds en formations géométriques délibérées. La Danse de la Frontière requiert de l'instinct, pas de la stratégie.

— Je suis une nymphe du feu dont les instincts consistent généralement à tout enflammer et à paniquer devant les conséquences, ai-je répondu, appelant des flammes dans mes paumes avec plus de contrôle que je n'en avais deux semaines auparavant. Pardonne-moi de préférer la stratégie à la confiance en des pulsions qui ont fait leurs preuves en matière de catastrophes.

— Tes pulsions s'améliorent, a fait remarquer Magnus en prenant la première position de la danse que nous pratiquions. Il y a deux semaines, tu ne pouvais pas maintenir un feu contrôlé plus de trente secondes sans perdre le contrôle. Maintenant, tu tiens plusieurs minutes.

— Deux minutes et dix-sept secondes, ai-je corrigé en me déplaçant pour adopter la même position que lui. Ce qui est génial pour une manifestation de base, mais loin du contrôle soutenu dont nous aurons besoin pour la démonstration.

La Danse de la Frontière, nous l'avions appris en étudiant les archives de Celeste et Thorvald, exigeait une opposition élémentaire continue, le feu et la glace se déplaçant à travers des motifs qui se défiaient mutuellement pour prendre des formes de plus en plus complexes. Pas de suppression, pas d'harmonie, juste une pression délibérée qui forçait les deux éléments à trouver une structure par le contact.

Magnifique en théorie. Épuisant en pratique. Sujet à des échecs spectaculaires lorsque l'un de nous laissait la peur l'emporter sur la confiance.

— Prête ? a demandé Magnus, son givre s'étendant pour rencontrer le bord de mes flammes.

— Absolument pas, ai-je répondu. Mais allons-y quand même.

Nous avons commencé le premier mouvement, le feu avan-çant, la glace reculant, tout en maintenant le contact. Mes flammes poussaient contre son givre selon des motifs qui auraient dû créer des explosions de vapeur, mais qui forçaient au contraire les deux éléments à former des rubans d'opposition contrôlée.

— Bien, a murmuré Magnus, sa voix prenant cette qualité concentrée qui signifiait qu'il canalisait une puissance considé-rable. Maintenant, deuxième position, contact en spirale.

J'ai suivi le motif, laissant mon feu s'enrouler autour de sa glace dans des formations qui ressemblaient à des œuvres d'art. Là où nos éléments se touchaient, la vapeur s'élevait en motifs contrôlés, plutôt qu'en un chaos explosif. Sans s'harmoniser, simplement en existant dans une tension délibérée qui créait de la beauté par l'opposition.

— Ça marche, ai-je soufflé, presque effrayée de reconnaître le succès au cas où cela nous porterait la poisse.

— N'aie pas l'air si surprise, a répondu Magnus en passant à la troisième position avec le genre de grâce qui suggérait son héri-tage de métamorphe renne. Ça fait des jours qu'on s'entraîne sur ce motif.

— Des jours sans explosions majeures, ai-je corrigé, reprodui-sant son mouvement avec un feu qui spiralait autour de son givre qui avançait. C'est quasiment un miracle, vu notre passif.

La quatrième position exigeait un contact plus étroit, le feu et la glace s'entrelaçant dans des motifs qui semblaient impossibles. Mes flammes se faufilaient à travers son givre sans le consumer. Sa glace canalisait mon feu sans le supprimer.

Nous dansions. Vraiment, nous dansions véritablement avec des éléments qui étaient censés se détruire mutuellement.

— Cinquième position, a annoncé Magnus, et j'ai senti son hésitation à travers la connexion élémentaire que nous avions développée. C'est là que nous avons échoué la dernière fois.

— Parce que j'ai paniqué et que mon feu a grimpé en flèche, me suis-je souvenue, les marques de brûlure sur les murs témoignant exactement de la gravité de cette panique.

— Parce que nous avons tous les deux essayé de contrôler au lieu de faire confiance, a corrigé Magnus. La cinquième position exige l'abandon, laisser nos éléments guider le contact au lieu de forcer des motifs prédéterminés.

L'abandon. C'est ça. Parce que faire confiance à mon feu pour faire quoi que ce soit sans une gestion directe avait si bien fonctionné à Frostbane.

Mais Magnus se mettait déjà en position, son givre créant des chemins qui invitaient mes flammes à suivre. Sans exiger, sans réprimer, juste en offrant une structure que mon feu pouvait choisir d'accepter ou de rejeter.

J'ai pris une inspiration, quatre temps, j'ai retenu, quatre temps d'expiration, et j'ai laissé mes flammes suivre là où sa glace menait.

À l'instant où j'ai relâché le contrôle actif, tout a changé.

Mon feu n'a pas grimpé ni spiralé sauvagement. Il s'est déplacé à travers le givre de Magnus comme s'il avait été chorégraphié, trouvant des motifs que je n'avais pas dirigés consciemment. Sa glace a répondu en créant de nouveaux chemins, mettant mes flammes au défi d'explorer des formations que je n'avais jamais tentées.

Nous improvisions. Le feu et la glace avaient une véritable conversation à travers une opposition élémentaire qu'aucun de nous ne contrôlait activement.

— Nix, la voix de Magnus portait une note d'émerveillement. Regarde ce que nous créons.

J'ai risqué un coup d'œil vers l'espace entre nous et j'ai failli perdre complètement ma concentration. Nos éléments s'étaient entrelacés pour former quelque chose qui ressemblait à une aurore boréale rendue tangible, le feu et la glace créant des motifs lumineux qui ne devraient pas exister, la vapeur se transformant en structures cristallines qui défiaient la théorie magique de base.

— Comment on fait ça ? ai-je chuchoté.

— La confiance, a simplement répondu Magnus. Nous faisons confiance à nos éléments pour s'équilibrer mutuellement au lieu de les forcer à suivre des motifs prédéterminés.

La sixième position a découlé naturellement de la cinquième, nous suivant tous deux des instincts qui s'étaient développés au fil des semaines d'entraînement. Mon feu créait des chemins pour sa glace. Son givre mettait mes flammes au défi de former des figures que je n'aurais jamais cru possibles.

Nous sommes passés par les septième, huitième et neuvième positions avec une confiance croissante et de moins en moins de pensées conscientes. C'était la danse qui nous guidait, et non l'inverse.

Et puis nous avons atteint la dixième position, le point culminant qui, selon les archives de Celeste et Thorvald, créerait soit une percée, soit un échec catastrophique.

— Ensemble ? a demandé Magnus, son givre et mon feu planant au seuil du contact qui achèverait le motif.

— Ensemble, ai-je confirmé.

Nous avons bougé simultanément, nos éléments entrant en collision d'une manière qui aurait dû créer l'explosion de vapeur que nous avions évitée toute la nuit.

Au lieu de ça, quelque chose d'extraordinaire s'est produit.

L'opposition entre le feu et la glace a créé un moment d'équilibre parfait, ni harmonie, ni suppression, juste deux forces opposées trouvant leur équilibre grâce à la confiance et à la structure. La vapeur qui s'est formée s'est cristallisée en motifs qui ressemblaient à des œuvres d'art, puis s'est dispersée en une douce brume qui a peint tout l'espace d'entraînement aux couleurs d'une aurore boréale.

Nous avions terminé la Danse de la Frontière.

Sans catastrophe. Sans explosions. Sans que l'un de nous ne perde le contrôle, ne panique ou ne détruise ce que nous avions construit ensemble.

Le silence qui a suivi semblait lourd de sens.

— On l'a fait, ai-je dit, n'arrivant pas tout à fait à croire aux preuves qui peignaient encore les murs de nos signatures élémentaires.

— On l'a fait, a acquiescé Magnus, son givre maintenant toujours un contact doux avec mes flammes dans des motifs qui semblaient naturels plutôt que forcés.

J'aurais dû être en train de célébrer. J'aurais dû être excitée d'avoir enfin maîtrisé la technique dont nous aurions besoin pour la Démonstration Inter-Cours. J'aurais dû me concentrer sur la réussite scolaire et sur le fait de prouver aux sceptiques du corps enseignant qu'ils avaient tort.

Au lieu de ça, tout ce à quoi je pouvais penser était à quel point Magnus se tenait près de moi. Comment son givre se sentait contre mon feu, non pas en le supprimant, non pas en le contenant, mais simplement en existant dans une opposition délibérée qui rendait nos deux éléments plus forts. Comment la confiance requise pour achever cette position finale avait moins ressemblé à de la magie de partenariat qu'à quelque chose que je n'avais pas les mots pour décrire.

— Nix ? La voix de Magnus portait une incertitude. Ça va ?

— Oui, juste... J'ai fait un geste vers les motifs d'aurore qui décoraient encore l'espace d'entraînement. On vient de faire quelque chose qui, d'après les archives historiques, a pris des années à Celeste et Thorvald. En deux semaines. C'est soit incroyable, soit terrifiant.

— Probablement les deux, a dit Magnus, en reculant pour nous donner à tous les deux de l'espace pour digérer. Au moment où il s'est éloigné, j'ai ressenti la perte de contact comme un froid physique, ce qui n'avait aucun sens puisque j'étais une nymphe du feu. Le froid n'aurait pas dû m'affecter.

Sauf qu'apparemment, le type de givre particulier de Magnus était devenu quelque chose que mon feu reconnaissait et qui lui manquait quand il était absent.

— On devrait la refaire, ai-je dit, ayant besoin de me concentrer sur autre chose que des sentiments compliqués à propos d'une opposition élémentaire qui me semblait de plus en plus personnelle. Pour être sûrs que ce n'était pas juste un heureux hasard.

— À deux heures et demie du matin ? Magnus a haussé un sourcil. Quand on est tous les deux épuisés et qu'on carbure à la détermination plutôt qu'à la véritable énergie ?

— Quel meilleur moment pour tester si on peut garder le contrôle dans des circonstances loin d'être idéales ? ai-je rétorqué. La Démonstration Inter-Cour n'attendra pas qu'on soit bien reposés et parfaitement préparés.

Magnus m'a étudiée un long moment, son masque diplomatique se fissurant assez pour laisser paraître son inquiétude. — Il ne s'agit pas de la démonstration.

— Bien sûr qu'il s'agit de la démonstration...

— Nix. Il s'est rapproché, son givre s'étendant vers mon feu en formant les motifs qu'on avait répétés. Qu'est-ce qui te tracasse vraiment ?

La question a flotté entre nous, exigeant une honnêteté que je n'étais pas sûre d'être prête à donner.

— Réussir la danse, c'était... J'ai eu du mal à trouver des mots qui n'en révéleraient pas trop. Différent de ce à quoi je m'attendais. Plus intime qu'une simple collaboration magique.

— D'accord, a dit Magnus doucement. La confiance nécessaire pour cette dernière position allait au-delà d'un partenariat académique.

— Et ça ne t'inquiète pas ? ai-je demandé. Les professeurs s'inquiètent déjà que l'implication émotionnelle compromette notre jugement. Réussir d'anciennes techniques qui exigent une confiance profonde n'aide probablement pas notre cause pour maintenir des limites appropriées.

— Des limites appropriées, a répété Magnus, quelque chose changeant dans son expression. Nix, on a échangé des journaux intimes pleins d'honnêteté émotionnelle, on s'est ancrés l'un l'autre à travers les crises, et on a littéralement fait confiance à nos éléments pour s'équilibrer sans contrôle conscient. Je pense qu'on a laissé les « limites appropriées » loin derrière nous il y a des semaines.

— Alors, on est quoi ? La question a jailli avant que je puisse la retenir. Des partenaires académiques qui tiennent l'un à l'autre ? Des amis qui pratiquent la magie élémentaire ensemble ? Ou tout autre chose qu'aucun de nous ne veut reconnaître parce que c'est terrifiant, compliqué et que ça enfreint probablement de multiples protocoles institutionnels ?

Les motifs de givre de Magnus se sont immobilisés, puis se sont reformés en des formes qui semblaient tendre la main. — Je ne sais pas. Mais Nix, peu importe ce qu'on est, ça marche. Notre magie est plus forte quand on est ensemble. On se stabilise l'un l'autre. On se fait assez confiance pour réussir des techniques que des partenariats historiques ont mis des années à maîtriser. Ça compte plus que de savoir si on correspond aux définitions institutionnelles d'une collaboration appropriée.

— Même si tenir l'un à l'autre signifie qu'on est vulnérables au genre d'échecs précis contre lesquels les professeurs nous ont mis en garde ? ai-je insisté. Même si l'investissement émotionnel signifie que je prendrai des décisions basées sur ta protection plutôt que sur une évaluation objective des risques ?

— Oui, a dit Magnus avec une conviction qui a fait s'embraser mes flammes. Parce que Nix, l'alternative, c'est de retourner à l'isolement contrôlé qu'on maintenait tous les deux avant ce partenariat. Retourner à la suppression d'éléments qui sont fondamentaux à ce que nous sommes parce qu'on a trop peur de confier nos vulnérabilités à qui que ce soit. Je ne veux pas de ça. Plus maintenant.

Cet aveu donnait l'impression de voir son armure diplomatique se fissurer assez pour révéler la personne en dessous, celle qui avait confessé avoir besoin du givre pour se protéger, qui m'avait laissé voir ses instincts d'ours faire surface, qui avait fondu quand j'avais eu besoin de structure malgré des années d'entraînement qui lui avaient appris que le contrôle était une question de survie.

— On est des désastres, ai-je dit doucement, mes flammes s'étirant vers son givre en des motifs qui n'avaient rien à voir avec la Danse des Frontières et tout à voir avec des sentiments compliqués que je n'étais pas prête à nommer.

— Des désastres contrôlés, a-t-il corrigé automatiquement.

— Des désastres contrôlés et émotionnellement compromis, ai-je amendé.

— La meilleure sorte, a convenu Magnus, faisant écho à notre échange précédent avec un léger sourire qui a fait éclore quelque chose de chaud dans ma poitrine.

Nous nous tenions dans la Future Forge, entourés des preuves de la réussite de notre danse, reconnaissant tous les deux que ce qui se développait entre nous avait dépassé la simple collaboration académique.

Terrifiant. Inapproprié. Allait probablement créer des complications pendant la Démonstration Inter-Cour alors qu'on était censés prouver la validité de la magie des partenariats plutôt que de démontrer exactement pourquoi les professeurs s'inquiétaient de l'implication émotionnelle.

Mais aussi réel, grandissant, et de plus en plus difficile à ignorer.

— On devrait répéter la danse, a finalement dit Magnus. S'assurer qu'on peut reproduire ce succès.

— Pragmatique, ai-je acquiescé, reconnaissante de ce retour à des tâches concrètes plutôt qu'à la complexité émotionnelle.

Nous avons répété les positions, et cette fois, la danse a semblé encore plus naturelle. Mon feu suivait son givre sans direction consciente. Sa glace créait des chemins que mes flammes exploraient instinctivement. La confiance requise pour la position finale est venue plus facilement, comme si nos éléments apprenaient à communiquer au-delà de notre contrôle actif.

Au moment où nous avons terminé la troisième exécution complète, la Future Forge avait l'air d'avoir été peinte d'aurores boréales et de vapeur cristallisée. Magnifique. Impossible. La preuve que le feu et la glace pouvaient créer une magie extraordinaire par une opposition délibérée.

— Trois semaines, ai-je dit alors que nous nous préparions enfin à partir, vers quatre heures du matin. Pour peaufiner ça assez pour une démonstration publique.

— On sera prêts, a répondu Magnus avec une confiance que j'aurais aimé partager.

— Et si les inquiétudes des professeurs sur l'implication émotionnelle se révèlent justes ? Si le fait de trop tenir l'un à l'autre nous fait échouer au moment le plus crucial ?

Magnus s'est arrêté à la porte, le givre et le feu créant encore des motifs là où nos éléments restaient en contact. — Alors on échouera en ayant vraiment essayé au lieu de fuir par peur. Mais Nix, je ne pense pas qu'on va échouer. Je crois qu'on démontrera que l'investissement émotionnel rend les partenariats plus forts, pas plus faibles. Que la confiance crée des percées au lieu de catastrophes.

— Tu as l'air certain.

— Je le suis, a-t-il dit. Parce qu'il y a deux semaines, on n'arrivait pas à faire la première position sans explosions de vapeur. Ce soir, on a exécuté la Danse des Frontières complète trois fois sans incident. Ce n'est pas de la chance ou un accident, c'est le partenariat qui fonctionne exactement comme il est censé le faire.

Il est parti avant que je ne puisse formuler une réponse, me laissant seule dans la Future Forge avec des motifs d'aurores décorant les murs et la conscience inconfortable que Magnus Polaris était en train de détruire systématiquement chaque mur défensif que j'avais construit pour protéger les gens de mon feu.

Et la partie terrifiante n'était pas la destruction.

C'était à quel point j'avais envie de le laisser faire.

À quel point je commençais à croire que peut-être, possiblement, on pourrait vraiment réussir cet impossible partenariat.

Pas seulement sur le plan académique. Pas seulement sur le plan magique.

Mais de manières qui allaient au-delà de ce que l'un ou l'autre avait attendu quand le Professeur Blitzen nous avait assignés comme partenaires.

J'ai sorti mon journal, fixant les pages qui exigeaient de l'honnêteté sur la vapeur et la stratégie et des sentiments que je n'étais pas prête à nommer.

Jour Quatorze : Terminé la Danse des Frontières à 2 h du matin. Trois fois. Sans explosions. Sans catastrophe. Sans que l'un de nous perde le contrôle.

Magnus a demandé ce qu'on est au-delà de partenaires académiques. Je n'avais pas de réponse. Mais réussir cette dernière position a exigé une confiance qui va au-delà de la collaboration.

A exigé une vulnérabilité qui semble de plus en plus personnelle et pas seulement magique.

Les professeurs s'inquiètent de l'implication émotionnelle. Ils ont probablement raison de s'inquiéter. Parce que je veux que Magnus réussisse. Je ne veux pas être l'ondine de feu qui détruit son avenir si soigneusement planifié. Et ces sentiments affectent absolument mon jugement sur les risques, les limites et la collaboration appropriée.

Mais Magnus a raison, retourner à l'isolement n'est pas une option. Pas après avoir appris ce que c'est que la confiance. Pas après avoir expérimenté un partenariat qui nous rend tous les deux plus forts.

Trois semaines pour prouver que le feu et la glace peuvent danser. Et que tenir trop l'un à l'autre n'est pas une catastrophe, c'est le but.

Terrifiant. Excitant. Finira probablement en désastre.

J'ai hâte.

J'ai refermé le journal, le rangeant avec la conscience que demain apporterait plus d'entraînement, plus de surveillance de la part des professeurs, et plus d'occasions soit de prouver que les sceptiques avaient tort, soit de confirmer leurs pires craintes.

Je me suis permis d'espérer que Magnus et moi étions en train de construire quelque chose qui valait le risque.

Même si cela signifiait consumer chaque mur défensif que j'avais construit.

Même si cela signifiait faire assez confiance à quelqu'un pour lui montrer mon feu sans armure.

Même si cela signifiait reconnaître que le partenariat était devenu quelque chose que ni l'un ni l'autre n'avait prévu mais dont nous avions tous les deux besoin.

Je suis juste restée là, dans la Future Forge, entourée par la

preuve que le feu et la glace pouvaient créer une magie extraordinaire lorsqu'elle était structurée par la confiance.

Et j'ai essayé de ne pas trop penser à ce que cela signifiait pour
des complications qui allaient au-delà de la simple collaboration
académique.

J'ai essayé, et j'ai échoué lamentablement.

Parce que l'espoir, comme le feu, était impossible à maîtriser
une fois qu'il commençait à brûler.

Et Magnus Polaris venait de me montrer que certains feux
valaient le risque.

CHAPITRE ONZE
L'INSTANT MIROIR

MAGNUS

— Stop ! ai-je crié, mais le laboratoire était déjà en train de se fracturer.

Des flammes tourbillonnaient. Le givre déferlait.

L'NPU s'effondrait autour de nous.

Ce n'était pas réel. Pas encore. Mais la vision semblait plus solide que le sol du laboratoire sous mes pieds, avec des bâtiments cristallins qui se fissuraient, une aurore boréale au-dessus de nos têtes qui vacillait en motifs maladifs, des éléments qui s'entrechoquaient sans aucune structure.

Et au centre de tout ça, Nix et moi étions figés. Le feu consumant la glace. La glace étouffant le feu. Exactement la catastrophe que nous avions passé des semaines à essayer d'éviter.

— Magnus ! L'éclair de la professeure Blitzen a fait voler la vision en éclats comme du verre brisé. — Vous deux, cessez toute manifestation immédiatement !

La réalité est revenue brutalement. Le laboratoire était intact, mais de justesse. Mon givre s'était étendu en motifs agressifs que je n'avais pas souvenir d'avoir créés. Le feu de Nix flamboyait sauvagement, ses yeux reflétant la même terreur qui me glaçait le sang.

— C'était quoi, ça ? a haleté Nix.

— Une vision partagée, a dit la professeure Blitzen, en évaluant déjà les dégâts sur l'équipement de surveillance. Une résonance prophétique. Vos éléments sont suffisamment synchronisés pour voir des futurs potentiels.

— Ça ne ressemblait pas à une possibilité, ai-je déclaré, le givre continuant de recouvrir mes paumes. Ça ressemblait à une fatalité.

Cela laisserait entendre plus clairement que Magnus y est encore émotionnellement, et laisserait la gravité de la vision s'installer plus lourdement.

— Ou une prophétie auto-réalisatrice. La professeure Blitzen a affiché des écrans holographiques montrant nos signatures magiques pendant la vision. — Regardez. Au moment où la résonance s'est activée, vous avez tous les deux paniqué. Magnus a essayé de réprimer. Nix a essayé de contenir. Votre peur a créé précisément la collision que vous vous efforcez d'éviter.

Nix a fixé les données. — On a vu un échec et on l'a immédiatement rendu réel.

— C'est pourquoi, a dit la professeure Blitzen, son éclair créant des motifs de chaos structuré... votre prochain défi n'est pas technique. C'est la confiance. La Démonstration Inter-Cours dans deux semaines va générer une pression énorme. Des représentants du Conseil qui observent, le corps professoral qui évalue, tout le monde attend de voir si vous prouvez que la magie de partenariat fonctionne ou si vous confirmez qu'elle est dangereuse.

Elle a fait un geste, et l'environnement du laboratoire s'est modifié, pas seulement la température, mais une pression magique qui a fait gronder mes instincts d'ours, me donnant l'envie de répondre avec une force écrasante.

— Ceci simule l'environnement de la démonstration, a expliqué la professeure Blitzen. Tout ce que vos instincts défensifs percevront comme une menace. Vous exécuterez la Danse des Limites sous cette pression jusqu'à ce que vos éléments se fassent plus confiance l'un à l'autre que vos esprits ne font confiance à vos défenses.

Mon givre formait déjà des barrières. À côté de moi, les flammes de Nix dansaient avec une volatilité qui signifiait que son contrôle était en train de se fracturer.

— Maintenant ? ai-je demandé.

— Maintenant. Et chaque jour pendant deux semaines. Jusqu'à ce que les visions prophétiques montrent le succès au lieu de la catastrophe.

Elle s'est retirée sur la plateforme d'observation, nous laissant seuls avec une pression conçue pour déclencher chaque instinct de défense que nous avions cultivé.

— Ça va être horrible, a marmonné Nix.

— Complètement. Prêt ?

-— Absolument pas. Mais faisons-le quand même.

Nous nous sommes mis en première position. Immédiatement, chaque instinct m'a hurlé de renforcer mon armure de givre, de réprimer les menaces, de contrôler les variables. Le feu de Nix poussait avec une agressivité née de la peur. Mon givre a essayé de contenir au lieu de défier.

En quelques secondes, nous étions en train de créer exactement la collision destructrice que la vision nous avait montrée.

— Stop, a ordonné la professeure Blitzen. Reprenez. Encore.

Nous avons recommencé. Ça a duré peut-être dix secondes avant que nos défenses ne l'emportent sur la confiance.

— Encore.

Essayé. Échoué. Recommencé. Vingt tentatives plus tard, j'étais épuisé et mes instincts d'ours exigeaient que je résolve ça par la force plutôt que par la finesse.

— Ça ne marche pas, ai-je dit entre mes dents serrées.

— Parce que vous essayez de vous frayer un chemin à travers la peur par le contrôle. La professeure Blitzen est descendue à notre niveau. — Vous voulez éliminer les variables, gérer les risques, forcer la confiance. Mais la magie de partenariat ne fonctionne pas comme ça.

Son éclair dansait entre structure et chaos. — Une véritable collaboration exige un abandon, non pas à votre partenaire, mais à l'illusion que le contrôle est possible. Vous avez déjà prouvé que vous pouviez réussir quand vous n'empêchiez pas activement l'échec. Chaque fois que vous vous êtes stabilisés l'un l'autre pendant une crise, c'était par instinct, pas par stratégie.

Elle avait raison. Moi, calmant Nix lors de sa première perte de contrôle. Elle, m'ancrant pendant l'examen diplomatique. Nous deux, terminant la Danse des Limites à deux heures du matin, quand nous étions trop épuisés pour ériger des barrières défensives.

— Donc on arrête d'essayer de contrôler, ai-je dit lentement... et on laisse simplement nos éléments nous guider.

— Essayez.

Nix et moi nous sommes regardés à travers l'espace d'entraînement.

— Ensemble ? a-t-elle demandé, ses flammes se rétractant.

— Ensemble.

Cette fois, je n'ai pas essayé de diriger ma glace. Je l'ai juste laissée s'écouler vers le feu de Nix, confiant que l'opposition créerait une structure. Ses flammes ont rencontré mon givre sans l'agressivité née de la peur. Juste une réponse élémentaire, le feu cherchant la glace pour se définir contre elle.

La deuxième position a coulé de source. La troisième a semblé presque facile. À la quatrième, j'avais cessé de penser à la pression simulée et j'avais commencé à suivre les motifs que nos éléments créaient.

La résonance prophétique s'est de nouveau activée pendant la septième position.

Mais cette fois, au lieu de la destruction, j'ai vu quelque chose de différent.

La Démonstration Inter-Cours, réussie. Nix et moi exécutant la danse avec une précision qui venait d'une confiance absolue. Les représentants du Conseil regardant avec un étonnement sincère. Les professeurs sceptiques forcés de reconnaître que l'investissement émotionnel créait une percée, pas une catastrophe.

Et au-delà, des futurs que je ne m'étais pas permis d'imaginer. Un partenariat se poursuivant après l'obtention de notre diplôme. Une collaboration s'étendant au travail du Conseil. Le feu et la glace révolutionnant la façon dont le monde magique comprenait l'opposition élémentaire.

Nous. Non seulement survivant, mais prospérant.

La vision s'est estompée alors que nous terminions la dixième position, les motifs de l'aurore boréale signalant notre succès.

— Tu l'as vu ? a demandé Nix, à bout de souffle.

— Le succès. Pas seulement à la démonstration, mais au-delà.

— Ensemble, a-t-elle ajouté doucement, alors que quelque chose changeait dans son expression.

La professeure Blitzen s'est approchée, sa satisfaction évidente. — Voilà la résonance prophétique qui montre ce qui est possible quand vous faites confiance au lieu de vous défendre. Les deux visions que vous avez eues aujourd'hui, la catastrophique et la triomphante, représentent de véritables futurs potentiels. Lequel se manifestera dépendra de si vous choisissez la peur ou la foi.

— La foi ? Nix a testé le mot. — En la magie de partenariat ?

— L'un en l'autre. La magie fonctionne parce que vous croyez que votre partenaire vous apportera ce dont vous avez besoin.

Elle nous a tendu des plannings d'entraînement mis à jour. — Des sessions quotidiennes sous pression simulée. Je veux que vous soyez si à l'aise avec la résonance prophétique que les visions de catastrophe ne déclenchent pas vos instincts de défense. Le jour de la démonstration, vous faire confiance devrait être plus instinctif que de vous protéger.

Nous avons quitté le laboratoire ensemble, emportant tous les deux des visions de l'ampleur des enjeux.

— Magnus ? La voix de Nix était empreinte d'incertitude alors que nous arrivions là où nos chemins se séparaient. — La vision du succès, tu as vu ce qui venait après ?

— Des futurs où nous continuions à collaborer après notre diplôme.

— Pareil. Ce qui est soit une intuition prophétique, soit une façon de prendre nos désirs pour des réalités.

— Est-ce que ça a de l'importance ?

— Probablement. Elle a eu un rire nerveux. — Parce que si on prend nos désirs pour des réalités, ça veut dire que nous sommes émotionnellement compromis. Et si c'est une intuition prophétique, ça veut dire que nous construisons quelque chose qu'aucun de nous n'avait prévu.

— Et si c'était les deux ?

— Alors nous sommes encore plus compliqués que ce que le corps professoral craignait. Elle a rencontré mon regard. — Magnus, te faire confiance me semble de plus en plus incontrôlé. Comme si je choisissais activement la vulnérabilité plutôt que la protection. Ça me terrifie plus que n'importe quelle vision de catastrophe.

Cet aveu a fait voler mon calme en éclats. — Pareil pour moi.

Te faire confiance signifie laisser mon armure de givre fondre alors que chaque instinct me crie que la protection est synonyme de survie. Ça signifie croire que le partenariat pourrait être plus important que ma propre préservation.

Le feu et le givre créaient des motifs là où nos éléments se touchaient.

— Trois semaines, a finalement dit Nix. Jusqu'à ce qu'on prouve que ces visions de succès sont réelles ou qu'on confirme que la catastrophe était inévitable.

Elle est partie en direction de l'Aile du Feu. Je me suis dirigé vers la Tour du Givre, emportant avec moi des visions de futurs qui exigeaient une confiance que je n'étais pas sûr de posséder.

Mais aussi l'espoir que choisir la foi plutôt que la peur pourrait créer la percée que nous avions vue. J'ai sorti mon journal, fixant les pages qui exigeaient l'honnêteté.

Jour Quinze : Deux futurs. L'un d'effondrement. L'autre de partenariat et de possibilités.

La différence ? La confiance.

Pas en la technique. L'un en l'autre.

Demain, nous choisirons à nouveau. Et encore.

Parce que la confiance, une fois allumée, est plus difficile à tuer que la peur.

J'ai refermé le journal avec la conscience que tout reposait désormais sur la foi.

Pas la stratégie. Pas le contrôle.

Juste la conviction que Nix m'apporterait la structure dont j'avais besoin pour m'ancrer.

La certitude que nos éléments maintiendraient l'équilibre lorsque le contrôle conscient ferait défaut.

La foi que le partenariat pouvait créer la beauté au lieu de la catastrophe.

Je me suis juste permis d'espérer que les visions prophétiques de succès n'étaient pas des vœux pieux, mais des aperçus de futurs réalisables.

Et j'ai essayé de ne pas trop penser à ce que ces futurs impliquaient comme complications au-delà d'une collaboration académique.

Essayé et échoué.

Nix Ember m'avait montré que même le givre le plus hermétique pouvait risquer de fondre, pour la bonne étincelle.

CHAPITRE DOUZE
VISION DE FEU

N^{IX} Des flammes dansaient au bout de mes doigts avant même que je ne réalise qu'elles étaient miennes.

La vision m'était venue pendant le déjeuner, ce qui était extrêmement inopportun et aussi terrifiant d'une manière pour laquelle je n'avais pas de mots.

Un instant, j'étais assise avec Ivy et Fiona dans la Salle à Manger de Cristal, les écoutant débattre des mérites des différentes techniques de manifestation des aurores. L'instant d'après, la réalité s'est fissurée et j'étais ailleurs, partout ailleurs, voyant à travers un feu qui reconnaissait des schémas que je n'avais jamais consciemment appris.

Les lignes telluriques de la NPU, l'infrastructure magique qui alimentait tout, des systèmes de chauffage aux protections défensives, brillaient comme des veines de lumière sous les surfaces cristallines. Et, entrelacée dans ces lignes, une corruption qui se propageait comme une infection, une déstabilisation magique qui n'aurait pas dû être possible, et qui gagnait en puissance à chaque instant qui passait.

Au centre de la corruption, deux signatures élémentaires s'affrontaient. Le feu et la glace, mais de la mauvaise manière. Pas l'opposition contrôlée que Magnus et moi avions pratiquée, mais un conflit authentique. Se détruisant mutuellement et détruisant tout ce qui les entourait.

— Nix ! La voix de Fiona déchira la vision. Ton feu...

Je revins à la réalité en clignant des yeux et vis immédiatement le problème. Des flammes dansaient autour de mes mains, répondant à la vision avec une volatilité que je ne parvenais pas tout à fait à contrôler. Les étudiants des tables voisines avaient reculé, et je pouvais voir des membres du corps professoral se diriger déjà vers moi pour intervenir.

— Désolée, ça va... commençai-je, en ravalant mes flammes par la seule force de ma volonté.

Sauf que ça n'allait pas. Parce que la vision ne s'était pas complètement estompée. Je pouvais encore la sentir aux confins de ma conscience, la corruption se propageant à travers les lignes telluriques, le déséquilibre élémentaire s'intensifiant, et la certitude absolue que ce n'était pas une possibilité prophétique comme la vision de la veille.

Ça se passait maintenant.

— Nix, qu'est-ce que tu as vu ? demanda Ivy, ses sens de sprite de lumière lui indiquant apparemment qu'il s'agissait de plus qu'une simple perte de contrôle.

— Les lignes telluriques, dis-je, les flammes dansant toujours malgré mes efforts pour les contenir. Quelque chose ne va pas avec l'infrastructure magique de la NPU. Une corruption se propage et j'ai l'impression que...

Je m'arrêtai, car expliquer que ça ressemblait à du feu et de la glace se détruisant mutuellement soulèverait des questions auxquelles je n'étais pas prête à répondre dans une salle à manger bondée.

— Qu'est-ce que tu as l'impression ? insista Fiona.

Avant que je puisse répondre, des sirènes d'alarme retentirent avec fracas sur tout le campus, pas les doux carillons qui marquaient les changements de cours, mais des avertissements cristallins stridents qui signifiaient une véritable urgence magique.

Les étudiants dans la salle à manger levèrent la tête, l'air confus et inquiet. À travers les hautes fenêtres, je pouvais voir les aurores au-dessus de nos têtes scintiller de motifs qui semblaient maladivement anormaux.

— Tous les étudiants de dernière année doivent se présenter immédiatement à leurs directeurs de projet, annonça la voix magiquement amplifiée du professeur Meridian dans la salle. Ceci n'est pas un exercice. Je répète : tous les étudiants de dernière année, rejoignez vos directeurs maintenant.

La salle à manger éclata en un chaos maîtrisé alors que les étudiants attrapaient leurs affaires et se précipitaient vers les sorties. Je restai figée, sentant encore les échos de la vision pulser aux limites de ma conscience.

— Viens, dit Ivy en me tirant vers la porte. Quoi que tu aies vu, ton directeur doit le savoir.

Nous nous sommes séparées dans le couloir, Ivy et Fiona se dirigeant vers leurs directeurs respectifs, et moi vers le Laboratoire d'Équilibre Élémentaire où le professeur Blitzen serait en train de coordonner une réponse à la crise qui avait déclenché ces alarmes.

Magnus me rejoignit à l'entrée du laboratoire, des motifs de givre se formant inconsciemment sur chaque surface qu'il touchait.

— Tu l'as vu aussi, dit-il. Ce n'était pas une question.

— Les lignes telluriques. La corruption qui se propage dans l'infrastructure magique. J'étudiai son visage, y voyant ma propre peur se refléter. Et au centre...

— Le feu et la glace qui se détruisent mutuellement, termina-t-il d'un ton sinistre. Pas l'opposition contrôlée que nous avons pratiquée. Un conflit réel.

— M. Polaris. Mlle Ember. Le professeur Blitzen apparut dans l'embrasure de la porte du laboratoire, sa foudre crépitant avec une intensité qui suggérait qu'elle gérait plusieurs crises simultanément. Entrez. Maintenant.

Nous la suivîmes dans le laboratoire, où des écrans holographiques montraient exactement ce que la vision avait révélé : le réseau de lignes telluriques de la NPU avec des taches sombres se propageant comme de la pourriture à travers des canaux magiques autrement immaculés.

— Ce que vous avez vu, dit le professeur Blitzen sans préambule... n'était pas une résonance prophétique montrant des futurs potentiels. C'était une vision diagnostique, vos éléments synchronisés détectant une corruption magique réelle en temps réel.

Elle fit un geste, et les écrans zoomèrent pour montrer le point d'origine de la corruption, profondément sous les fondations de la NPU, là où les plus anciennes lignes telluriques se croisaient.

— Il y a trois heures, quelque chose a déstabilisé le nœud d'équilibre élémentaire principal, poursuivit le professeur Blitzen. Nous ne sommes pas sûrs de la cause, mais le résultat est un retour magique catastrophique à travers toute l'infrastructure du campus. Si cela continue de se propager, les protections défensives de la NPU tomberont d'ici quarante-huit heures.

— Et les signatures de feu et de glace au centre ? demanda Magnus, bien que son expression suggérât qu'il connaissait déjà la réponse.

— D'origine inconnue, mais elles sont enfermées dans une

opposition destructrice qui amplifie la corruption au lieu de la contenir. Chaque tentative que nous avons faite pour stabiliser le nœud a échoué parce que nous ne pouvons pas neutraliser les deux éléments simultanément ; en supprimer un ne fait que renforcer l'autre.

Le professeur Blitzen se tourna pour nous faire face directement. — C'est là que vous intervenez. Votre partenariat a démontré la capacité de maintenir une opposition contrôlée, de garder le feu et la glace en équilibre sans qu'aucun élément ne domine. C'est exactement ce dont le nœud corrompu a besoin.

L'implication me frappa comme une douche froide. — Vous voulez que nous descendions dans le réseau de lignes telluriques et que nous stabilisions une corruption élémentaire dont nous ne savons rien ?

— Je veux que vous appliquiez les principes de la Danse de la Frontière à une crise réelle, corrigea le professeur Blitzen. Tout ce que vous avez pratiqué — l'opposition créant la structure, la confiance maintenant l'équilibre, les éléments communiquant par le contact — ce n'est pas seulement de la théorie académique. C'est précisément la technique requise pour résoudre ce désastre.

Le givre de Magnus s'était répandu sur le sol du laboratoire en motifs qui trahissaient son état émotionnel. — Professeur, avec tout le respect que je vous dois, nous n'avons réussi à achever la Danse de la Frontière complète que dans des conditions idéales. La tenter dans un réseau de lignes telluriques corrompu avec des variables inconnues...

— C'est dangereux, l'interrompit le professeur Blitzen. Potentiellement catastrophique si vous échouez. Mais Magnus, nous n'avons pas d'autres options. Chaque partenariat de dernière année avec une opposition élémentaire a été évalué. Le vôtre est le seul à avoir atteint le niveau de synchronisation requis pour tenter une stabilisation.

— Et vous ? demandai-je. Vous êtes l'un des praticiens élémentaires les plus puissants de la NPU. Pourquoi ne pouvez-vous pas le stabiliser ?

— Parce que je suis la foudre, pas le feu ou la glace. Les signatures corrompues sont spécifiquement élémentaires, elles ne répondront qu'à des énergies correspondantes. Son expression s'adoucit légèrement. Et parce que ma signature magique est trop agressive. Je pourrais supprimer la corruption temporairement, mais la suppression est ce qui cause le problème. Le nœud a besoin d'une opposition qui crée une structure, pas d'une domination qui impose la soumission.

Elle afficha de nouveaux écrans montrant les tunnels d'accès aux lignes telluriques sous le campus. — Vous aurez le soutien du corps professoral ; le professeur Frostwick, le professeur Meridian et moi-même établirons des barrières de confinement au cas où votre tentative déclencherait une défaillance en cascade. Mais le travail de stabilisation effectif doit être fait par vous deux, seuls. Le nœud n'acceptera aucune interférence extérieure une fois que vous aurez établi le contact élémentaire.

— Donc si nous échouons, dit Magnus lentement... nous serons piégés dans un réseau de lignes telluriques en effondrement sans aucun renfort.

— Si vous échouez, les protections défensives de la NPU s'effondreront et nous évacuerons tout le campus jusqu'à ce que nous puissions organiser une intervention extérieure du Conseil Inter-Saisonnier. Le ton du professeur Blitzen montrait clairement à quel point ce résultat serait catastrophique. Ce qui mettrait fin à vos projets de fin d'études, détruirait probablement l'indépendance institutionnelle de la NPU, et prouverait que les partenariats élémentaires sont trop dangereux pour être sanctionnés.

Aucune pression. Juste l'avenir de la magie des partenariats, l'existence de la NPU et notre propre survie reposant sur le fait que Magnus et moi puissions appliquer des techniques que nous maîtrisions à peine à une crise réelle.

— Combien de temps avons-nous pour décider ? demandai-je, bien qu'une partie de moi connaisse déjà la réponse.

— Vous n'en avez pas. La corruption se propage de manière exponentielle ; si nous ne tentons pas une stabilisation dans les deux prochaines heures, la défaillance en cascade dépassera notre capacité de confinement. La foudre du professeur Blitzen crépita pour souligner ses propos. Je sais que ce n'est pas ce pour quoi vous vous êtes préparés. Je sais que le moment est terrible et que les risques sont énormes. Mais Nix, Magnus, vous êtes le seul partenariat à la NPU capable de tenter cela. La question est de savoir si vous faites assez confiance à votre formation pour essayer.

Magnus et moi nous sommes regardés à travers le laboratoire, tous deux en train d'assimiler des implications qui allaient bien au-delà de l'évaluation académique.

— Si nous réussissons, dit Magnus doucement... nous prouvons que la magie des partenariats fonctionne sous une pression réelle. Que l'investissement émotionnel crée une capacité plutôt qu'un handicap.

— Et si nous échouons, ajoutai-je... nous prouvons que les inquiétudes des professeurs étaient fondées. Que les partenariats instables créent des catastrophes lorsque les enjeux deviennent élevés.

— Dans tous les cas, dit le professeur Blitzen... vous aurez votre réponse quant à savoir si la confiance que vous avez bâtie est assez forte pour survivre à une véritable crise. Si les visions prophétiques de succès étaient des futurs réalisables ou de simples vœux pieux.

Elle s'est dirigée vers la sortie du laboratoire, puis a fait une pause. — J'ai besoin de votre décision dans dix minutes. Profitez de ce temps pour être honnêtes l'un envers l'autre et déterminer si vous êtes prêts pour ça. Car une fois que vous entrerez dans ces tunnels, il n'y aura pas de retour en arrière si les choses se compliquent.

La porte s'est scellée derrière elle, nous laissant seuls avec les affichages holographiques qui montraient la corruption se propager à travers l'infrastructure magique, et le poids de décisions impossibles pesant sur une confiance que nous commencions à peine à construire.

— C'est de la folie, ai-je fini par dire, des flammes dansant autour de mes doigts avec une instabilité qui trahissait exactement ce que je ressentais face à la situation. — Nous nous sommes entraînés à la Danse de la Frontière dans des environnements contrôlés, avec du matériel de surveillance et la supervision du corps professoral. La tenter dans des lignes de force corrompues sans aucun soutien...

— C'est exactement le genre d'application en conditions réelles que la magie de partenariat est censée permettre, m'a interrompu Magnus, bien que les motifs de givre qui émanaient de lui suggéraient qu'il était tout aussi terrifié. — Nix, nous l'avons vu venir. La vision diagnostique nous a montré exactement ce qui se passait avant même que les professeurs ne détectent le problème. Nos éléments ont reconnu la corruption dans les lignes de force parce que nous sommes suffisamment synchronisés pour sentir un déséquilibre magique.

— Ou notre chance de mourir dans l'effondrement d'un réseau d'infrastructures magiques, confirmant au passage toutes les craintes quant à la dangerosité des partenariats instables, ai-je rétorqué.

— Ça aussi, a concédé Magnus avec un humour noir. — Mais Nix, nous l'avons vu venir. La vision diagnostique nous a montré exactement ce qui se passait avant même que les professeurs ne détectent le problème. Nos éléments ont reconnu la corruption dans les lignes de force parce que nous sommes suffisamment synchronisés pour sentir un déséquilibre magique.

— Et alors, ça veut dire qu'on est obligés de réparer ça ? Mon feu a jailli, chargé de frustration. — Magnus, ça fait deux semaines qu'on s'exerce à des exercices de confiance et à des techniques d'opposition contrôlée. Ce n'est pas une préparation suffisante pour tenter de stabiliser une corruption inconnue dans la magie fondatrice de la NPU.

— Tu as raison, a dit Magnus doucement, s'approchant jusqu'à ce que le givre et le feu créent des motifs familiers là où nos éléments se touchaient. — Ce n'est pas une préparation suffisante si on la mesure en temps ou en nombre de sessions d'entraînement. Mais Nix, nous avons déjà prouvé que nous pouvions nous stabiliser l'un l'autre en cas de crise. Moi qui t'ai ancrée durant ta première spirale de feu. Toi qui m'as aidé quand mes instincts d'ours ont fait surface pendant l'examen de diplomatie. Nous deux qui avons achevé la Danse de la Frontière quand nous avons cessé d'essayer de contrôler les résultats pour simplement faire confiance à nos éléments.

Il a plongé son regard dans le mien, son calme diplomatique se fissurant pour laisser apparaître une conviction sincère. — La question n'est pas de savoir si nous sommes préparés. C'est de savoir si nous nous faisons assez confiance pour tenter quelque chose de terrifiant parce que c'est la bonne chose à faire. Parce que la NPU a besoin de ce que nous pouvons offrir, et que personne d'autre ne peut le tenter.

— Et si se faire confiance nous mène tous les deux à la mort ?

— Alors on mourra en ayant vraiment essayé au lieu de fuir par peur, a répondu Magnus, faisant écho aux paroles de la professeure Blitzen quelques jours plus tôt. — Mais je ne pense pas que nous allons mourir. Je pense que nous allons faire exactement ce pour quoi nous nous sommes entraînés, laisser nos éléments nous guider à travers l'opposition pour créer une structure. Faire confiance au fait que le feu et la glace peuvent créer la stabilité lorsqu'on leur donne le contact approprié.

Sa certitude a fait éclore quelque chose de chaud dans ma poitrine qui n'avait rien à voir avec la magie du feu.

— Tu crois vraiment qu'on peut y arriver, ai-je dit, ce qui n'était pas tout à fait une question.

— Je crois, a corrigé Magnus... — que nous avons déjà accompli des choses plus difficiles que de stabiliser un nœud de ligne de force corrompu. Nous avons appris à faire confiance quand chaque instinct hurlait de nous protéger. Nous avons choisi la vulnérabilité plutôt que la défense. Nous avons bâti un partenariat à partir d'éléments qui étaient censés se détruire mutuellement.

Il a tendu la main, du givre formant des motifs d'invitation sur sa paume. — Alors oui, je crois que nous pouvons entrer dans une infrastructure magique corrompue et appliquer tout ce que nous avons appris. La question est de savoir si tu le crois aussi.

J'ai fixé sa main tendue, les motifs de givre qui invitaient au contact au lieu de réprimer mon feu, la confiance offerte sans garantie de succès.

Tout en moi voulait fuir. Voulait me protéger en refusant cette mission impossible. Voulait éviter d'être responsable du salut de la NPU, ou de sa destruction.

Mais Magnus avait raison, nous avions déjà accompli des choses plus difficiles que ça. Nous avions appris à faire confiance. Nous avions bâti un partenariat sur l'opposition.

Et des visions prophétiques nous avaient montrés en train de réussir ensemble parce que nous avions choisi la foi plutôt que la peur.

J'ai pris sa main, laissant le feu rencontrer le givre en des motifs que nous avions pratiqués jusqu'à ce qu'ils semblent naturels.

— Alors allons stabiliser quelques lignes de force corrompues et prouver que le feu et la glace peuvent sauver la situation au lieu de la détruire.

Son sourire était léger, mais sincère. — Des désastres contrôlés qui sauvent le monde. C'est pratiquement notre marque de fabrique.

— Notre marque de fabrique terrifiante et probablement catastrophique, ai-je approuvé.

Nous avons quitté le laboratoire ensemble, sachant tous les deux que nous étions sur le point de tenter quelque chose qui allait soit prouver la validité de la magie de partenariat, soit confirmer qu'elle était trop dangereuse pour être autorisée.

Mais sachant aussi que quoi qu'il arrive dans ces tunnels, nous y ferions face en tant que partenaires qui avaient choisi la confiance plutôt que la peur.

En tant que feu et glace qui avaient appris à danser.

En tant que deux personnes qui croyaient que l'opposition pouvait créer la beauté lorsqu'elle était structurée par une foi absolue l'un en l'autre.

La professeure Blitzen nous attendait dehors avec la professeure Frostwick et le professeur Meridian, tous trois arborant diverses expressions d'inquiétude et d'espoir.

— On y va, ai-je dit avant que quiconque puisse poser la question.

— Ensemble, a ajouté Magnus.

L'expression de la professeure Blitzen traduisait un mélange de soulagement et d'inquiétude. — Le tunnel d'accès se trouve dans les Archives de la Fondation. La professeure Frostwick vous guidera jusqu'à l'origine de la corruption, puis établira des barrières de confinement avant de se retirer. Après ça, vous serez livrés à vous-mêmes jusqu'à ce que vous stabilisiez le nœud ou que vous signaliez une évacuation d'urgence.

— Comment saurons-nous si nous réussissons ? a demandé Magnus.

— Vous le sentirez à travers vos éléments, a répondu la professeure Frostwick, sa présence de géante de glace étant étrangement rassurante malgré les circonstances. — Si l'opposition que vous créez structure la corruption au lieu de l'amplifier, les lignes de force commenceront à résonner avec vos signatures. Fiez-vous à ce sentiment plus qu'à n'importe quelle évaluation consciente.

La confiance. Toujours la confiance.

Nous avons suivi la professeure Frostwick à travers des couloirs que je n'avais jamais vus, descendant des escaliers qui s'enfonçaient bien en dessous des bâtiments principaux de la NPU, dans des tunnels taillés dans la glace et renforcés par une magie ancienne, antérieure à l'université elle-même.

La corruption est devenue visible à mesure que nous descendions, des taches sombres se propageant sur les parois cristallines comme une infection, vibrant de l'opposition destructrice que la professeure Blitzen avait décrite.

Et en dessous de tout ça, je pouvais sentir les signatures de feu et de glace qui causaient la déstabilisation. Pas malveillantes, juste bloquées en conflit, aucune ne pouvant s'échapper. Se combattant mutuellement parce que c'est ce que font les éléments opposés sans structure pour canaliser leur interaction.

Nous avons atteint le nœud principal, une vaste chambre où des dizaines de lignes de force se croisaient, leurs canaux magiques brillant habituellement d'une lumière pure, mais maintenant assombris par la corruption qui s'étendait depuis le centre.

La professeure Frostwick a établi des barrières de confinement sur le périmètre de la chambre, sa magie de géante de glace créant des murs qui chatoyaient sous la tension. Déjà, des pulsations de chaleur provenant de la corruption faisaient vaciller et résister les barrières. Elle les a regardées comme un chirurgien vérifiant les signes vitaux avant une procédure risquée, mesurant un temps que nous n'avions pas.

— Une fois que j'aurai scellé les barrières, a-t-elle dit... — vous aurez environ une heure avant que la corruption ne dépasse ma capacité à la contenir. Utilisez la Danse de la Frontière pour structurer l'opposition au centre du nœud. Laissez vos éléments communiquer avec les signatures corrompues, montrez-leur que le feu et la glace peuvent exister en équilibre plutôt qu'en conflit.

Elle s'est dirigée vers la sortie de la chambre, puis s'est arrêtée. — Et les étudiants ? Faites-vous confiance plus que vous ne faites confiance à votre peur. C'est la seule technique qui compte.

La barrière s'est scellée, nous laissant seuls avec la corruption se propageant à travers l'infrastructure magique, et seulement une heure pour prouver que la magie de partenariat pouvait sauver la NPU ou pour confirmer qu'elle était une responsabilité catastrophique.

— Prête ? a demandé Magnus, son givre répondant déjà à la signature de glace corrompue au centre du nœud.

Mon feu était attiré par l'essence de flamme endommagée, reconnaissant une part de lui-même dans cette énergie piégée et combattive.

— Absolument pas, ai-je répondu. — Mais faisons-le quand même.

Nous avons avancé ensemble vers le centre, le feu et la glace s'élançant vers une corruption qui avait plus besoin de structure que de suppression.

Vers la preuve que l'opposition pouvait guérir au lieu de nuire.

Vers le moment qui allait soit valider tout ce que nous avions construit, soit le détruire de façon spectaculaire.

Ensemble.

Parce que c'est ce que font les partenaires.

Même terrifiés.

Même face à des obstacles insurmontables.

Même quand choisir la confiance signifiait tout risquer.

Nous avons marché dans la corruption, armés de rien d'autre que de la foi que nous avions appris à assez bien danser pour enseigner à des éléments piégés comment trouver l'équilibre.

Et espérant désespérément que cette foi suffirait.

CHAPITRE TREIZE
LA DANSE

MAGNUS

Le nœud corrompu pulsait comme une blessure infectée. Le feu et la glace s'affrontaient dans un combat qui déchirait l'infrastructure magique de NPU de l'intérieur.

Je pouvais sentir les deux signatures élémentaires alors que Nix et moi approchions du centre de la chambre. Le feu était sauvage, désespéré, tentant de se frayer un chemin à travers des contraintes qu'il ne comprenait pas. La glace était rigide, terrifiée, réprimant tout ce qu'elle touchait, car c'était ce qu'elle avait appris à faire pour survivre.

Elles n'étaient pas conscientes, pas exactement, mais elles se souvenaient. Une mémoire musculaire de la magie. Des instincts désespérés, piégés dans des schémas devenus inutiles.

C'était nous. Avant que nous ayons appris à nous faire confiance. Avant que nous ayons découvert que l'opposition pouvait créer une structure au lieu d'une catastrophe.

— Elles ont peur, murmura Nix à côté de moi, ses flammes

s'étendant vers le feu corrompu avec une reconnaissance qui ressemblait presque à du chagrin. La signature de feu, elle n'essaie pas de détruire. Elle essaie de se protéger de la seule façon qu'elle connaisse.

— Pareil pour la glace, ai-je répondu, le givre formant des motifs qui reflétaient le contrôle désespéré émanant de la signature corrompue. Elle réprime parce qu'elle ne sait pas comment survivre autrement au contact de quelque chose qui s'oppose à elle.

Nous nous tenions au bord de la corruption, la sentant pulser d'une opposition destructrice qui se propageait dans les lignes de ley comme un poison. La barrière de confinement derrière nous vacilla de nouveau, la magie du professeur Frostwick peinant à contenir une défaillance en cascade.

— Alors, comment on arrange ça ? demanda Nix. On ne peut pas simplement réprimer les signatures, le professeur Blitzen a dit que la suppression est la cause du problème. Mais on ne peut pas les laisser continuer à se battre non plus, sinon elles détruiront toute l'infrastructure magique de NPU.

— On va leur montrer la danse, ai-je dit, la réponse se cristallisant avec une clarté soudaine. On ne réprime pas, on ne contient pas, on leur montre. Laisser nos éléments interagir avec les signatures corrompues et leur montrer à quoi ressemble une opposition équilibrée.

— Tu veux exécuter la Danse des Frontières tout en canalisant de l'énergie dans une infrastructure magique déstabilisée ? Les flammes de Nix crépitèrent de ce qui aurait pu être de la panique ou de l'exaltation. Magnus, c'est...

— Exactement ce pour quoi nous nous sommes entraînés, l'ai-je interrompue. La confiance sans le contrôle. L'opposition sans la suppression. La foi que nos éléments savent communiquer même quand nos esprits conscients sont terrifiés.

Je lui ai tendu la main, le givre dessinant des motifs d'invitation sur ma paume.

— Ensemble ?

Nix fixa ma main tendue, puis le nœud corrompu qui pulsait derrière nous, et enfin les barrières de confinement qui s'affaiblissaient visiblement à chaque pulsation de chaleur.

Puis elle prit ma main, le feu rencontrant le givre dans les motifs que nous avions pratiqués jusqu'à ce qu'ils nous semblent aussi naturels que de respirer.

— Ensemble, confirma-t-elle. Apprenons à ces éléments piégés comment danser.

Nous avons pris la première position, mais au lieu de simplement créer une opposition entre nos propres éléments, nous avons étendu nos signatures magiques vers le nœud corrompu. Mon givre tendit la main vers l'essence de glace piégée. Le feu de Nix se connecta à la signature de flamme désespérée.

Au moment où le contact fut établi, je sentis la terreur de la glace corrompue déferler à travers notre connexion. Elle avait réprimé pendant si longtemps, contenu, contrôlé, empêché tout contact avec ce qui s'opposait à elle, qu'elle avait oublié comment exister autrement.

Je comprends, pensai-je en sa direction, laissant mon givre communiquer ce que les mots ne pouvaient pas. J'ai passé trois ans à faire exactement la même chose. À construire une armure contre tout ce qui menaçait mon contrôle si soigneusement entretenu. Mais il y a une autre voie.

À travers nos mains jointes, je sentis Nix faire de même avec le feu corrompu, offrant la compréhension au lieu de la suppression, la reconnaissance au lieu du confinement.

— Deuxième position, dit Nix à voix basse, et nous bougeâmes à l'unisson, nos éléments créant des motifs qui invitaient les signatures corrompues à suivre.

Le feu piégé hésita, puis commença à imiter les mouvements de Nix avec l'espoir prudent de celui qui avait oublié comment faire confiance. La glace corrompue observait mon givre avec l'attention désespérée de quelqu'un qui aperçoit une issue impossible.

— Elles réagissent, ai-je soufflé.

— Ne nous réjouissons pas trop vite, répondit Nix, même si je sentais son propre espoir à travers notre connexion. Il faut les guider à travers les dix positions avant que la stabilisation ne tienne.

La troisième position exigeait un contact plus étroit entre les éléments opposés. Notre feu et notre glace s'entrelacèrent en motifs qui démontraient la confiance sans la suppression. Les signatures corrompues suivirent avec une confiance croissante, leur opposition destructrice commençant à s'adoucir pour devenir quelque chose de plus structuré.

La barrière de confinement vacilla violemment. Quarante-trois minutes restantes.

— Quatrième position, ai-je annoncé, et nous avons adopté la formation qui exigeait une confiance absolue, le feu s'insinuant à travers la glace sans la consumer, la glace canalisant la flamme sans l'éteindre.

Les signatures corrompues essayèrent de suivre, mais une vieille peur fit que la glace piégée se crispa par réflexe, tentant de réprimer le feu avec lequel elle apprenait enfin à danser.

— Non ! La voix de Nix était empreinte d'urgence alors qu'elle sentait la signature de feu paniquer en réponse à la suppression renouvelée. Magnus, on est en train de les perdre...

— Respire, l'ai-je interrompue, l'ancrant comme je l'avais fait lors de notre première séance ensemble. Inspire sur quatre temps, retiens, expire sur quatre temps. Elles suivent notre exemple. Si nous paniquons, elles paniquent. Si nous avons confiance, elles apprendront à avoir confiance aussi.

La respiration de Nix se stabilisa, et je sentis son feu se calmer en motifs contrôlés. À travers notre connexion avec le nœud corrompu, je perçus les deux signatures réagir : le feu se calmait parce que Nix lui montrait qu'il n'y avait aucun danger, la glace relâchait son emprise désespérée parce que mon givre lui démontrait que contrôle et collaboration n'étaient pas mutuellement exclusifs.

— Cinquième position, dit Nix, sa voix empreinte d'une confiance nouvelle. Celle où nous abandonnons le contrôle et laissons nos éléments guider la danse.

C'était le moment décisif. La position que nous avions mis des semaines à maîtriser, celle qui exigeait une foi absolue que nos éléments maintiendraient l'équilibre sans direction consciente.

Et maintenant, nous la tentions tout en apprenant simultanément à deux signatures corrompues comment faire confiance après avoir été enfermées dans une opposition destructrice pendant qui sait combien de temps.

Je regardai Nix de l'autre côté de l'espace qui nous séparait, voyant ma propre peur et ma propre détermination se refléter dans son expression.

Nous avons abandonné le contrôle simultanément, laissant nos éléments s'écouler l'un vers l'autre sans direction consciente. Le feu et la glace se déplaçant à travers des motifs que nous avions pratiqués jusqu'à ce qu'ils deviennent instinctifs.

Et à travers notre connexion au nœud corrompu, je sentis les signatures piégées répondre avec un émerveillement qui ressemblait presque à de la reconnaissance. Comme si elles avaient oublié que c'était possible. Comme si elles se souvenaient de quelque chose d'essentiel sur ce que le feu et la glace pouvaient créer ensemble quand on leur donnait une structure au lieu de la suppression.

La corruption commença à reculer, pas rapidement, mais visiblement. Les taches sombres qui se propageaient dans les lignes de ley commencèrent à se rétracter à mesure que les signatures corrompues apprenaient à maintenir une opposition équilibrée au lieu d'un conflit destructeur.

— Ça marche, souffla Nix, son feu s'entremêlant à mon givre en des motifs qui ressemblaient à de la lumière liquide.

— Ne crions pas victoire trop vite, ai-je répondu, bien que l'espoir fleurissait dans ma poitrine comme un dégel printanier. Nous devons encore terminer la danse complète.

Les positions six à neuf s'enchaînèrent avec une aisance croissante. Les signatures corrompues suivaient notre exemple avec une confiance grandissante, leur opposition passant du combat à la conversation. Les lignes de ley autour de nous commencèrent à résonner avec des motifs magiques plus sains, toujours endommagés, mais en voie de guérison.

La barrière de confinement se stabilisa. La magie du professeur Frostwick ne luttait plus contre les pulsations de chaleur, car la corruption était enfin structurée au lieu d'être amplifiée.

Vingt-huit minutes restantes. Du temps dont nous n'aurions peut-être même pas besoin.

— Dixième position, dis-je alors que nous approchions du point culminant. Celle qui crée soit une percée, soit une défaillance catastrophique.

— Pas de pression, répondit Nix avec un humour noir que je reconnaissais comme sa façon de gérer la peur.

Nous avons adopté la position finale, le moment où le feu et la glace trouveraient soit un équilibre parfait, soit créeraient l'explosion de vapeur que nous évitions depuis des semaines.

Mais cette fois, nous n'étions pas seuls. Les signatures

corrompues bougeaient avec nous, suivant les motifs que nous avions démontrés à travers les neuf positions précédentes. Apprenant par notre exemple que l'opposition pouvait créer la beauté au lieu de la destruction.

Nos éléments entrèrent en collision au point central, le feu rencontrant la glace dans un contact qui aurait dû être catastrophique mais qui, au lieu de cela, créa quelque chose d'extraordinaire.

Les motifs d'aurore que nous avions produits lors des sessions d'entraînement, mais amplifiés à travers le réseau des lignes de ley. La lumière explosa vers l'extérieur depuis le nœud corrompu, parcourant les canaux magiques, purifiant la corruption partout où elle passait.

Les signatures de feu et de glace piégées terminèrent leur propre dixième position, atteignant l'équilibre qu'elles avaient perdu lorsque quelque chose les avait déstabilisées pour la première fois. Leur opposition n'était plus destructrice mais créative, générant une énergie magique qui s'écoulait à travers les lignes de ley en motifs qui ressemblaient à des œuvres d'art.

La chambre s'emplit de lumière tandis que la corruption se dissolvait entièrement, remplacée par une résonance magique immaculée qui donnait à l'air une charge de possibilités.

Et puis, aussi soudainement qu'elle avait commencé, la stabilisation fut complète.

Le silence tomba sur la chambre, rompu seulement par le doux murmure des lignes de ley fonctionnant exactement comme elles étaient censées le faire.

— On l'a fait, dit Nix, sa voix empreinte d'incrédulité et de triomphe à parts égales.

— On l'a fait, ai-je confirmé, sentant encore les échos des signatures corrompues trouvant l'équilibre grâce à nos conseils.

La barrière de confinement se dissolut alors que le professeur

Frostwick entrait dans la chambre, sa présence de géante de glace semblant étrangement plus petite à la suite de ce que nous venions d'accomplir. Derrière elle, les professeurs Blitzen et Meridian affichaient diverses nuances d'étonnement et de soulagement.

— Les lignes de ley sont stabilisées, annonça le professeur Frostwick, bien que son expression suggérât qu'elle était encore en train de digérer ce dont elle venait d'être témoin. Pas seulement contenues, mais réellement guéries. L'infrastructure magique génère une résonance plus forte qu'avant que la corruption ne se produise.

— Parce que les signatures ont appris à maintenir une opposition équilibrée, ajouta le professeur Blitzen, ses éclairs dansant de ce qui aurait pu être de la fierté. Vous n'avez pas seulement réprimé le problème. Vous avez appris à des éléments corrompus à collaborer. C'est...

— Révolutionnaire, termina le professeur Meridian, la magie de l'esprit du vent créant des motifs qui ressemblaient à une célébration. J'enseigne la théorie élémentaire depuis trente ans, et je n'ai jamais rien vu de comparable à ce que vous venez de démontrer.

Je regardai Nix de l'autre côté de la chambre, tous deux maintenant encore le contact de nos mains même si la crise immédiate était terminée. À travers notre connexion, je sentais son mélange d'épuisement et d'exaltation, la lassitude profonde qui vient de la canalisation d'une telle puissance, combinée à l'euphorie d'avoir prouvé que la magie du partenariat pouvait accomplir l'impossible.

— Alors, on a réussi ? demanda Nix avec le genre d'humour pince-sans-rire qui me fit presque sourire malgré tout.

— Vous avez dépassé toutes les attentes que nous avions pour les projets de fin d'études, répondit le professeur Blitzen. Et plus important encore, vous avez prouvé que l'investissement émotionnel crée la capacité au lieu d'être un handicap. Que la confiance peut accomplir ce que le contrôle n'a jamais pu.

Elle fit un geste vers la sortie de la chambre.

— Vous avez tous les deux besoin de repos et d'une évaluation médicale. Canaliser autant de puissance élémentaire a un coût physique. Mais d'abord, je pense que la communauté de NPU mérite de savoir que deux étudiants viennent de sauver l'université grâce à une magie de partenariat que tout le monde prétendait trop dangereuse pour être autorisée.

Nous avons suivi les professeurs à travers des tunnels qui ne montraient plus aucun signe de corruption, monté des escaliers qui semblaient plus faciles à gravir malgré l'épuisement qui tirait sur chacun de nos muscles, jusqu'à des couloirs où des étudiants s'étaient rassemblés en apprenant que la crise était résolue.

Au moment où nous avons émergé sur le campus principal, des applaudissements éclatèrent.

Pas une reconnaissance académique polie, mais une véritable célébration de la part de centaines d'étudiants qui venaient de voir la magie du partenariat accomplir quelque chose que les techniques traditionnelles ne pouvaient pas faire.

Je vis Dylan et Lyra près du premier rang de la foule, tous deux souriant avec la satisfaction de ceux qui avaient défendu la magie du partenariat et venaient de se voir donner spectaculairement raison. Rowan et Ivy se tenaient à leurs côtés, leur propre lien créant des motifs d'aurore qui semblaient célébrer notre succès. Elian et Fiona étaient plus proches du bâtiment administratif, leur présence royale commandant l'attention, mais leurs expressions montrant une fierté sincère.

Et à travers tout cela, la main de Nix resta dans la mienne, le feu et le givre créant des motifs qui témoignaient d'un partenariat qui avait survécu à une véritable crise et en était sorti plus fort.

— On va devenir des légendes du campus, marmonna Nix, bien que je sentisse son plaisir à travers notre connexion. L'esprit du feu et l'héritier de la glace qui ont sauvé NPU grâce au pouvoir du compromis émotionnel et de l'opposition structurée.

— Du compromis émotionnel contrôlé, ai-je corrigé automatiquement.

— Y en a-t-il d'un autre genre ? répliqua-t-elle avec un léger sourire.

— Avec nous ? Probablement pas.

Le professeur Blitzen nous conduisit vers l'aile médicale, mais pas avant que le Père Noël lui-même n'apparaisse dans la foule, sa présence d'elfe ancien écartant les étudiants comme l'eau autour d'une pierre.

— Bien joué, dit-il, sa voix aiguë empreinte d'approbation et de quelque chose qui aurait pu être de la justification. Vous avez prouvé ce que je soupçonnais lorsque j'ai approuvé votre partenariat : que le feu et la glace n'ont pas besoin de s'harmoniser pour créer une magie extraordinaire. Ils ont juste besoin de partenaires assez courageux pour faire confiance à l'opposition au lieu de la craindre.

Il sortit deux documents cristallins qui miroitaient de sceaux officiels.

— Votre projet de fin d'études est officiellement approuvé avec les plus hautes distinctions. La démonstration inter-cours de la semaine prochaine est désormais facultative. Vous avez déjà prouvé la validité de la magie de partenariat par une application en conditions réelles qui sera étudiée pendant des décennies.

— Facultative ? ai-je répété, sans tout à fait réaliser.

— Vous avez fait le travail, répondit simplement le Père Noël. La démonstration était censée prouver que vous pouviez garder le contrôle sous pression. Sauver l'infrastructure magique de NPU d'une défaillance catastrophique semble une preuve suffisante de votre capacité.

Il se tourna pour partir, puis s'arrêta.

— Bien que je vous recommande de vous présenter quand même à la démonstration. Les représentants du Conseil bénéficieraient de voir votre technique expliquée plutôt que de simplement entendre parler de votre intervention d'urgence à travers les rapports du corps professoral.

Il disparut dans la foule, nous laissant avec la documentation officielle attestant que notre partenariat impossible venait d'être validé de la manière la plus spectaculaire qui soit.

— La semaine prochaine, dit Nix à voix basse, l'épuisement l'emportant enfin sur l'exaltation. On doit encore se tenir devant les représentants du Conseil et leur expliquer comment on a appris à des signatures élémentaires corrompues à danser.

<hr />

Nous avons atteint l'aile médicale, où des guérisseurs ont immédiatement commencé à évaluer le coût physique de la canalisation d'une telle puissance élémentaire. Mais à travers tout cela, à travers les examens, les questions et la prise de conscience croissante que nous venions de créer une légende sur le campus, une chose restait constante.

La main de Nix dans la mienne, le feu et le givre maintenant un contact qui avait cessé d'être simplement magique pour devenir quelque chose pour lequel je n'avais pas encore de mots.

Mais pour lequel j'en aurais, un jour.

Parce qu'un partenariat qui survivait à une véritable crise et en sortait plus fort n'était plus seulement une collaboration académique.

C'était quelque chose qui valait la peine d'être protégé.

Quelque chose qui valait la peine de se battre.

Quelque chose qui pourrait bien être l'avenir que nous avions vu dans des visions prophétiques, si nous étions assez courageux pour le revendiquer.

J'étais simplement assis dans l'aile médicale avec Nix à mes côtés, tous deux trop épuisés pour bouger mais trop exaltés pour nous reposer.

Nous avions sauvé NPU.

Nous avions prouvé la magie du partenariat.

Nous avions appris à des éléments corrompus à danser.

Ensemble.

Et le plus terrifiant, ce n'était pas l'accomplissement.

C'était de réaliser que je ne voulais plus jamais danser avec quelqu'un d'autre.

CHAPITRE QUATORZE

INQUIÉTUDES AU CONSEIL

N^{IX} La convocation est arrivée trois jours après que nous avons sauvé l'NPU.

Pas une simple demande de réunion ni une invitation amicale pour discuter de nos exploits. Une convocation officielle du Conseil, délivrée par un coursier cristallin qui s'est matérialisé dans l'aile médicale où Magnus et moi nous remettions encore du tribut physique exigé par la canalisation d'une telle quantité de pouvoir élémentaire.

— Mademoiselle Phoenix Ember et Monsieur Magnus Polaris, a entonné le coursier avec le genre de formalité qui a fait jaillir mon feu d'anxiété... vous êtes par la présente sommés de comparaître devant le Comité d'Évaluation du Conseil Intersaisonnier pour répondre à des questions concernant votre récente intervention magique et ses implications sur la politique de la magie des partenariats.

Le coursier a disparu avant que l'un de nous puisse répondre, laissant derrière lui des documents qui employaient des mots comme « démonstration de pouvoir sans précédent », « intervention magique non autorisée » et, le plus inquiétant... « évaluation du compromis émotionnel dans des scénarios à enjeux élevés ».

— Ça ne me dit rien qui vaille, ai-je dit, des flammes dansant autour de la convocation avec une volatilité qui trahissait exactement ce que je pensais de l'examen du Conseil.

— C'est la procédure standard, a répondu Magnus, bien que ses motifs de givre suggèrent qu'il était tout aussi inquiet. — Tout événement magique ayant un impact sur l'infrastructure institutionnelle nécessite un examen du Conseil. Ils ne remettent pas en question notre succès, ils évaluent les implications pour la politique future.

— Magnus. — J'ai posé la convocation avec un soin délibéré. — Ils ont utilisé l'expression « compromis émotionnel ». Ce n'est pas le langage d'un examen standard. Ce sont les inquiétudes du corps enseignant au sujet de notre partenariat qui remontent jusqu'à une évaluation politique.

Son silence a confirmé que j'avais raison.

La porte de l'aile médicale s'est ouverte avant que l'un de nous ait pu analyser les implications, laissant entrer la professeure Blitzen avec une expression qui mêlait fierté et inquiétude à parts égales.

— Je vois que vous avez reçu la convocation, a-t-elle dit sans préambule. — Je dois vous préparer à ce que cette réunion signifie réellement.

Elle s'est installée sur une chaise en face de nos lits de convalescence, des éclairs crépitant avec une retenue inhabituelle. — Votre succès dans la stabilisation des lignes telluriques a été extraordinaire. Révolutionnaire, même. Mais il a aussi créé des complications au niveau du Conseil qui vont au-delà d'une simple évaluation académique.

— Quel genre de complications ? a demandé Magnus, son

sang-froid diplomatique reprenant déjà le dessus malgré l'épuisement.

— Trois sortes, a répondu la professeure Blitzen. — Première- ment : vous avez démontré que les partenariats élémentaires peuvent accomplir ce que les techniques traditionnelles ne peuvent pas. C'est bon pour la théorie de la magie des partena- riats, mais menaçant pour les membres du Conseil dont l'autorité repose sur des structures de pouvoir conventionnelles.

Elle a fait apparaître des affichages holographiques montrant les délibérations du Conseil des trois derniers jours. — Deuxième- ment : votre succès a exigé un investissement émotionnel et une confiance extrêmes que de nombreux membres du Conseil consi- dèrent comme une dépendance dangereuse plutôt que comme une force collaborative. Ils craignent que des partenariats nécessi- tant un tel niveau de connexion émotionnelle ne créent des vulné- rabilités qui pourraient être exploitées.

— Et troisièmement ? ai-je demandé, même si une partie de moi ne voulait pas savoir.

— Troisièmement, a dit doucement la professeure Blitzen... Magnus, votre candidature au Conseil était conditionnée à la démonstration de vos capacités diplomatiques et de votre gestion contrôlée du pouvoir. Ce que vous avez démontré à la place, c'est une volonté de tout risquer, y compris votre avenir soigneuse- ment planifié, pour un partenariat qui, selon la sagesse conven- tionnelle, ne devrait pas fonctionner.

Ces mots m'ont frappée de plein fouet. Je savais que sauver l'NPU aurait des conséquences, mais je n'avais pas envisagé comment cela pourrait être transformé de triomphe en handicap.

— Alors ils se demandent si je suis apte à siéger au Conseil parce que j'ai choisi la collaboration plutôt que l'accomplissement individuel, a dit lentement Magnus, du givre formant des motifs agressifs sur son lit de convalescence.

— Ils se demandent si l'investissement émotionnel dans un partenariat ne compromet pas le genre de jugement détaché que le travail au Conseil exige, a corrigé la professeure Blitzen. — Et Nix, ils évaluent si la volatilité de votre magie du feu, même lorsqu'elle est canalisée avec succès par un partenariat, représente un risque acceptable pour la future politique magique que vous pourriez aider à façonner.

Elle s'est levée, des éclairs créant des motifs qui ressemblaient à une frustration à peine contenue. — La réunion d'évaluation a lieu demain matin. On vous demandera de défendre non seulement votre technique, mais aussi le fondement émotionnel qui l'a rendue possible. Et j'ai besoin que vous compreniez tous les deux : la façon dont les membres du Conseil interpréteront vos réponses aura un impact non seulement sur vos avenirs, mais aussi sur la politique de la magie des partenariats pour les décennies à venir.

— Aucune pression, ai-je marmonné.

— Une pression énorme, a convenu la professeure Blitzen sans humour. — C'est pourquoi je vous donne cette nuit pour décider de la manière dont vous voulez présenter ce qui s'est passé dans ces tunnels. Que vous le présentiez comme un accomplissement technique avec des composantes émotionnelles, ou comme un partenariat émotionnel qui a permis une percée technique.

— Quelle est la différence ? a demandé Magnus.

— La différence, a répondu la professeure Blitzen... c'est de savoir si vous privilégiez les ambitions de Magnus au Conseil ou l'intégrité de votre partenariat. L'accomplissement technique donne à Magnus l'air capable et maître de lui, ce qui est bon pour sa candidature, mais cela diminue ce que vous avez réellement accompli ensemble. Le partenariat émotionnel dit la vérité, mais confirme les craintes du Conseil concernant le compromis et la dépendance.

Elle s'est dirigée vers la porte, puis s'est arrêtée. — Pour ce que ça vaut, je pense que vous devriez dire la vérité. Mais ce n'est pas moi dont l'avenir dépend de l'évaluation du Conseil. C'est à vous de faire ce choix.

La porte s'est refermée derrière elle, nous laissant seuls avec des documents qui utilisaient « compromis émotionnel » comme s'il s'agissait de la preuve d'un échec plutôt que de la raison de notre succès.

— C'est de ma faute, ai-je dit doucement, mes flammes se rétractant sous le coup d'une culpabilité qui n'avait rien à voir avec la magie du feu. — Si je n'avais pas été si volatile, si mon feu n'exigeait pas un tel niveau de connexion émotionnelle pour se stabiliser, tu ne serais pas confronté à des questions sur ta candidature.

— Nix...

— Ne dis rien, l'ai-je interrompu, ne voulant pas d'une assurance diplomatique alors que je pouvais voir la vérité dans les motifs de givre qui se formaient sur ses mains. — Magnus, tu as passé des années à te préparer pour des postes au Conseil. Tu as tout fait correctement, maintenu un contrôle parfait, créé des connexions stratégiques, démontré exactement le genre de capacité mesurée qu'ils recherchent. Et puis je suis arrivée et j'ai tout compliqué en exigeant de la confiance et un investissement émotionnel juste pour empêcher mon feu de tout détruire.

— Tu n'as rien compliqué, a dit Magnus avec une intensité inattendue. — Tu m'as montré que le contrôle sans connexion n'est que de l'isolement portant un masque diplomatique.

— C'est un beau sentiment, ai-je répondu... mais ça ne change rien au fait que les membres du Conseil remettent en question ton aptitude parce que tu as fait équipe avec quelqu'un dont la magie exige une vulnérabilité émotionnelle. Parce que tu as choisi la confiance plutôt que le genre de jugement détaché qu'ils apprécient.

Le givre de Magnus s'est étendu sur le lit de convalescence en motifs qui trahissaient un conflit intérieur. — Qu'est-ce que tu suggères ?

— Je suggère, ai-je dit, les mots ayant un goût de cendre... que la professeure Blitzen a peut-être raison à propos de la présentation. Si nous présentons ce qui s'est passé comme un accomplissement technique, si nous mettons l'accent sur la mécanique de la Danse des Frontières et minimisons le fondement émotionnel, les membres du Conseil te verront comme un leader capable qui a géré avec succès un partenariat volatile. Ta candidature reste intacte.

— Et notre partenariat est réduit à une collaboration universitaire au lieu de ce qu'il est vraiment, a terminé Magnus, sa voix portant quelque chose qui aurait pu être de la peine sous son sang-froid diplomatique.

— Tes ambitions au Conseil comptent, Magnus. Elles comptaient avant même que nous nous rencontrions. Je ne serai pas la raison pour laquelle tu perds tout ce pour quoi tu as travaillé. — Je me suis forcée à croiser son regard alors que j'avais envie de détourner les yeux. — Alors demain, quand ils te poseront des questions sur l'investissement émotionnel et la confiance, tu leur diras que c'était une technique nécessaire pour gérer des éléments volatils. Pas parce que tu voulais un partenariat. Parce que tu n'avais pas d'autre choix pour réussir académiquement.

— Tu veux que je mente au Conseil, a dit Magnus d'un ton neutre.

— Je veux que tu présentes la vérité de manière à protéger ton avenir, ai-je corrigé. — Tu peux être honnête sur la technique tout en étant stratégique sur la motivation. C'est littéralement ce que la formation diplomatique enseigne.

— C'est aussi exactement le genre de distance prudente que j'ai passé des semaines à apprendre à ne plus maintenir avec toi, a répliqué Magnus, le givre créant maintenant des barrières qui semblaient défensives plutôt que contrôlées. — Nix, tout ce que nous avons construit ensemble, la confiance, la vulnérabilité, la certitude absolue que notre partenariat compte plus que l'instinct de conservation, tu me demandes de nier ça devant les membres du Conseil qui vont façonner la politique magique pour les décennies à venir.

— Je te demande de ne pas sacrifier tout ce que tu as prévu pour un partenariat qui pourrait de toute façon ne pas survivre à l'examen du Conseil, ai-je dit, mes flammes s'intensifiant malgré mes efforts pour garder le contrôle. — Magnus, s'ils décident que notre investissement émotionnel est un dangereux précédent, ils ne se contenteront pas de remettre en question ta candidature. Ils nous utiliseront comme exemple pour montrer pourquoi la magie des partenariats nécessite une surveillance institutionnelle. Pourquoi on ne devrait pas confier de travail collaboratif aux éléments volatils. Pourquoi la connexion émotionnelle crée un handicap au lieu d'une force.

— Alors prouvons-leur qu'ils ont tort, a dit Magnus avec une conviction qui aurait été rassurante si elle n'avait pas été si naïve.

— Comment ? ai-je insisté. — En nous présentant devant le comité d'évaluation du Conseil et en disant : « oui, nous sommes émotionnellement compromis, oui, nous avons besoin d'une confiance profonde pour fonctionner, oui, tout ce que la sagesse conventionnelle dit être dangereux à propos des partenariats est vrai pour nous, mais ça marche quand même » ? Ce n'est pas une preuve. C'est la confirmation de toutes leurs craintes selon lesquelles les partenariats volatils sont exactement aussi risqués que les sceptiques le prétendent.

Magnus est resté silencieux un long moment, des motifs de givre se formant et se dissolvant d'une manière qui suggérait qu'il analysait des implications qu'il ne voulait pas accepter.

— Ce que tu dis vraiment, a-t-il finalement dit... c'est que tu veux prendre du recul. Présenter notre partenariat comme une nécessité académique plutôt qu'un choix. Protéger mes ambitions au Conseil en prétendant que le fondement émotionnel n'avait pas d'importance.

— Je dis, ai-je répondu prudemment... que ton avenir est trop important pour être sacrifié pour un partenariat qui pourrait de toute façon ne pas survivre à la pression extérieure. Que je me soucie plus de ta réussite que du fait que les membres du Conseil comprennent ce que nous avons réellement construit ensemble.

— Ce n'est pas de la confiance, Nix. C'est de la protection par la distance. Exactement ce que nous nous efforçons d'arrêter de faire.

Son givre construisait des barrières maintenant, les mêmes motifs défensifs que j'avais appris à reconnaître et à adoucir au fil des semaines de pratique. Sauf que cette fois, mon feu ne les approchait pas. Cette fois, c'était moi qui faisais s'élever les murs.

— Peut-être qu'on s'est trompés, ai-je dit doucement. — Peut-être que la confiance est dangereuse quand les enjeux deviennent si élevés. Peut-être qu'un partenariat exigeant autant de vulnérabilité est vraiment un handicap qui ne devrait pas être sanctionné.

— Nous nous sommes fait confiance dans ces tunnels, a dit Magnus, sa voix portant une dureté que je ne lui avais jamais entendue. — Nous avons abandonné le contrôle et laissé nos éléments guider les signatures corrompues vers l'équilibre. Ça a marché, Nix. Ça a sauvé l'NPU parce que nous avons choisi la foi plutôt que la peur. Et maintenant tu me demandes de me tenir devant le Conseil et de dire que ce n'était qu'une technique ? Que la confiance n'avait pas d'importance ?

Ces mots sonnaient comme une trahison alors même que je les prononçais. Mais en voyant les motifs de givre de Magnus se transformer en barrières défensives, en voyant son masque diplomatique se réaffirmer pour cacher la douleur que je venais de causer, je savais que je faisais le bon choix pour de mauvaises raisons.

Mieux valait le blesser maintenant en prenant mes distances que de détruire son avenir en étant honnête sur l'importance réelle de notre partenariat.

Mieux valait protéger ses ambitions au Conseil que de prouver que les inquiétudes du corps enseignant sur le compromis émotionnel étaient fondées.

Mieux valait présenter notre succès comme un accomplissement technique que d'admettre que nous avions construit quelque chose qui dépassait de loin la collaboration académique.

Même si cela signifiait perdre ce que nous étions en train de construire.

Même si cela signifiait revenir à la distance prudente que nous avions mis des semaines à apprendre à combler.

Même si cela signifiait le protéger en brisant ce que nous avions créé ensemble.

— Très bien, a finalement dit Magnus, une armure de givre recouvrant maintenant entièrement toute émotion qu'il aurait pu ressentir, le genre de barrière défensive que j'avais l'habitude d'adoucir avec mon feu, à l'époque où il me faisait assez confiance pour me laisser entrer. — Demain, nous présenterons un accomplissement technique avec les composantes émotionnelles nécessaires. Nous présenterons la confiance comme une exigence pour gérer des éléments volatils au lieu d'un choix que nous avons fait parce que le partenariat comptait. Nous protégerons ma candidature en réduisant ce que nous avons accompli à une collaboration universitaire.

— Merci, ai-je dit, bien que les mots aient sonné creux.

— Ne me remercie pas. — Sa voix était froide d'une manière qui n'avait rien à voir avec la magie de la glace. — C'est une

présentation stratégique, pas un accord. Et Nix ? Après avoir satis-
fait l'évaluation du Conseil et préservé ma candidature soi-disant
cruciale, toi et moi aurons une conversation pour savoir si un
partenariat incapable de survivre à la pression extérieure vaut
vraiment la peine d'être protégé.

Il s'est dirigé vers la porte, puis s'est arrêté sans se retourner. — Si tant est que tu te présentes demain. Parce que là, tu as
l'air de quelqu'un qui prévoit de fuir plutôt que de se battre.

Il est parti avant que je puisse répondre, emportant toute
chaleur avec lui et me laissant seule avec ma culpabilité et la certitude grandissante que je venais de commettre une terrible erreur.

Mais aussi avec la conscience que protéger l'avenir de Magnus
importait plus que d'admettre à quel point notre partenariat était
devenu important.

Même si choisir la protection plutôt que l'honnêteté prouvait
exactement ce que les membres du Conseil craignaient : que le
compromis émotionnel mène à des jugements dangereux.

Même si le repousser maintenant signifiait perdre tout avenir
que nous aurions pu avoir ensemble.

Même si je répétais tous les schémas qui m'avaient fait croire
que j'étais une catastrophe ambulante.

Et peut-être que Magnus avait raison. Peut-être que je ne me
présenterais pas demain. Peut-être que fuir était plus facile que de
se tenir devant le Conseil et de mentir sur ce que nous avions
construit. Peut-être que quitter complètement l'NPU était le seul
moyen de le protéger d'un partenariat que tout le monde, moi y
compris, savait dangereux.

J'ai sorti mon journal, fixant des pages qui exigeaient une
honnêteté que je venais de refuser au Conseil.

Dix-huitième jour : Magnus a reçu une convocation du
Conseil remettant en question sa candidature parce que notre
partenariat exige un investissement émotionnel qu'ils consi-

dèrent comme un compromis. Je l'ai convaincu de présenter notre succès comme un accomplissement technique au lieu d'admettre ce que nous avons réellement construit ensemble.

Parce que protéger son avenir importe plus que d'être honnête sur à quel point je tiens à lui.

Parce que je suis terrifiée à l'idée que si le Conseil évalue notre partenariat honnêtement, ils prouveront que je suis exactement le handicap que tout le monde a toujours craint.

Parce que peut-être que les inquiétudes du corps enseignant étaient justifiées, peut-être que l'investissement émotionnel crée vraiment un jugement dangereux. Et je viens de le prouver en choisissant la protection plutôt que la vérité.

Nous allons réduire des semaines de confiance et de vulnérabilité à une nécessité académique. Demain, nous prouverons qu'un partenariat nécessitant un tel fondement émotionnel est vraiment trop dangereux lorsque la pression extérieure s'applique.

Demain, nous détruirons ce que nous avons construit pour sauver l'avenir soigneusement planifié de Magnus.

Parce que c'est ce qu'on fait quand on tient à quelqu'un. On le protège. Même quand la protection signifie le repousser. Même quand le sacrifice signifie perdre le seul partenariat qui vous ait jamais fait croire que vous pouviez être plus qu'une catastrophe ambulante.

Surtout à ce moment-là.

J'ai refermé le journal avec la conscience que demain, soit je validerais les inquiétudes du Conseil, soit je prouverais qu'une présentation stratégique pouvait protéger des avenirs qui valaient la peine d'être préservés.

Je suis restée assise seule dans l'aile médicale, mes flammes se rétractant de chagrin, un chagrin qui n'avait rien à voir avec la magie du feu et tout à voir avec le fait d'avoir choisi les ambitions de Magnus plutôt que la vérité de notre partenariat.

Parce que c'est à ça que ressemblait parfois le fait de tenir à quelqu'un.

Un sacrifice portant la protection comme déguisement.

Une distance choisie pour empêcher la destruction.

Des murs reconstruits pour protéger les gens d'un feu qui brûlait trop fort pour être contenu en toute sécurité.

Je prouverais que je pouvais être la partenaire contrôlée et stratégiquement précieuse que l'évaluation du Conseil exigeait.

Ce soir, je ferais le deuil de ce que Magnus et moi étions en train de construire avant que je ne décide que son avenir importait plus que notre vérité.

CHAPITRE QUINZE

POINT DE RUPTURE

MAGNUS

Je n'ai pas dormi.

Impossible de dormir. Chaque fois que je fermais les yeux, je revoyais le feu de Nix se replier sur lui-même, non pas avec la précision maîtrisée que nous avions travaillée, mais avec cette répression désespérée qui précédait toujours une perte de contrôle catastrophique. J'entendais ma propre voix prononcer des mots qui avaient fait se dresser une armure de givre entre nous. Je sentais le poids de son choix : protéger mes ambitions en détruisant notre vérité.

Elle prévoyait de s'enfuir. Je l'avais vu dans la façon dont ses flammes avaient vacillé quand j'avais quitté l'infirmerie. Dans la manière précautionneuse dont elle avait évité de croiser mon regard. Dans cette tristesse si particulière qui n'appartient qu'à ceux qui prennent des décisions qu'ils croient être de nobles sacrifices.

L'héritier Polaris en moi, la partie diplomate entraînée à anti-ciper et contrer les manœuvres politiques, aurait dû être en train de préparer des déclarations pour l'évaluation du Conseil. Il aurait dû organiser l'argumentaire stratégique que Nix m'avait convaincu d'utiliser. Il aurait dû protéger l'avenir soigneusement planifié que j'avais passé trois ans à bâtir.

Au lieu de ça, j'étais assis à mon bureau, le regard fixé sur des motifs de givre qui se formaient et se brisaient sur sa surface, chacun reflétant l'état fracturé d'une chose que je n'avais pas admis construire avant qu'elle ne soit en train de se détruire.

Mon journal était ouvert à une page que j'avais écrite après le séisme de feu, avant que Nix ne me persuade que mentir par des vérités soigneusement choisies revenait en quelque sorte au même que faire confiance.

Jour dix-huit : Nix a essayé de partir pour protéger ma candidature au Conseil. Elle a failli détruire la place est ce faisant. J'ai stoppé son séisme de feu en étant vulnérable plutôt que maître de moi, en choisissant le partenariat plutôt que la protection. Nous nous sommes revendiqués l'un à l'autre à cet instant, le feu tendant la main vers le givre, reconnaissant tous les deux ce que nous avions eu trop peur de nommer.

Puis elle m'a convaincu de présenter tout ça comme une nécessité technique. De réduire des semaines de confiance et de vulnérabilité à une exigence académique. De mentir au Conseil sur ce qui avait réellement permis la stabilisation de la ligne de force.

Et j'ai accepté. Parce que, l'espace d'un terrible instant, j'ai laissé la peur de perdre mon avenir si soigneusement planifié prendre le pas sur tout ce que nous avions appris sur le fait de choisir la vulnérabilité plutôt que le contrôle.

Elle pense qu'elle me protège. Elle a tort.

Ce qu'elle fait en réalité, c'est prouver chaque inquiétude du Conseil sur le fait que l'investissement émotionnel mène à un jugement dangereux. Prouver que lorsque la pression extérieure s'applique, nous retombons dans les schémas qui ont failli nous détruire à Frostbane : la répression au lieu de la confiance, la protection au lieu du partenariat, le contrôle au lieu de la collaboration.

J'aurais dû le dire. J'aurais dû lui dire que choisir la distance stratégique maintenant est exactement le genre de décision basée sur la peur qui crée les catastrophes que tout le monde prétend vouloir empêcher.

Au lieu de ça, j'ai bâti une armure de givre et je suis parti. Parce qu'apparemment, trois ans de formation diplomatique signifient que je suis excellent pour la retraite stratégique, mais nul pour me battre pour ce qui compte vraiment.

L'aube s'est levée sur l'UNP dans des teintes de rose et d'or. Au-dessus de nos têtes, l'aurore boréale peignait la neige de couleurs qui auraient dû être magnifiques, mais qui ne faisaient que me serrer la poitrine, avec la certitude d'avoir fait le mauvais choix. L'évaluation du Conseil est dans trois heures. Nix doit être en train de...

De quoi, d'ailleurs ? Préparer ses déclarations ? Faire ses valises pour partir ? Déjà partie ?

Cette dernière option a fait se répandre le givre sur mon bureau avec assez de force pour faire craquer le bois.

Ma tablette-parchemin a sonné. Un message de Dylan : Mec, t'as une sale tête. Tout va bien ?

Suivi immédiatement par un de Lyra : Magnus, Fiona a dit que Nix avait l'air contrariée hier. Si tu as besoin de parler à quelqu'un avant l'évaluation...

J'ai ignoré les deux messages sans répondre. La perception de métamorphe renard de Dylan était trop affûtée, et l'esprit analytique de Lyra verrait au travers de n'importe quelle dérobade diplomatique que j'essaierais. Mieux valait gérer ça seul. Comme j'avais tout géré depuis trois ans : avec une maîtrise soignée, une planification méticuleuse et un isolement émotionnel.

La méthode qui avait si bien fonctionné jusqu'à ce que Nix fasse irruption dans ma vie et démantèle systématiquement chaque muraille défensive que j'avais érigée.

Un autre message. Celui-ci d'Elian : Père a entendu parler de l'évaluation du Conseil. Il s'inquiète de « l'enchevêtrement émotionnel qui compromet le jugement diplomatique ». Ce sont ses mots, pas les miens. Je me suis dit que tu devrais le savoir avant la session.

Parfait. Donc la famille royale Givrenée et, par extension, une partie importante du Conseil Inter-Saisonnier, avaient déjà décidé que notre partenariat représentait exactement le genre de dangereux précédent contre lequel ils mettaient en garde.

Mon givre a formé des motifs agressifs sur le sol. La force de l'ours sous ma surface soigneusement maîtrisée voulait résoudre ce problème comme les ours résolvent tout : avec une puissance écrasante qui fait reculer les menaces par une simple démonstration de pouvoir.

Mais ce n'était pas comme ça que Magnus Polaris opérait. L'héritier Polaris ne perdait pas le contrôle. Ne laissait pas l'émotion l'emporter sur la stratégie. Ne choisissait pas le partenariat au détriment de l'avancement politique.

Sauf que je l'avais déjà fait. Plusieurs fois. Chaque instant où j'avais choisi de fondre au lieu de geler. Chaque fois que j'avais fourni une opposition au lieu d'une suppression. Chaque fois que j'avais fait confiance au feu de Nix pour trouver sa forme au contact de mon givre au lieu d'essayer de le contenir.

Je la choisissais, elle, plutôt que des avenirs soigneusement planifiés, depuis le moment où elle avait incendié la plateforme d'atterrissage le jour de la rentrée.

La vraie question n'était pas si je sacrifierais ma candidature au Conseil pour un partenariat qui comptait.

C'était si j'allais laisser la peur me convaincre de présenter ce sacrifice comme tout autre chose. De réduire un choix authentique à une nécessité stratégique. De mentir sur ce que nous avions construit parce qu'admettre la vérité était politiquement inopportun.

J'ai sorti le cube cristallin que le père Noël nous avait donné il y a des semaines, l'enregistrement de notre dernière session d'entraînement à Frostbane. Avant l'incident. Avant que tout ne tourne mal. Avant que nous apprenions que la confiance était dangereuse et le partenariat un handicap.

Nous ne l'avions toujours pas regardé. Trouvant sans cesse des raisons de reporter. Trop occupés par notre projet de fin d'études. Trop concentrés sur la Danse de la Frontière. Trop effrayés par ce que l'enregistrement pourrait montrer.

Ou, plus précisément, trop effrayés que le fait de regarder la preuve de ce dont nous avions été capables enfants ne rende la perte de ce que nous construisions maintenant encore plus douloureuse.

Le cube a pulsé dans ma paume, magie de l'hiver et feu de l'été contenus d'une manière ou d'une autre dans un cristal pas plus grand que mon pouce. La preuve que nous avions trouvé l'harmonie une fois. La preuve que la méthodologie institutionnelle avait détruit ce qui nous venait naturellement.

Un rappel que tout ce que Nix croyait sur elle-même — qu'elle était une catastrophe ambulante, que son feu n'existait que pour détruire, que protéger les gens signifiait les repousser — était basé sur des mensonges qu'on nous avait racontés à tous les deux pour expliquer un échec catastrophique qui n'avait jamais été de notre faute.

J'ai posé le cube sur mon bureau à côté du journal, tous deux exigeant une honnêteté que j'avais évitée.

Un coup frappé à ma porte a interrompu les motifs de givre qui devenaient véritablement destructeurs.

Rowan se tenait dans le couloir, ses yeux gris d'orage jaugeant mon apparence avec le genre d'évaluation qui vient du fait d'être le partenaire d'Ivy. De comprendre à quoi ressemble quelqu'un qui choisit activement le contrôle plutôt que la vulnérabilité tout en sachant que c'est une erreur.

— Dylan a dit que tu avais une sale tête, a-t-il dit sans préambule. C'était un euphémisme.

— Je vais bien, ai-je menti, en ravalant mon givre par la seule force de ma volonté.

— Magnus. Le ton de Rowan était doux mais ferme. Ton givre laisse des motifs cristallins sur le cadre de la porte qui suggèrent une perte de contrôle imminente. Ce n'est pas « bien ». C'est une crise.

Il est entré dans ma suite, me dépassant avec l'aisance de quelqu'un qui a passé assez de temps à gérer sa propre volatilité élémentaire pour la reconnaître chez les autres. Son regard a balayé le journal ouvert, le cube cristallin, le formulaire d'autorisation de voyage que j'avais trouvé sur le bureau de Nix la nuit dernière avant le séisme de feu.

Je l'avais pris. Pas mon heure de gloire. Mais la voir remplir des papiers pour quitter l'UNP avait déclenché tous mes instincts de défense, et l'héritier diplomate qui suivait toujours les règles avait été temporairement supplanté par l'ours qui résout les problèmes en éliminant les menaces.

— Tu as pris son formulaire de retrait, a observé Rowan.

— Confisqué une preuve de prise de décision autodestructrice, ai-je corrigé. Il y a une différence.

— Vraiment ? Il s'est installé dans le fauteuil en face de mon bureau. Parce que de mon point de vue, on dirait que tu essaies de contrôler les résultats au lieu de faire confiance à ta partenaire pour faire ses propres choix.

La justesse de cette évaluation m'a piqué plus qu'elle n'aurait dû.

— Elle prévoit de sacrifier notre partenariat pour protéger ma candidature au Conseil, ai-je dit, le givre se propageant maintenant activement malgré mes tentatives de le contenir. Elle m'a convaincu de mentir au comité d'évaluation. De présenter tout ce que nous avons construit comme un accomplissement technique au lieu d'admettre ce qui l'a vraiment fait fonctionner. Et j'ai...

Ma voix s'est brisée sur ce mot. Le sang-froid diplomatique se fracturant sous la pression d'admettre que j'avais échoué à la seule chose qui comptait vraiment.

— J'ai accepté, ai-je terminé à voix basse. Parce que, l'espace d'un terrible instant, j'ai laissé la peur de perdre mon avenir si soigneusement planifié me convaincre qu'un cadrage stratégique revenait au même que la confiance. Que protéger mes ambitions importait plus que d'être honnête sur ce que nous étions devenus l'un pour l'autre.

Rowan resta silencieux un long moment, la magie de l'orage créant de subtiles variations de pression dans l'air. « L'année dernière, dit-il enfin... quand l'autorité de la Cour d'Hiver utilisait notre lien pour contrôler l'infrastructure de la NPU, Ivy a tenté de rompre notre partenariat. Elle pensait que me protéger signifiait me repousser. Que le sacrifice et l'amour, c'était la même chose. »

Il désigna le formulaire d'autorisation de voyage d'un geste. « Je l'en ai empêchée. Non pas en contrôlant ses choix, mais en lui faisant comprendre qu'être partenaires, c'était affronter les conséquences ensemble. Que sa protection, aussi bien intentionnée soit-elle, n'était en fait qu'une autre forme de l'isolement que nous avions tous les deux utilisé pour survivre avant de nous trouver. »

— Qu'est-ce que tu as fait ? demandai-je.

— Je me suis montré, dit simplement Rowan. Je l'ai mise dans l'impossibilité de fuir sans devoir me regarder droit dans les yeux et m'expliquer pourquoi elle me croyait trop faible pour assumer mes propres choix. Je l'ai forcée à se demander si elle me protégeait vraiment, ou si elle se protégeait elle-même de la peur de me décevoir.

Il se leva, la magie de l'orage se stabilisant en des motifs qui ressemblaient à de la certitude. « L'évaluation du Conseil a lieu dans trois heures. Tu as jusqu'à ce moment-là pour décider si tu vas te montrer et dire la vérité, quelles que soient les conséquences politiques, ou si tu vas laisser Nix se convaincre que le mensonge par omission stratégique revient au même qu'un partenariat. »

— Et si dire la vérité me coûte tout ce pour quoi j'ai travaillé ? La question sortit, brute et honnête.

— Alors tu perds les postes que tu convoites depuis trois ans, répondit Rowan. Mais tu conserves un partenariat dont tu auras besoin pour le reste de ta vie. Ce n'est pas un sacrifice, Magnus. C'est choisir ce qui compte vraiment.

Il se dirigea vers la porte, puis s'arrêta. « Pour ce que ça vaut... Ivy et moi avons failli tout perdre parce qu'elle a choisi la protection plutôt que la confiance. Ne fais pas la même erreur. Un partenariat qui ne survit que quand tout est facile n'en vaut pas la peine. »

Il partit avant que je puisse formuler une réponse, emportant avec lui ses esquives diplomatiques et me laissant seul avec des vérités dérangeantes que j'avais évitées.

Nix essayait de me protéger en fuyant. J'avais essayé de protéger mes ambitions en acceptant de mentir. Retombant tous les deux dans des schémas qui nous avaient fait croire que la sécurité exigeait l'isolement. Que la confiance était dangereuse. Que la vulnérabilité était une faiblesse et non une force.

Nous avions tous les deux tort.

Je rapprochai le cube cristallin, fixant la preuve que des enfants avaient trouvé l'harmonie avant que les institutions leur apprennent à la craindre. Qu'ils s'étaient fait confiance avant qu'un échec catastrophique leur enseigne qu'un partenariat était un fardeau.

Qu'ils avaient été tout ce que nous étions censés devenir, avant d'apprendre que se choisir l'un l'autre exigeait plus de courage que nous ne pensions en posséder.

Ma tablette-parchemin sonna de nouveau. Cette fois, c'était le professeur Blitzen : M. Polaris. Mlle Ember a demandé l'autorisation de se retirer de la NPU avec effet immédiat, citant des « circonstances personnelles exigeant son départ ». J'ai rejeté cette demande en attente de l'évaluation du Conseil. Elle sera présente cet après-midi, qu'elle le veuille ou non. Je vous suggère de vous préparer en conséquence.

Le soulagement m'envahit avec une force suffisante pour briser les motifs de givre que j'avais créés. Elle n'était pas partie. Pas encore. Ce qui signifiait que j'avais encore le temps de faire ce que Rowan avait suggéré.

Me montrer. La mettre dans l'impossibilité de fuir sans explication. Nous forcer tous les deux à nous demander si nous étions vraiment en train de construire un partenariat, ou si nous utilisions simplement la confiance comme un mot plus joli pour désigner les mêmes schémas d'isolement sur lesquels nous nous étions toujours reposés.

J'ouvris mon journal à une page blanche, du givre se formant et fondant sur le parchemin tandis que j'écrivais.

Jour dix-neuf : Nix a essayé de partir. J'ai volé son formulaire de retrait, car apparemment, en situation de crise, l'héritier Polaris diplomate qui suit toujours les règles devient un ours qui résout les problèmes en éliminant les menaces. Le professeur Blitzen a de toute façon rejeté sa demande.

L'évaluation du Conseil a lieu dans trois heures. J'ai jusqu'à ce moment-là pour décider si je suis assez courageux pour choisir la vulnérabilité plutôt que le contrôle. Si j'accorde plus de valeur aux postes que je convoite depuis trois ans qu'au partenariat dont j'ai besoin pour le reste de ma vie.

Si je suis prêt à me tenir devant les représentants du Conseil et à admettre que tout ce que la sagesse conventionnelle juge dangereux dans les partenariats élémentaires est absolument vrai pour Nix et moi, et que c'est précisément pour ça que ça fonctionne.

Parce que nous n'avons pas besoin l'un de l'autre malgré notre investissement émotionnel. Nous avons besoin l'un de l'autre À CAUSE de ça.

C'est ça, la vérité. C'est ce qui a permis à la stabilisation de la ligne de ley de fonctionner. C'est ce qui a sauvé la NPU quand les signatures corrompues avaient besoin de voir à quoi ressemblait une opposition équilibrée.

Et c'est ce que je vais leur dire. Quelles que soient les conséquences politiques. Peu importe si cela me coûte ma candidature au Conseil. Peu importe si choisir l'honnêteté plutôt que le mensonge par omission stratégique détruit tout ce que j'ai passé trois ans à construire.

Parce que Nix avait raison sur une chose : un partenariat qui exige une telle implication émotionnelle EST dangereux.

Mais pas parce que l'investissement émotionnel crée un handicap. Mais parce qu'il exige une vulnérabilité qui effraie les gens qui ont bâti toute leur identité autour du contrôle.

Il est temps de ne plus avoir peur. Temps de choisir la confiance plutôt que la protection. Temps de prouver qu'un parte-

nariat n'exige pas de sacrifier ce qui le fait fonctionner pour satis-
faire des gens qui n'en ont jamais fait l'expérience.

Temps de me montrer. Et si Nix essaie de fuir quand même,
temps de la mettre dans l'impossibilité de partir sans me regarder
droit dans les yeux et admettre qu'elle ne me protège pas, mais
qu'elle se protège elle-même de la peur de me décevoir.

Exactement comme ce que je faisais en acceptant de mentir.

Nous sommes tous les deux des catastrophes. Tous les deux
convaincus que protection signifie distance. Portant tous les deux
des schémas de Fléaugivre qui ne nous servent plus.

Mais contrairement à Fléaugivre, cette fois, nous avons le
choix. Cette fois, nous pouvons décider de nous faire confiance ou
de faire confiance à la peur qui a pris nos décisions à notre place.

Cette fois, je la choisis. Même si ça me coûte tout. Surtout
parce que ça pourrait être le cas.

Je fermai le journal et me levai, les motifs de givre se stabilisant enfin en quelque chose qui ressemblait moins à une crise et
plus à de la détermination.

Deux heures avant l'évaluation du Conseil. Deux heures pour
préparer des déclarations qui disaient la vérité au lieu de
mensonges soigneusement construits.

Deux heures pour trouver comment être là pour quelqu'un qui
avait la ferme intention de se sacrifier pour protéger un avenir qui,
j'en avais déjà décidé, comptait moins qu'elle.

Le cube cristallin reposait sur mon bureau, toujours fermé.
Contenant toujours la preuve de ce dont nous avions été capables
avant que la peur nous apprenne que la confiance était
dangereuse.

Il était peut-être temps de nous souvenir de qui nous étions.
Avant l'incident. Avant la séparation. Avant que nous apprenions
à nous cacher derrière une distance diplomatique et un humour
dépréciatif au lieu d'admettre ce que nous ressentions vraiment.

Il était peut-être temps d'arrêter de fuir le passé et de commencer à construire un avenir qui exigeait plus de courage que nous ne pensions en posséder.

Je saisis le cube, le givre rencontrant la magie hivernale qu'il contenait.

Puis j'attrapai mon manteau et me dirigeai vers la porte.

Si Nix avait l'intention de sacrifier notre partenariat pour protéger mes ambitions, elle allait devoir m'expliquer cette décision en face.

Et si je la connaissais bien, et c'était le cas, malgré trois ans d'une distance soigneusement entretenue, elle était très mauvaise pour mentir aux gens auxquels elle tenait vraiment.

Il était temps de la faire tenir à moi suffisamment pour qu'elle dise la vérité.

Même si la vérité détruisait tout ce que nous avions essayé de protéger.

Surtout dans ce cas.

Parce qu'un partenariat qui ne survivait pas à l'honnêteté ne valait pas les manœuvres stratégiques que nous utilisions pour le déguiser.

Et Magnus Polaris en avait fini de fuir ce qui comptait.

Même quand, et surtout quand, y faire face exigeait de briser chaque défense soigneusement contrôlée qu'il avait mis trois ans à bâtir.

Certains givres devaient fondre.

Certaines distances devaient être franchies.

Certaines vérités devaient être dites, quelles qu'en soient les conséquences.

Il était temps de cesser d'être l'héritier Polaris qui choisissait toujours le contrôle.

Temps de commencer à être le partenaire que Nix méritait, celui qui se montrait, quel qu'en soit le prix.

Celui qui la choisissait. À chaque fois. Même si la choisir signifiait perdre tout le reste.

Parce que c'était ça, la véritable signification de l'harmonie.

Pas la similitude. Pas une alliance stratégique. Pas une gestion prudente d'éléments volatils.

Se choisir l'un l'autre. Encore et encore. Peu importe si c'était politiquement sensé.

Peu importe si cela correspondait à l'avenir soigneusement planifié vers lequel j'avais œuvré.

Peu importe si cela exigeait de briser les masques diplomatiques pour montrer la personne en dessous, celle qui tombait amoureuse d'elle depuis l'instant où elle avait enflammé la plateforme d'atterrissage et m'avait regardé avec une reconnaissance que trois ans de distance n'avaient pas tout à fait détruite.

Temps d'arrêter de tomber.

Temps de sauter.

Et de croire que le feu et la glace pouvaient se rattraper.

Même quand, et surtout quand, tout le reste était incertain.

CHAPITRE SEIZE
LA SAGESSE DU PÈRE NOËL

MAGNUS

La salle du Conseil paraissait plus petite qu'elle n'aurait dû, ses murs cristallins qui inspiraient habituellement l'admiration semblaient à présent se resserrer comme la glace se refermant sur un lac gelé. Cinq membres du Conseil siégeaient à des places surélevées derrière un bureau incurvé en argent enchanté, leurs expressions allant du scepticisme à l'hostilité manifeste. Derrière eux, l'aurore peignait le plafond voûté de nuances de jugement.

La chancelière Northwind présidait depuis le siège central, son expression soigneusement neutre. Les cheveux argentés de la métamorphe renne étaient tirés en arrière en des tresses sévères qui témoignaient de décennies d'autorité administrative, et sa robe bleu glacier la marquait comme une affiliée de la Cour d'Hiver malgré l'indépendance institutionnelle de l'UPN.

À sa droite siégeait la conseillère Frostmere, la traditionaliste qui avait passé quarante ans à soutenir que la magie de partenariat exigeait une distance émotionnelle pour fonctionner en toute sécurité. La robe blanche de l'ancienne sprite des glaces semblait absorber la lumière plutôt que la réfléchir, et des motifs de givre se propageaient depuis sa place comme des accusations prêtes à être formulées.

Le conseiller Thornwick occupait le siège de gauche, sa présence d'élémentaire de terre faisant vrombir le sol d'une puissance contenue. Contrairement à la froide formalité de Frostmere, Thornwick irradiait la patience tranquille de la pierre, conservateur mais disposé à se laisser convaincre par des preuves plutôt que par l'idéologie.

Les deux sièges restants étaient occupés par des représentants que je reconnaissais grâce aux briefings diplomatiques : la conseillère Stormweaver de la Cour du Vent, dont la robe grise changeait constamment comme si elle était prise dans une brise perpétuelle, et le conseiller Sunbright des Territoires d'Été, dont la tenue dorée paraissait incongrue dans le décor hivernal de l'UPN mais dont l'influence politique était indéniable.

Cinq votes qui détermineraient si notre partenariat représentait une percée ou un effondrement dans la théorie de la magie élémentaire.

Nix était assise à côté de moi à la table des accusés, ses bracelets de suppression luisant sourdement sous la lumière de l'aurore. Elle avait tressé ses cheveux en arrière dans une tentative de formalité, mais des flammes vacillaient encore sur les bords, preuve visible de la volatilité que nous nous apprêtions à défendre comme étant essentielle plutôt que dangereuse.

Mon givre répondit automatiquement à son feu, créant ces schémas d'opposition familiers qui avaient sauvé les lignes telluriques trois jours plus tôt. Les mêmes schémas qui avaient arrêté son tremblement de feu ce matin. Les mêmes schémas que les membres du Conseil observaient avec des expressions qui suggé-

raient qu'ils avaient déjà décidé ce qu'ils pensaient de l'investissement émotionnel dans la magie de partenariat.

— Monsieur Polaris, Mademoiselle Ember. La voix de la chancelière Northwind portait le poids de l'autorité institutionnelle.
Vous avez soumis une proposition concernant des méthodologies
de stabilisation élémentaire collaborative. Cependant, des événements récents suggèrent que nous devons aborder des préoccupa-
tions plus immédiates avant de discuter de cadres théoriques.

Traduction : ils voulaient discuter du tremblement de feu, pas
de notre projet de fin d'études.

— Bien sûr, Chancelière, ai-je répondu, ma formation diplomatique maintenant ma voix stable malgré l'anxiété qui menaçait
ma composure soigneusement entretenue. Nous sommes prêts à
répondre à toutes vos questions.

— Excellent. La conseillère Frostmere se pencha en avant, sa
magie de glace créant sur la table des motifs de givre qui ressemblaient désagréablement à des accusations. Commençons par l'incident de ce matin. Mademoiselle Ember, vous avez déclenché un
tremblement de feu qui a fissuré la place est, endommagé la
statue des Fondateurs et a failli déstabiliser l'infrastructure de
l'UPN. Selon vos propres mots, qu'est-ce qui a causé une telle
perte de contrôle catastrophique ?

Le feu de Nix jaillit, répondant à la critique avant qu'elle ne
puisse l'arrêter. Je sentis ses bracelets de suppression se tendre, je
vis sa mâchoire se crisper alors qu'elle refoulait les flammes par
pure volonté.

Nous avions convenu de dire la vérité. Toute la vérité.

Elle prit une inspiration, inspire sur quatre temps, retiens,
expire sur quatre temps, puis croisa directement le regard de la
conseillère Frostmere.

— La peur, dit doucement Nix. J'avais peur que notre partenariat, l'investissement émotionnel qu'il requiert, ne coûte à Magnus sa candidature au Conseil. Alors j'ai essayé de le protéger en prévoyant de partir avant cette évaluation. Pour faire passer la stabilisation des lignes telluriques pour son exploit solo. Le feu a répondu à cette peur, à la culpabilité d'envisager de fuir, et j'ai perdu le contrôle.

L'honnêteté tomba dans la salle comme une pierre brisant la glace.

— Vous avez tenté de quitter l'université pour éviter cette évaluation ? Le grondement de la magie de terre du conseiller Thornwick était désapprobateur. Cela suggère que vous êtes consciente que votre partenariat est problématique.

— Non, suis-je intervenu avant que Nix ne puisse répondre. Cela suggère une conscience que les systèmes institutionnels considèrent souvent l'investissement émotionnel comme une faiblesse plutôt que de le reconnaître comme une infrastructure essentielle pour certains types de magie collaborative.

Un sourcil de la chancelière Northwind se haussa. — Infrastructure essentielle ? C'est une affirmation audacieuse, Monsieur Polaris. Surtout venant de quelqu'un dont le dossier académique démontre trois années passées à éviter avec succès exactement le genre d'enchevêtrement émotionnel que vous défendez maintenant.

Elle n'avait pas tort. Toute ma stratégie avait été construite sur le maintien d'une distance diplomatique, prouvant que je pouvais réussir sans vulnérabilité, démontrant que le contrôle signifiait garder tout le monde à distance.

— J'avais tort, ai-je dit simplement. Sur le contrôle, sur le partenariat, sur ce qui crée la capacité par rapport à la responsabilité. La stabilisation des lignes telluriques a fonctionné parce que Nix et moi nous faisions assez confiance pour être vulnérables. Parce que l'investissement émotionnel a créé un ancrage que les méthodologies de contrôle traditionnelles ne pouvaient pas fournir.

— Ou, rétorqua la conseillère Frostmere, le givre s'étendant sur sa section du bureau... l'investissement émotionnel a créé exactement le genre de volatilité dangereuse qui a abouti au tremblement de feu de ce matin. Le feu de Mademoiselle Ember a répondu à une crise personnelle en détruisant presque l'infrastructure de l'université. Ce n'est pas de la capacité, c'est la preuve que le compromis émotionnel crée de l'instabilité.

L'accusation resta suspendue dans l'air, et je sentis le feu de Nix se rétracter brusquement. Je la sentis se replier sur elle-même comme elle l'avait fait à son arrivée, se croyant une catastrophe ambulante, convaincue que trop se soucier des autres la rendait dangereuse.

— Le tremblement de feu s'est arrêté quand Magnus a fourni un ancrage par le contact du partenariat, dit Nix, sa voix plus forte maintenant malgré la honte que je pouvais sentir émaner d'elle. Pas par la suppression ou le confinement, mais en offrant une opposition contre laquelle mon feu pouvait se structurer. Le contrôle traditionnel ne pouvait pas m'atteindre à ce moment-là, mais le partenariat le pouvait.

— Parce que vous êtes devenue dépendante de Monsieur Polaris pour votre stabilité, observa la conseillère Stormweaver, sa magie du vent créant de doux courants qui semblaient d'une manière ou d'une autre plus dangereux que le givre agressif de Frostmere. Ce n'est pas de la magie collaborative, c'est de la vulnérabilité déguisée en partenariat. Que se passera-t-il quand il ne sera pas disponible ? Quand les circonstances politiques exigeront une séparation ? Quand les sentiments personnels changeront ?

La question toucha chaque peur que j'avais passé des semaines à apprendre à surmonter. Chaque raison pour laquelle l'héritier Polaris n'aurait pas dû permettre à l'investissement émotionnel de compliquer des avenirs soigneusement planifiés.

— Alors nous nous adapterons, ai-je répondu, en croisant le regard de la représentante de la Cour du Vent. Le partenariat ne signifie pas la dépendance, il signifie avoir quelqu'un qui peut vous atteindre quand vous ne pouvez pas vous atteindre vous-même. Ce matin-là, Nix m'a ancré pendant la crise des lignes telluriques quand mon contrôle s'est fracturé. Aujourd'hui, je l'ai ancrée quand la peur a déclenché la volatilité. Ce n'est pas une faiblesse, c'est une capacité réciproque qui sert mieux la stabilité que si nous gérions seuls.

— Poétique, dit sèchement la conseillère Frostmere. Mais les dommages à la place est suggèrent que votre partenariat est plus une responsabilité qu'un atout. Le Conseil a besoin de l'assurance que l'investissement émotionnel ne continuera pas à créer exactement le genre de perturbation institutionnelle dont nous avons été témoins ce matin.

Elle fit un geste, et des écrans cristallins se matérialisèrent, montrant des images du tremblement de feu, des flammes se propageant à travers l'arène d'entraînement, des fissures parcourant la glace de la place, la statue des Fondateurs se fracturant. Une preuve visuelle de tout ce qui s'était passé lorsque la magie volatile avait rencontré la crise émotionnelle.

Puis le second écran s'activa, montrant notre stabilisation des lignes telluriques d'il y a trois jours. Feu et givre s'entrelaçant à travers des courants magiques instables, créant des motifs qui n'auraient pas dû fonctionner mais qui l'ont fait, l'aurore répondant à une opposition qui offrait la collaboration plutôt que la compétition.

— Deux démonstrations, dit doucement la chancelière North-wind. L'une montrant votre partenariat sauvant l'infrastructure de l'UPN. L'autre le montrant la détruisant presque. Le Conseil a besoin de comprendre quelle version représente votre capacité réelle.

Avant que l'un de nous puisse répondre, les portes de la salle s'ouvrirent.

Le Père Noël entra.

Pas la figure joviale des contes de Noël, mais quelque chose de plus ancien, un pouvoir qui précédait les hiérarchies institutionnelles, une magie qui avait été témoin de siècles de théories de partenariat et de manœuvres politiques. Sa robe semblait avoir été taillée dans l'hiver lui-même, la lumière de l'aurore se courbant autour de lui comme pour reconnaître sa présence comme fondamentale plutôt que décorative.

Les membres du Conseil se levèrent immédiatement, le respect automatique et absolu. Même la magie de glace de la conseillère Frostmere se retira, s'effaçant devant une autorité qui transcendait les nominations politiques.

— Je m'excuse pour l'interruption, dit le Père Noël, sa voix portant une chaleur qui rendait d'une manière ou d'une autre les mots formels sincères. Mais je crois que cette évaluation pose la mauvaise question.

La chancelière Northwind se reprit la première. — Père Noël. Nous sommes honorés de votre présence. Cependant, il s'agit d'une session à huis clos du Conseil concernant...

— La politique de la magie de partenariat, acheva le Père Noël, se déplaçant pour se tenir entre notre table et le bureau du Conseil. Plus précisément, si l'investissement émotionnel crée la capacité ou la responsabilité. Si la collaboration de Magnus Polaris et Phoenix Ember représente une percée ou un effondrement dans la méthodologie de stabilisation élémentaire.

Il se tourna vers nous, et je sentis tout le poids de son attention, ancienne, sage, voyant à travers chaque défense que j'avais jamais construite.

— Le Conseil demande quelle démonstration représente votre capacité réelle, continua le Père Noël. La stabilisation des lignes telluriques ou le tremblement de feu. Mais c'est la mauvaise question. La bonne question est : quelle est la différence entre l'harmonie et la suppression ?

Un silence absolu s'installa dans la salle.

— L'harmonie, dit le Père Noël, en désignant l'écran montrant encore notre travail sur les lignes telluriques… c'est le feu et le givre trouvant des motifs ensemble. Une opposition qui sert la collaboration. Un investissement émotionnel qui crée un ancrage qu'aucun des deux éléments ne peut atteindre indépendamment. C'est ce qui a sauvé l'UPN il y a trois jours.

Il désigna les images du tremblement de feu. — La suppression, c'est essayer de gérer la magie volatile par l'isolement et le contrôle. Tenter de protéger un partenariat en sacrifiant la vulnérabilité. La peur déguisée en protection stratégique. C'est ce qui a failli détruire la place est ce matin.

Le Père Noël s'approcha de notre table, son regard se posant sur Nix avec une expression qui ressemblait à de la compréhension.

— Phoenix Emberwing, dit-il doucement. Parlez-moi de l'Académie Frostbane.

Nix tressaillit comme s'il l'avait frappée. Ce seul nom portait un poids que ni l'un ni l'autre n'avions prononcé à voix haute depuis cette première nuit où le souvenir avait percuté une distance soigneusement entretenue.

— Je… il y a eu un incident, parvint-elle à dire, des flammes vacillant malgré ses bracelets de suppression. Un programme élémentaire expérimental. La magie du feu s'est avérée trop volatile pour être contenue. Une catastrophe institutionnelle qui a nécessité la séparation pour la sécurité de tous.

— C'est l'histoire officielle, acquiesça le Père Noël. Voudriez-vous savoir ce qui s'est réellement passé ?

La question resta suspendue dans l'air, comme le givre avant une tempête.

— Le programme expérimental de Frostbane a tenté d'enseigner le partenariat élémentaire par le biais d'une méthodologie de suppression, a continué Santa. — Ils pensaient que la magie volatile pouvait être contrôlée par une gestion prudente, une distance émotionnelle, des cadres stratégiques qui empêchaient précisément le type d'investissement que vous défendez maintenant. Ils avaient tort.

Il a fait un geste, et de nouvelles images se sont matérialisées : l'Académie de Frostbane, avant l'incident. Deux enfants qui paraissaient douloureusement familiers, s'exerçant à des schémas de feu et de givre qui reflétaient ce que Nix et moi avions développé indépendamment au fil des semaines de partenariat.

— Vous et Magnus étiez la plus grande réussite du programme, a dit Santa doucement. De jeunes enfants qui avaient trouvé une harmonie intuitive avant que la méthodologie institutionnelle ne vous apprenne à la réprimer. Mais la suppression finit par créer exactement le genre d'échec catastrophique que tout le monde craint. Non pas parce que le partenariat était défaillant, mais parce que forcer le contrôle sur une magie naturellement collaborative brise ce qu'elle essaie de protéger.

Les images ont changé pour montrer des étudiants plus âgés, toujours reconnaissables, malgré les années et la distance soigneusement construite. Le feu se propageant au-delà de tout confinement, le givre échouant à maintenir les barrières, deux enfants qui avaient trouvé l'harmonie étant contraints à la suppression jusqu'à ce que tout s'effondre.

— L'incendie de Frostbane n'a pas été causé par le partenariat, a poursuivi Santa. Il a été causé par l'insistance institution-

nelle sur le fait que l'investissement émotionnel était un handicap
nécessitant une gestion. Vous avez été séparés, on vous a donné
de nouvelles identités, on vous a appris que trop s'attacher était
ce qui vous rendait dangereux. Que le contrôle signifiait l'isolement. Que la protection exigeait de la distance.

Ma poitrine s'est resserrée, les souvenirs que j'avais passés
trois ans à enfouir remontant à la surface. Phoenix avant qu'elle
ne devienne Nix, sauvage, brillante, tout ce que j'avais essayé
d'oublier parce que se souvenir était trop douloureux.

— Mais ce matin, a dit Santa en se tournant vers le Conseil...
quand la peur de Phoenix a déclenché la volatilité, Magnus n'a pas
supprimé son feu. Il ne l'a pas contenu, ni géré, ni maintenu une
distance diplomatique. Il a offert une opposition qui a permis à
l'harmonie d'émerger. C'est la différence entre l'échec de Frostbane et le succès de la NPU. Entre la méthodologie de suppression
et la capacité de collaboration.

La chancelière Northwind s'est penchée en avant, l'air
songeur. — Vous suggérez que l'investissement émotionnel est
une infrastructure nécessaire pour certains types de magie
élémentaire ? Que tenter d'enseigner le partenariat par le biais de
la distance émotionnelle est fondamentalement défaillant ?

— J'énonce un fait qui devrait être évident pour quiconque a
été témoin de leur travail de stabilisation, a répondu Santa. — Le
feu et le givre atteignent l'harmonie lorsqu'ils se font suffisamment confiance pour être vulnérables. Lorsqu'ils choisissent la
collaboration plutôt que le contrôle. Lorsqu'ils reconnaissent que
l'opposition peut servir le partenariat plutôt que de le menacer.
Ce n'est pas un handicap, c'est une capacité que la méthodologie
traditionnelle ne peut reproduire.

Il s'est approché pour se tenir à côté de notre table, une main
reposant légèrement sur chacune de nos épaules.

— Le Conseil doit décider si la NPU continuera l'erreur de

Frostbane, en enseignant la suppression et en appelant cela du contrôle, ou si vous reconnaîtrez qu'une certaine magie requiert de la vulnérabilité pour fonctionner en toute sécurité. Si vous sanctionnerez un partenariat qui exige un investissement émotionnel, ou si vous confirmerez que trop s'attacher est toujours considéré comme une compromission dangereuse.

Le poids de ses paroles s'est abattu sur la salle comme une neige fraîche.

La conseillère Frostmere a été la première à rompre le silence. — Et quand une crise émotionnelle déclenchera un autre séisme de feu ? Quand les sentiments personnels créeront exactement le genre d'instabilité institutionnelle dont nous avons été témoins ce matin ?

— Alors le partenariat fournit un ancrage que la suppression ne peut offrir, a simplement répondu Santa. — Parce que quelqu'un qui vous fait confiance peut vous atteindre quand vous n'y parvenez pas vous-même. Ce n'est pas de la dépendance, c'est le fondement d'une magie collaborative qui sert bien mieux la stabilité que l'isolement ne le pourrait jamais.

Il a pressé nos épaules une fois, doucement, pour nous encourager, puis a reculé.

— Je vous laisse à vos délibérations, a dit Santa. — Mais je voulais que le Conseil comprenne ce que vous évaluez réellement. Non pas si le partenariat de Magnus et Phoenix est un handicap, mais si la NPU est prête à enseigner l'harmonie au lieu de la suppression. À reconnaître que certaines formes de pouvoir exigent de la vulnérabilité pour fonctionner en toute sécurité.

Il s'est dirigé vers la porte, puis a fait une pause.

— Pour ce que ça vaut, a-t-il dit, en se retournant pour croiser le regard de la chancelière Northwind... j'ai été témoin de siècles de magie de partenariat. Les collaborations qui réussissent sont toujours celles qui choisissent la confiance plutôt que le contrôle.

Toujours celles qui reconnaissent l'investissement émotionnel comme une infrastructure plutôt qu'une compromission. Toujours celles qui comprennent que l'harmonie ne signifie pas l'uniformité, mais se choisir l'un l'autre, encore et encore, même quand la pression extérieure vous dit que vous ne devriez pas.

Puis il a disparu, laissant derrière lui le silence, la lumière changeante de l'aurore et cinq membres du Conseil qui fixaient des images montrant à la fois notre plus grande réussite et notre échec le plus catastrophique.

— Eh bien, a finalement dit la chancelière Northwind. — C'était... instructif.

La magie de la terre du conseiller Thornwick a grondé pensivement. — Son argument est convaincant. La stabilisation de la ligne de ley a effectivement démontré une capacité que la méthodologie traditionnelle n'a pas atteinte. Et le séisme de feu a été résolu par un contact de partenariat plutôt que par une intervention institutionnelle.

— Mais nous discutons toujours d'une politique qui sanctionne l'investissement émotionnel comme une infrastructure nécessaire, a rétorqué la conseillère Stormweaver, sa magie du vent appuyant ses propos. — C'est un changement significatif par rapport aux cadres établis. Il nous faut plus qu'une seule démonstration réussie pour justifier un changement aussi radical.

— C'est pourquoi leur projet de fin d'études inclut une recherche et une documentation continues, a répondu la chancelière Northwind, en affichant notre proposition initiale. — Six mois de travail collaboratif de stabilisation élémentaire. Des rapports de progression hebdomadaires. Une évaluation par plusieurs membres du corps professoral. Si leur méthodologie s'avère constamment efficace, nous aurons des preuves pour soutenir des changements de politique plus larges.

Elle a reporté son attention sur nous.

— Monsieur Polaris, Mademoiselle Ember. Le Conseil est prêt à approuver votre projet de fin d'études à titre provisoire. Vous ferez la démonstration de techniques de stabilisation collaboratives sous la supervision du corps professoral. Vous documenterez la méthodologie avec suffisamment de détails pour que d'autres puissent reproduire votre travail. Et vous prouverez que l'investissement émotionnel crée une capacité plutôt qu'un handicap par des résultats constants dans le temps.

L'espoir a fleuri dans ma poitrine, prudent et fragile.

— Cependant, a ajouté la conseillère Frostmere, le givre appuyant ses propos... si votre partenariat déclenche une autre crise institutionnelle, un autre séisme de feu, une autre perte de contrôle, une autre démonstration que l'investissement émotionnel compromet la stabilité, l'approbation provisoire sera révoquée immédiatement. Sans appel, ni seconde chance. Est-ce que c'est bien clair ?

— Limpide, ai-je répondu, un soulagement si intense m'inondant que mon givre a produit des étincelles visibles. — Merci, Conseil. Nous ne vous décevrons pas.

— Veillez-y, a dit la chancelière Northwind. — Vous pouvez disposer. Votre épreuve de fin d'études sera programmée pour la fin du trimestre. D'ici là, maintenez la stabilité et documentez tout. L'avenir de la politique de la magie de partenariat pourrait bien dépendre de ce que vous prouverez au cours des six prochains mois.

Elle a fait une pause, échangeant avec la conseillère Frostmere un regard porteur de communication tacite.

— Encore une chose, a ajouté la chancelière Northwind. — La professeure Frostwick a demandé une réunion de suivi concernant l'incident de ce matin et les dommages structurels de l'arène d'entraînement. Vous la rencontrerez demain matin, neuf heures précises. La professeure Blitzen sera également présente pour discuter des protocoles de surveillance supplémentaires pour votre projet de fin d'études.

L'implication était claire : l'approbation provisoire avait des contreparties. Une supervision du corps professoral qui garantirait que nous ne déclencherions pas une autre crise. Des conséquences institutionnelles qui n'avaient pas disparu simplement parce que Santa s'était porté garant de notre méthodologie.

— Compris, ai-je dit, bien que mon estomac se soit noué d'une nouvelle anxiété. — Nous y serons.

— Bien. Vous pouvez disposer.

Nous nous sommes levés, la main de Nix trouvant automatiquement la mienne, le feu rencontrant le givre en des motifs devenus aussi naturels que de respirer. Alors que nous quittions la salle, j'ai entendu le conseiller Thornwick dire doucement : — Santa a raison, vous savez. Nous avons enseigné la suppression et nous nous demandions pourquoi les partenariats continuaient d'échouer.

Les lourdes portes se sont refermées derrière nous, et Nix s'est affaissée contre le mur du couloir.

— On a réussi, a-t-elle dit, ses flammes dansant maintenant librement, sans la contrainte des bandes de suppression. — Ils nous ont approuvés. On peut vraiment le faire.

— À titre provisoire, lui ai-je rappelé, mais sans pouvoir retenir un sourire. — Ce qui signifie plus de séismes de feu. Plus de crises émotionnelles qui déclenchent des désastres institutionnels. Plus de tentatives de se protéger l'un l'autre en fuyant.

— Ensemble, a approuvé Nix. — Même quand c'est terrifiant. Même quand la pression extérieure nous dit qu'on ne devrait pas.

Elle a levé les yeux vers moi, son feu captant la lumière de l'aurore et peignant ses traits de nuances d'or et de cramoisi qui me serraient la poitrine avec des sentiments que j'apprenais encore à nommer.

— Magnus, a-t-elle dit doucement. — Ce que Santa a dit sur Frostbane. Sur le fait que nous avions trouvé l'harmonie avant qu'ils ne nous apprennent la suppression. Est-ce que tu... est-ce que tu t'en souvenais ? Avant la NPU, avant qu'on ne se revoie ?

— Chaque jour, ai-je admis. — J'ai juste passé trois ans à prétendre que j'avais oublié parce que se souvenir était trop douloureux. Parce que je pensais que la distance était une protection. Parce que l'héritier Polaris n'était pas censé s'attacher à la fille qui avait failli tout détruire.

— Mais tu as quand même arrêté mon séisme de feu, a dit Nix. — Même en connaissant le prix. Même en risquant ta candidature au Conseil. Pourquoi ?

Parce que je l'aimais. Je l'avais aimée depuis que nous étions des enfants découvrant la magie ensemble, avant que les institutions ne nous apprennent à la craindre. Je l'avais aimée à travers la séparation, les nouvelles identités et trois ans de distance soigneusement maintenue. Je l'aimais assez pour choisir le partenariat plutôt que l'ambition, la vulnérabilité plutôt que le contrôle, la vérité plutôt que la protection stratégique.

Les mots reposaient sur ma langue, terrifiants, essentiels et absolument justes.

— Parce que l'harmonie ne signifie pas l'uniformité, ai-je dit, ma voix plus stable que je ne me sentais. — Ça veut dire se choisir l'un l'autre. Encore et encore.

La vulnérabilité de le dire à voix haute m'a frappé comme un choc de givre, ce moment où la magie de la glace va plus loin que prévu et touche quelque chose de vital. J'avais passé trois ans à construire des masques diplomatiques, et je venais de les briser complètement. J'avais offert la vérité sans protection stratégique. J'avais choisi la vulnérabilité plutôt que le contrôle.

Et c'était comme une libération.

Le feu de Nix a flambé, vif, répondant à l'honnêteté par

quelque chose qui ressemblait à un mélange d'espoir et de peur en des motifs que je reconnaissais dans ma propre poitrine.

— Même quand ce choix coûte tout ce pour quoi tu as travaillé ? demanda-t-elle doucement.

— Surtout dans ce cas, ai-je répondu. — Parce que ce pour quoi j'ai travaillé n'a pas d'importance si je l'obtiens en sacrifiant ce qui me rend vraiment entier.

Son sourire était un lever de soleil perçant l'hiver, éclatant, chaud et valant absolument tous les risques.

— Alors, allons prouver que l'investissement émotionnel crée une capacité, a-t-elle dit, ses flammes s'étirant vers mon givre avec une confiance que trois ans de séparation n'avaient pas tout à fait détruite. — Montrons au Conseil que certaines magies requièrent de la vulnérabilité pour fonctionner en toute sécurité.

Je tombais amoureux d'elle, une fois de plus.

Mais cette fois, au lieu de le fuir, j'apprenais à reconnaître que choisir la vulnérabilité n'était pas une faiblesse.

C'était la chose la plus forte que j'aie jamais faite.

CHAPITRE DIX-SEPT

RITUEL DE RÉCONCILIATION

Nix

Le Sanctuaire du Feu et de la Glace se trouvait à la lisière du campus de l'UPN, là où l'architecture cristalline cédait la place à un paysage élémentaire brut. La moitié du bâtiment flamboyait de flammes éternelles qui ne consumaient jamais, tandis que l'autre moitié abritait des formations de glace qui ne fondaient jamais. Une opposition rendue permanente, manifestation physique de la symbiose que Magnus et moi tentions de prouver possible.

Je n'y avais jamais mis les pieds. Les esprits du feu avec des problèmes de contrôle n'étaient généralement pas invités dans des espaces où leur volatilité pouvait perturber des siècles d'équilibre élémentaire soigneusement maintenu.

Mais la professeure Blitzen avait été claire dans son message : Demain, 19 h. Sanctuaire du Feu et de la Glace. Venez avec votre partenaire. Ce n'est pas optionnel.

— Tu penses que ça fait partie de la surveillance supplémentaire ? ai-je demandé à Magnus alors que nous approchions de l'entrée du sanctuaire. Le portail lui-même était une œuvre d'art, flamme d'un côté, givre de l'autre, se rejoignant au milieu sans s'annuler. — Une sorte de test pour s'assurer que nous pouvons garder le contrôle dans des environnements élémentaires extrêmes ?

— Probablement, répondit Magnus, bien que son masque diplomatique se soit suffisamment fissuré pour que je puisse voir l'incertitude en dessous. — La professeure Blitzen ne fait rien sans raison. Et après le séisme de feu de ce matin...

Il n'eut pas besoin de finir. Nous savions tous les deux que nous étions sur une glace très mince, au sens propre comme au figuré. Une perte de contrôle de plus, une crise institutionnelle de plus, et notre approbation provisoire disparaîtrait comme du givre au soleil.

Les portes s'ouvrirent avant que nous ayons pu frapper, révélant la professeure Blitzen dans une robe qui semblait tissée de foudre. Derrière elle, l'intérieur du sanctuaire était à couper le souffle, un vaste espace circulaire où le feu et la glace existaient en parfait équilibre, aucun élément ne dominant l'autre, créant tous deux des motifs qui servaient l'ensemble.

— M. Polaris. Mlle Ember. Entrez. Son ton était formel mais pas hostile. — Nous avons du travail.

Nous sommes entrés, et j'ai senti mon feu répondre immédiatement aux flammes qui dansaient le long du mur ouest. Pas agressivement, mais avec reconnaissance, comme si je retrouvais une famille dont j'avais été séparée trop longtemps. Mes bracelets de suppression vrombirent sous la tension alors que je réprimais cette réaction.

— Vous pouvez les enlever, dit la professeure Blitzen en désignant les bracelets. — En fait, vous le devez. Ils interféreront avec ce que nous allons tenter ce soir.

— Avec tout mon respect, professeure, dit Magnus prudemment... Le feu de Nix a été instable ces derniers temps. Retirer toute suppression dans un sanctuaire élémentaire semble...

— Risqué ? termina la professeure Blitzen. — Oui. Ça l'est. Mais on n'apprend pas l'harmonie par la suppression, M. Polaris. C'est précisément la méthodologie qui a échoué à Frostbane. Si vous voulez prouver que votre partenariat fonctionne, vous devez lui faire entièrement confiance. À commencer par maintenant.

Elle se déplaça vers le centre du sanctuaire, où une plateforme circulaire alternant feu et glace créait un mandala d'opposition. — Ceci est un espace de réconciliation. Utilisé depuis des siècles par les partenaires élémentaires qui doivent réaligner leurs signatures magiques après une crise ou une séparation. Il force la vulnérabilité, exige que les deux éléments soient pleinement présents, pleinement eux-mêmes, sans barrières défensives ni contrôle stratégique.

Mon estomac se noua. — Vous voulez qu'on pratique la magie de partenariat ici ? Maintenant ? Après ce matin ?

— Je veux que vous arrêtiez de pratiquer et que vous commenciez à faire confiance, corrigea la professeure Blitzen. — Vous avez sauvé les lignes telluriques grâce à une harmonie intuitive, puis vous avez failli détruire la place est en essayant de vous protéger l'un l'autre par une distance stratégique. La différence n'était pas votre capacité, mais votre volonté d'être vulnérables.

Elle désigna la plateforme. — Le rituel de réconciliation vous dépouillera de tout ce que vous utilisez pour garder le contrôle. Chaque défense, chaque masque diplomatique, chaque technique de suppression. Il ne vous laissera rien d'autre que votre magie élémentaire et la confiance que vous avez bâtie. Si votre partenariat est réel, vous trouverez l'harmonie. S'il ne l'est pas...

— Nous réduirons le sanctuaire en cendres, finis-je à voix basse.

— Ou le gèlerons de part en part, ajouta Magnus.

— Possiblement, admit la professeure Blitzen avec un calme troublant. — Mais je ne pense pas que vous le ferez. Le Père Noël n'intervient pas dans les évaluations du Conseil pour des partenariats qu'il pense voués à un échec catastrophique. Et j'ai été témoin de votre travail de stabilisation. Vous en avez la capacité. La question est de savoir si vous vous faites assez confiance, et si vous vous faites assez confiance l'un à l'autre, pour la laisser fonctionner sans contrôle.

Elle tira un rouleau de sa robe, un parchemin cristallin couvert d'une écriture élémentaire qui semblait osciller entre des runes de feu et des motifs de givre.

— Ceci est le Rituel de Réconciliation Élémentaire, dit-elle en le tendant à Magnus. — Une magie très ancienne. Pré-institutionnelle, de l'époque où les partenariats se formaient par instinct plutôt que par méthode. Il exige que les deux éléments abandonnent simultanément le contrôle et fassent confiance à l'harmonie pour qu'elle émerge naturellement.

Magnus parcourut le rouleau, son masque diplomatique s'effaçant encore davantage. — C'est... Professeure, ce rituel ne se contente pas d'aligner les signatures magiques. Il crée une résonance émotionnelle. Il nous demande essentiellement de...

— D'être complètement honnêtes sur ce que signifie votre partenariat, acheva la professeure Blitzen. — Oui. C'est un peu le but. Vous ne pouvez pas atteindre une véritable harmonie élémentaire en vous cachant derrière des mots prudents et une distance stratégique. Le feu et le givre ne font pas dans la diplomatie, M. Polaris. Soit ils se font confiance, soit ils se détruisent. Il n'y a pas de juste milieu.

Elle se dirigea vers la sortie du sanctuaire, puis s'arrêta sur le seuil. Des éclairs crépitèrent doucement autour d'elle, et quand elle parla, sa voix portait le poids de siècles passés à observer des partenariats réussir et échouer.

— Le rituel révèle la vérité, dit-elle calmement. — Ce que vous en ferez ? C'est ça, la vraie magie.

Les portes se refermèrent derrière elle dans un silence feutré, nous laissant seuls dans le sanctuaire avec le rouleau, la plateforme et la terrifiante possibilité d'une vulnérabilité totale.

Magnus et moi sommes restés en silence, à fixer la plateforme de réconciliation et le rituel qui promettait de nous dépouiller de toutes les défenses que nous avions jamais érigées.

— On n'est pas obligés de faire ça, dit Magnus à voix basse. — On pourrait dire à la professeure Blitzen qu'on a besoin de plus de temps. Que se précipiter dans un rituel avancé après le séisme de feu de ce matin est imprudent.

— Mais elle a raison, ai-je répondu. — On a sauvé les lignes telluriques quand on s'est fait entièrement confiance. On a failli détruire la place quand j'ai essayé de te protéger en fuyant. La différence, ce n'était pas notre pouvoir, c'était notre volonté d'être vulnérables.

Je me suis approchée du bord de la plateforme, sentant la chaleur du côté du feu et le froid du côté de la glace se rencontrer dans cet espace liminal où l'opposition devenait collaboration.

— Je suis terrifiée, ai-je admis. — Par ce que le rituel pourrait nous montrer. Par le fait d'être aussi vulnérable. Mais je suis encore plus terrifiée à l'idée de passer le reste de ma vie à me demander si nous aurions pu être quelque chose d'extraordinaire si seulement nous avions eu le courage d'essayer.

Magnus me rejoignit au bord de la plateforme, son givre créant déjà des motifs en réponse au feu que je ne parvenais pas tout à fait à contenir.

— Alors faisons-le, dit-il en me tendant le rouleau du

rituel. — Découvrons à quoi ressemble l'harmonie quand on arrête de la combattre.

Les instructions du rouleau étaient d'une simplicité trompeuse :

Tenez-vous en opposition. Élément contre élément, cœur contre cœur. Dites la vérité sans défense. Abandonnez le contrôle. Faites confiance à l'harmonie pour qu'elle émerge.

Mes mains se sont portées aux bracelets de suppression à mes poignets. Les fermoirs m'étaient devenus si familiers, une protection automatique contre ma propre volatilité, un mécanisme de sécurité que j'avais porté si longtemps qu'ils semblaient faire partie de ma peau.

J'ai hésité, les doigts sur le mécanisme de libération.

Et si les enlever donnait raison à tout le monde ? Et si mon feu, entièrement libéré dans ce sanctuaire élémentaire, était exactement le désastre que Frostbane avait tenté de contenir ? Et si trois ans de méditation et d'exercices de contrôle n'avaient rien changé à ma nature fondamentalement dangereuse ?

— Nix, dit doucement Magnus. — Je suis là. Quoi qu'il arrive quand ces bracelets tomberont, je suis là pour toi.

Sa certitude, sa confiance absolue bien qu'il ait été témoin de chaque perte de contrôle catastrophique dont j'avais fait preuve, fit éclore dans ma poitrine une chaleur qui n'avait rien à voir avec la magie du feu.

J'ai appuyé sur le déclencheur.

Les bracelets tombèrent avec un léger clic qui sonna comme des chaînes se brisant.

Pendant un battement de cœur, la terreur m'a submergée alors que mon feu jaillissait, libre, sauvage, affamé, n'étant plus contenu par une contrainte magique. Les flammes du sanctuaire ont réagi, brûlant plus fort, et j'ai senti mon élément les atteindre avec une reconnaissance désespérée.

Puis le givre de Magnus rencontra mon feu.

Sans le supprimer, sans le contenir, juste en offrant une opposition contre laquelle mes flammes pouvaient se structurer. Et au lieu du chaos que j'avais craint, mon feu trouva... l'équilibre. Un but. Le genre d'ancrage naturel qui vient de la confiance plutôt que de la contrainte.

J'ai expiré, tremblante, en regardant les flammes danser sur ma peau sans brûler, sans détruire, simplement en étant elles-mêmes tandis que le givre de Magnus créait des chemins qui servaient la collaboration au lieu de l'annulation.

— Ça va, ai-je soufflé. — Je vais bien.

— Mieux que bien, dit Magnus, et il y avait de l'émerveillement dans sa voix. — Ton feu sans suppression est magnifique, Nix. Ce n'est pas un désastre, c'est toi, pleinement présente.

Nous nous sommes avancés au centre de la plateforme, là où le feu et la glace se rencontraient dans cet espace liminal qui donnait l'impression de se tenir au bord de quelque chose d'immense.

— D'élément à élément, a dit Magnus, sa glace s'étendant pour refléter la danse de mon feu.

— De cœur à cœur, ai-je répondu en m'approchant jusqu'à ce que nous soyons à portée de main.

Les flammes éternelles du sanctuaire se sont ravivées, réagissant à notre présence. Les formations de glace pulsaient comme une invitation.

— J'ai peur, ai-je admis, mes flammes vacillant d'anxiété. De ce que pourrait coûter une vulnérabilité totale. D'être aussi honnête.

— Le feu et le givre, a dit Magnus doucement. Des éléments opposés qui devraient s'annuler. C'est ce que disent toutes les doctrines institutionnelles. Mais Nix ? Je ne veux pas t'annuler. Je veux trouver des motifs avec toi. Découvrir à quoi ressemble l'harmonie quand on arrête de prétendre qu'on est censés être pareils.

Son givre s'est tendu vers mon feu, non pour le contenir ou le contrôler, mais simplement pour le toucher.

— Je veux prouver que ce genre de confiance, totale, vulnérable, sans protection stratégique, crée quelque chose qu'aucun de nous ne pourrait accomplir seul.

Le rituel s'est activé.

J'ai senti cela comme une clé tournant dans une serrure dont j'ignorais l'existence, une profonde reconnaissance magique que nous avions prononcé les mots qui comptaient, que nous avions offert la vulnérabilité que le sanctuaire exigeait. Le feu et la glace ont jailli de la plateforme, nous enveloppant dans des motifs qui forçaient nos éléments à entrer en contact direct, sans aucune barrière défensive entre eux.

Mon feu a rencontré son givre dans une collision qui aurait dû créer des explosions de vapeur ou une annulation magique. Au lieu de ça, elle a créé...

L'harmonie.

Pas un son littéral, mais une résonance, nos signatures magiques trouvant des fréquences qui s'amplifiaient mutuellement au lieu de se combattre. Mon feu a découvert des passages à travers sa glace qui ont rendu nos deux éléments plus forts. Son givre a créé une structure qui a permis à mes flammes de brûler avec détermination au lieu de chaos.

Et sous la magie élémentaire, une résonance émotionnelle qui m'a serré la poitrine, tant elle était familière.

Je pouvais sentir la peur de Magnus, celle de la vulnérabilité, de choisir l'amour plutôt que l'ambition, de cette part d'ours en lui qu'il avait passée des années à réprimer. Je pouvais sentir son espoir que peut-être cette fois, peut-être avec moi, il pourrait être entier au lieu d'être soigneusement maîtrisé. Je pouvais sentir un amour qui avait survécu à trois ans de distance forcée, car certains liens sont trop fondamentaux pour être détruits.

Et je savais, avec une certitude qui dépassait toute pensée, qu'il pouvait sentir la même chose venant de moi. Ma terreur d'être trop instable, trop dangereuse, trop intense. Mon espoir désespéré que Magnus voyait peut-être, au-delà du désastre, quelque chose qui valait la peine d'être choisi. Mon amour qui avait continué de brûler à travers la séparation, les nouvelles identités et toutes les doctrines institutionnelles qui prétendaient qu'aimer à ce point créait une faiblesse.

La plateforme sous nos pieds s'est embrasée de lumière, le feu et la glace créant des aurores boréales qui n'auraient pas dû exister mais qui existaient, tourbillonnant vers le haut pour peindre le plafond voûté du sanctuaire d'une beauté impossible.

— Voilà ce que nous pourrions être, a soufflé Magnus, le givre et le feu dansant entre nous en des motifs qui ressemblaient moins à une opposition qu'à un partenariat rendu visible. Si nous arrêtons de nous en protéger. Si nous choisissons la vulnérabilité plutôt que le contrôle.

La résonance émotionnelle s'est intensifiée, me montrant non seulement ce que Magnus ressentait maintenant, but ce qu'il avait ressenti pendant des années. Cette photographie à Frost-bane, soigneusement emballée parce qu'il ne pouvait supporter de perdre le dernier lien avec ce que nous avions été. Trois ans de masques diplomatiques cachant le fait qu'il n'avait jamais cessé d'aimer la fille qui représentait tout ce que l'héritier Polaris ne pouvait se permettre d'être.

Et il pouvait voir la même chose chez moi, mon arrivée à l'UNP alimentée par un espoir désespéré mêlé de terreur. Le séisme de feu déclenché non par l'instabilité, mais par la peur qu'aimer Magnus signifiait détruire son avenir. Chaque vérité que j'avais essayé de nier : que la magie de partenariat reposait sur des fondations émotionnelles, pas sur une collaboration académique.

— Je te vois, ai-je murmuré, des flammes s'étirant pour toucher son visage avec une chaleur qui réchauffait sans brûler. Tout ce que tu es. L'ours que tu réprimes parce que les héritiers diplomatiques ne sont pas censés être aussi puissants. La personne qui m'a choisie au détriment des postes du Conseil parce que l'amour comptait plus que l'ambition.

— Je te vois aussi, a répondu Magnus, son givre créant sur ma peau des motifs qui me donnaient l'impression d'être rentrée à la maison. Le feu qui n'est pas un désastre, c'est la passion, la vie et une magie qui ne s'excuse pas d'exister. La partenaire qui me rend plus courageux que je ne l'ai jamais été seul.

Le rituel a atteint son apogée, le feu et la glace s'unissant en des motifs qui créaient quelque chose de totalement nouveau. Pas le feu contenu par la glace. Pas la glace fondue par le feu. Mais une harmonie qui rendait les deux éléments plus forts, plus capables, plus essentiellement eux-mêmes.

— Voilà à quoi ressemble un partenariat, a dit Magnus, sa voix empreinte d'émerveillement et de certitude. Non pas se réprimer l'un l'autre. Non pas compromettre ce qui nous rend fondamentalement différents. Juste choisir de trouver des motifs ensemble.

Il m'a tirée plus près de lui, et nos éléments ont répondu, le feu et le givre créant des spirales de lumière qui peignaient le sanctuaire d'une beauté impossible.

— Nix Ember, a-t-il dit solennellement, bien que ses yeux trahissaient des émotions tout sauf diplomatiques. Je te choisis. Ton feu, ton instabilité, tes facettes dangereuses. Je choisis la vulnérabilité plutôt que le contrôle. Je choisis la confiance plutôt que la distance stratégique. Je te choisis, encore et encore, même quand la pression extérieure me dit que je ne devrais pas.

— Magnus Polaris, ai-je répondu, mon feu s'embrasant plus

fort encore d'émotions que j'avais tenté de réprimer. Je te choisis. Ton givre, tes masques diplomatiques, la force d'ours que tu apprends à reconnaître. Je choisis d'être présente plutôt que de fuir. Je choisis l'honnêteté plutôt que la protection. Je te choisis, même si ce choix me coûte tout.

Le rituel s'est achevé par une vague de magie qui a fait danser les flammes éternelles du sanctuaire et chanter les formations de glace.

La main de Magnus s'est posée sur ma joue, son givre créant de doux motifs sur ma peau qui ne s'était jamais sentie aussi en sécurité.

— Je vais t'embrasser, maintenant, a-t-il dit à voix basse. Et ce baiser signifiera tout ce que je viens de dire. Chaque promesse, chaque choix, chaque once de vulnérabilité. Es-tu prête pour ça ?

Mon feu a jailli en réponse.

— Je suis prête depuis que tu as arrêté mon feu dans le couloir, ai-je répondu. Depuis que tu as vu exactement à quel point j'étais dangereuse et que tu as choisi la confiance malgré tout. Embrasse-moi, Magnus.

C'est ce qu'il a fait.

Le baiser était la rencontre du feu et du givre, l'opposition devenant collaboration, les éléments trouvant une harmonie qui n'aurait pas dû fonctionner mais qui fonctionnait. Ses lèvres étaient fraîches contre les miennes, et mon feu a répondu en créant une chaleur qui réchauffait sans brûler. Notre magie s'est enroulée en spirale, une aurore boréale visible peignant le sanctuaire dans des teintes de promesse.

Et sous la magie élémentaire, une résonance émotionnelle qui a tout clarifié : ce n'était pas juste un partenariat. C'était un amour qui avait survécu à la séparation, à la répression institutionnelle et à trois ans de distance forcée, car certains liens sont trop fondamentaux pour être détruits.

C'était un abandon total au partenariat, feu et givre, instable et contrôlé, passionné et diplomatique, et la découverte que l'harmonie n'exigeait pas la similitude.

Elle exigeait juste la confiance que l'opposition pouvait servir l'amour au lieu de le menacer.

Quand nous nous sommes enfin séparés, le sanctuaire autour de nous s'était transformé. Les flammes éternelles brûlaient plus vivement. Les formations de glace étaient devenues plus complexes. Et au-dessus de nous, des motifs d'aurore boréale tourbillonnaient dans des configurations qui ressemblaient à une célébration.

— C'était..., a commencé Magnus, sans pouvoir tout à fait finir.

— Tout, ai-je complété.

Il a posé son front contre le mien, nos éléments dansant encore en des motifs qui semblaient aussi naturels que des battements de cœur.

— Nous devrions probablement documenter ça, a-t-il dit, sa formation de diplomate tentant de reprendre le dessus. Pour la recherche de notre projet de fin d'études...

— Magnus, l'ai-je interrompu doucement. Arrête d'essayer de rendre ça académique. Ce qui vient de se passer n'était pas une méthodologie de recherche. C'était nous, étant complètement honnêtes sur ce que nous représentons l'un pour l'autre.

Son masque diplomatique a glissé, révélant un sourire qui mêlait émerveillement et certitude.

— Tu as raison, a-t-il admis. Certaines choses n'ont pas besoin d'être documentées. Elles ont juste besoin d'être vécues, choisies, et d'inspirer une confiance totale.

Il m'a embrassée de nouveau, plus brièvement cette fois, mais non moins intensément. Une promesse que ce que nous venions de partager n'était pas une magie induite par un rituel qui s'estomperait, mais une fondation que nous avions bâtie grâce à une honnêteté qui soutiendrait tout ce qui allait suivre.

Quand nous avons finalement quitté le sanctuaire, l'air nocturne semblait différent, plus vif, plus clair, comme si nous avions tous les deux vécu dans un brouillard et venions de découvrir ce que la visibilité signifiait.

Demain apporterait son lot de défis, la réunion avec le professeur Frostwick, la surveillance institutionnelle, la réalité qu'une approbation provisoire signifiait un examen constant. L'épreuve du projet de fin d'études se profilait à la fin du trimestre, où nous devrions démontrer notre stabilisation sous pression.

Mais ce soir, nous avions prouvé quelque chose de fondamental : que se choisir l'un l'autre complètement créait une magie que la méthodologie traditionnelle ne pouvait reproduire.

Que le feu et le givre pouvaient trouver l'harmonie sans sacrifier ce qui les rendait essentiellement différents.

Que l'amour, un amour honnête, vulnérable, totalement engagé, était la fondation la plus solide que nous ayons jamais bâtie.

Et alors que la main de Magnus a trouvé la mienne, le givre rencontrant le feu en des motifs devenus aussi naturels que la respiration, j'ai su que quoi qu'il advienne, nous y ferions face ensemble.

Grâce à un engagement inébranlable envers ce lien.

CHAPITRE DIX-HUIT

ÉPREUVE FINALE, PARTIE I

MAGNUS

Le message est arrivé trois semaines avant la fin du semestre, une écriture cristalline se matérialisant sur ma tablette-parchemin avec une précision formelle qui laissait présager des ennuis :

Session d'urgence du Conseil — Demain, 9 h

Instabilité de ligne de force secondaire détectée dans le quadrant est

Les cérémonies de remise des diplômes pourraient être annulées en attendant la stabilisation

Toutes les démonstrations finales des étudiants de dernière année sont reportées jusqu'à nouvel ordre

— Le chancelier Northwind

Je l'ai lu deux fois, puis une fois de plus pour m'assurer que je n'avais pas halluciné les mots qui allaient anéantir tout ce pour quoi nous avions travaillé.

Nix se trouvait dans l'arène d'entraînement, notre espace

désigné pour les trois dernières semaines de notre travail de partenariat documenté. À travers les murs cristallins, je pouvais voir des flammes et du givre tisser des motifs devenus une seconde nature, son feu trouvant sa structure dans ma glace avec le genre d'harmonie intuitive qui donnait aux rapports de supervision du professeur Blitzen des allures de lettres d'amour à la magie collaborative.

Le professeur Frostwick m'avait pris à part ce matin-là avant l'arrivée de la convocation du Conseil, sa prestance de géante de glace paraissant douce malgré sa taille imposante. « Les signatures du quadrant est montrent des schémas d'interférence terre-eau », avait-elle dit, d'un ton clinique mais préoccupé. « Si cela atteint des niveaux critiques, le Conseil reportera indéfiniment toutes les démonstrations de dernière année. Je voulais que Miss Ember et vous compreniez ce qui est en jeu. »

La conversation avait été brève, une courtoisie de la part du corps enseignant plus qu'un avertissement officiel, mais elle avait clarifié une chose : notre travail de partenariat soigneusement documenté pouvait être enseveli sous une crise institutionnelle sans que ce soit de notre faute.

Vingt et un jours de démonstrations parfaites. Vingt et un jours à prouver que l'investissement émotionnel créait des capacités plutôt qu'une faille. Vingt et un jours de preuves documentées que le feu et le givre pouvaient atteindre la stabilité par la confiance plutôt que par la suppression.

Et maintenant, les lignes de force se déstabilisaient à nouveau, menaçant d'annuler la remise des diplômes et de reporter notre épreuve finale indéfiniment.

Je suis descendu à l'arène d'entraînement, ma formation de diplomate luttant contre la panique qui menaçait mon calme si durement acquis. Nix a senti mon arrivée avant que je ne parle, nos signatures magiques ayant développé ce genre de conscience au fil des semaines de collaboration constante, et ses flammes se sont immédiatement rétractées.

— Qu'est-ce qui ne va pas ? a-t-elle demandé, lisant sur mon visage avec la précision que lui conférait le rituel de réconciliation qui avait fait tomber toutes nos barrières défensives. On dirait que quelqu'un vient d'annuler Noël.

— Presque. Je lui ai tendu ma tablette-parchemin. Ils vont peut-être annuler la remise des diplômes.

Elle a lu le message, et j'ai vu son feu vaciller au gré de ses réactions : le choc, la peur, la détermination, puis de nouveau la peur, avant de se stabiliser en une combustion contrôlée qui signifiait qu'elle réfléchissait de manière stratégique plutôt qu'émotionnelle.

— Instabilité de ligne de force secondaire, a-t-elle dit lentement. C'est le réseau du quadrant est auquel nous n'avons pas touché lors de notre stabilisation il y a trois semaines. Signature magique différente, composition élémentaire différente.

— Tout est différent, ai-je acquiescé. Les lignes de force primaires que nous avons stabilisées étaient à dominante de glace avec des interférences de feu. Le quadrant est est à dominante de terre avec des complications d'eau. Un système complètement distinct.

— Mais si elles se déstabilisent au point de menacer la remise des diplômes... Les flammes de Nix ont étincelé plus vivement alors qu'elle réalisait. Magnus, ce n'est pas juste un désagrément pour le campus. C'est une défaillance de l'intégrité structurelle. Le quadrant est soutient la moitié des bâtiments académiques. Si ces lignes de force s'effondrent...

— L'UPN perd des laboratoires, des bibliothèques, des résidences étudiantes, et le Grand Hall où les cérémonies de remise des diplômes se tiennent depuis deux siècles, ai-je terminé d'un ton sombre. Sans parler du contrecoup magique qui pourrait déstabiliser le réseau primaire que nous avons déjà réparé.

Nous sommes restés en silence, les implications s'abattant sur nous comme une neige fraîche. Trois semaines de démonstrations de partenariat parfaites, des semaines à prouver que nous pouvions maintenir l'harmonie sous la supervision du corps enseignant, des semaines de preuves documentées qui auraient dû garantir l'approbation de notre projet de fin d'études, tout cela potentiellement réduit à néant si le Conseil décidait que la crise institutionnelle primait sur les accomplissements des étudiants.

— Ils vont reporter les épreuves finales, a dit Nix à voix basse. Concentrer toutes les ressources sur la crise des lignes de force. Probablement faire appel à des spécialistes externes des Cours Saisonnières. Nous perdrons notre chance de faire notre démonstration dans des conditions optimales.

— Et si la remise des diplômes est annulée, le Conseil pourrait décider que notre travail n'est pas assez urgent pour justifier une évaluation immédiate, ai-je ajouté, ma formation de diplomate m'aidant à voir les différents angles politiques. Ils pourraient retarder notre épreuve jusqu'au semestre prochain, ou l'année prochaine, ou indéfiniment si la crise s'avère assez complexe.

Tout ce pour quoi nous avions travaillé, l'harmonie par la vulnérabilité, la confiance au lieu de la suppression, la preuve que l'investissement émotionnel créait des capacités, risquait d'être enseveli sous la gestion d'une urgence institutionnelle et des considérations politiques qui n'avaient rien à voir avec notre partenariat.

Le feu de Nix a jailli de frustration avant qu'elle ne le force à se calmer. — Alors, qu'est-ce qu'on fait ? On accepte simplement que le mauvais timing a ruiné notre chance de prouver que la magie de partenariat fonctionne ?

— Ou bien, ai-je dit lentement, une idée se formant, brillante ou catastrophiquement imprudente... nous nous portons volontaires pour stabiliser le quadrant est nous-mêmes.

La suggestion est restée suspendue dans l'air entre nous comme le givre avant une tempête.

— Magnus. La voix de Nix était un avertissement. Nous nous sommes entraînés à la collaboration entre le feu et la glace. Les systèmes de terre et d'eau sont des signatures élémentaires complètement différentes. Nous travaillerions avec une magie qui ne répond pas à nos schémas d'opposition naturels.

— Mais la méthodologie est la même, ai-je répliqué, ma certitude de diplomate grandissant à mesure que je réfléchissais aux implications. Les lignes de force ne se déstabilisent pas à cause d'une incompatibilité élémentaire, elles se déstabilisent parce que quelque chose a perturbé l'équilibre naturel. Si nous pouvons identifier la cause de l'interférence et la supprimer, le système devrait s'autostabiliser.

— Devrait, a répété Nix. C'est un risque institutionnel énorme reposant sur une méthodologie théorique.

— C'est aussi notre seule chance de démontrer la magie de partenariat dans de véritables conditions de crise au lieu d'une observation contrôlée par le corps enseignant, ai-je répondu. Le Conseil veut la preuve que l'investissement émotionnel crée des capacités ? Montrons-leur à quoi ressemble la confiance quand tout est réellement en jeu.

À travers notre connexion, cette résonance émotionnelle que le rituel de réconciliation avait établie et que des semaines de partenariat avaient renforcée, j'ai senti le mélange de peur et d'excitation de Nix. La peur que nous échouions de manière spectaculaire et donnions raison à toutes les critiques. L'excitation que peut-être, nous pourrions sauver la remise des diplômes tout en démontrant exactement de quoi notre partenariat était capable.

— Le Conseil ne l'approuverait jamais, a-t-elle dit, bien que son feu réponde déjà à cette possibilité avec des motifs suggérant qu'elle voulait essayer. Nous sommes des étudiants avec une approbation provisoire pour notre projet de fin d'études. Ils ne vont pas nous confier la responsabilité d'une infrastructure institutionnelle qui soutient la moitié du campus.

— Ils le pourraient si nous présentons les choses correctement, ai-je dit, ma formation de diplomate se réveillant complètement. Nous ne demandons pas la responsabilité, nous offrons notre aide. Un soutien volontaire pendant qu'ils organisent la venue de spécialistes externes. Une évaluation à faible risque qui pourrait fournir des données précieuses même si nous ne pouvons pas résoudre complètement le problème.

— Tu veux manipuler le Conseil pour qu'il nous laisse tenter quelque chose qu'il n'autoriserait jamais en temps normal, a dit Nix, et il y avait un mélange d'admiration et d'inquiétude dans sa voix. C'est très « héritier Polaris » de ta part.

— Je préfère voir ça comme une présentation stratégique qui sert les intérêts de tout le monde, ai-je répondu, sans pouvoir tout à fait réprimer un sourire. Le Conseil a besoin de solutions. Nous avons besoin d'occasions de faire nos preuves. Pourquoi ne pas combiner les deux ?

Nix s'est rapprochée, son feu cherchant mon givre dans des motifs qui étaient devenus aussi naturels que de respirer. — Et si on échoue ? Si nous ne parvenons pas à stabiliser le quadrant est et que la remise des diplômes est quand même annulée ?

— Alors nous échouerons ensemble, ai-je dit simplement. Mais Nix, nous avons passé des semaines à prouver que nous pouvions maintenir l'harmonie dans des conditions contrôlées. C'est notre chance de prouver que ça marche quand les circonstances ne sont pas contrôlées. Quand la pression institutionnelle est réelle, quand les enjeux comptent vraiment, quand le succès ou l'échec a des conséquences au-delà de l'évaluation académique.

— Quand nous pourrons montrer au Conseil que l'investissement émotionnel n'est pas une faille, mais que c'est exactement ce qui nous rend capables de gérer une véritable crise, a-t-elle terminé, la compréhension s'épanouissant sur son visage.

La session d'urgence du Conseil avait déjà commencé lorsque nous sommes arrivés à la Tour administrative. À travers les murs cristallins de la salle de conférence principale, je pouvais voir le chancelier Northwind montrer des affichages magiques représentant le réseau de lignes de force du quadrant est, qui pulsaient en rouge là où l'instabilité avait atteint des niveaux critiques, et clignotaient en ambre là où la détérioration progressait.

Le professeur Frostwick se tenait à côté de schémas détaillés, sa magie de géante de glace créant des modèles tridimensionnels qui montraient exactement comment la déstabilisation se propageait. Le professeur Blitzen occupait le coin opposé, des éclairs crépitant alors qu'elle se disputait avec le conseiller Frostmere au sujet des protocoles d'intervention.

Nous avons attendu dans l'antichambre, observant la gestion de crise institutionnelle se dérouler avec le genre de chaos organisé qui vient d'un corps enseignant expérimenté confronté à des urgences familières.

— Ils discutent des protocoles d'évacuation, a observé Nix en lisant les affichages magiques visibles à travers les murs. Ce sont les dortoirs de l'est. Si ces lignes de force s'effondrent, les étudiants perdent leur logement en milieu de semestre.

— Et la bibliothèque, ai-je ajouté, suivant les gestes du professeur Frostwick. Deux siècles de textes magiques et d'archives de recherche. Des ressources irremplaçables qui ne peuvent pas être évacuées assez rapidement si l'effondrement s'accélère.

Les implications politiques étaient vertigineuses. L'UPN annulant la remise des diplômes, évacuant des étudiants, perdant des ressources historiques, tout cela parce que l'infrastructure des lignes de force avait échoué sous l'œil de l'administration actuelle. La position du chancelier Northwind serait remise en question. Les protocoles de surveillance du Conseil seraient examinés de près. Et les débats sur la politique de la magie de partenariat seraient ensevelis sous une crise institutionnelle qui rendrait notre recherche triviale en comparaison.

À moins que nous ne puissions stabiliser le quadrant est et prouver que la collaboration résolait des problèmes que la méthodologie traditionnelle ne pouvait régler.

Les portes de la salle de conférence s'ouvrirent, et la professeure Blitzen en sortit avec une expression qui laissait entendre que le débat interne ne s'était pas bien passé.

— Monsieur Polaris, Mademoiselle Ember. Elle ne parut pas surprise de nous voir attendre. — Je suppose que vous avez vu le message de la chancelière Northwind concernant le report de la cérémonie de remise des diplômes ?

— Oui, Professeure, répondis-je, ma formation diplomatique m'aidant à afficher un air calme malgré l'anxiété qui bouillonnait sous mon sang-froid. — Nous aimerions proposer notre aide pour l'évaluation des lignes telluriques.

La professeure Blitzen haussa un sourcil. — Votre aide. Deux étudiants avec à peine quelques semaines de collaboration feuglace documentée, qui se portent volontaires pour évaluer des systèmes terre-eau pour lesquels vous n'avez aucune formation ?

— Nous avons été formés à identifier les schémas de déstabilisation et à éliminer les interférences élémentaires, la corrigea Nix, la voix ferme malgré ses flammes qui vacillaient de nervosité. — Les signatures élémentaires spécifiques sont peut-être différentes, mais la méthodologie est la même.

— Et si votre évaluation prouve que la situation dépasse vos capacités ? insista la professeure Blitzen.

— Alors nous fournirons des données qui aideront les spécialistes externes que la chancelière Northwind est sans aucun doute en train de contacter, répliquai-je. — Une évaluation à faible risque qui ne coûte rien et qui pourrait offrir des informations précieuses, même si nous ne pouvons pas résoudre le problème entièrement.

La professeure Blitzen nous étudia avec l'intensité de quelqu'un qui avait vu la magie partenariale réussir et échouer au cours de décennies d'enseignement. Finalement, quelque chose qui aurait pu être de l'approbation vacilla dans son expression.

— Attendez ici, dit-elle avant de retourner dans la salle de conférence.

À travers les murs cristallins, nous la regardâmes s'approcher de la chancelière Northwind. Nous vîmes l'expression de la métamorphe renne passer de stressée à sceptique, puis à pensivement intéressée. Nous vîmes la professeure Frostwick secouer la tête, en signe de désaccord manifeste, tandis que le conseiller Thornwick se pencha en avant avec intérêt.

Le débat dura des minutes qui semblèrent des heures. Finalement, la chancelière Northwind fit un geste, et les portes de la salle de conférence s'ouvrirent à nouveau.

— Monsieur Polaris, Mademoiselle Ember, la voix de la chancelière Northwind portait le poids de quelqu'un qui prenait des décisions avec lesquelles elle n'était pas entièrement à l'aise. — Veuillez vous joindre à nous.

Nous entrâmes et découvrîmes cinq membres du Conseil, six professeurs principaux, et assez de tension politique pour geler l'aurore boréale elle-même. Les affichages magiques montrant la déstabilisation du quadrant est peignaient tout dans des nuances de rouge et d'ambre, représentation visuelle d'une crise institutionnelle qui menaçait tout ce que l'NPU avait bâti.

— La professeure Blitzen a suggéré que vous pourriez offrir votre aide pour l'évaluation, dit la chancelière Northwind sans préambule. — Expliquez pourquoi deux étudiants spécialisés en feu-glace pensent pouvoir évaluer la défaillance d'un système terre-eau.

Je pris une inspiration, ma formation diplomatique m'aidant à formuler la proposition en des termes qui trouveraient un écho auprès des intérêts de l'institution plutôt que de nos objectifs personnels.

— Parce que la déstabilisation n'est pas une question d'incompatibilité élémentaire, c'est une question de déséquilibre, dis-je en me plaçant à côté des modèles tridimensionnels des lignes telluriques. — Ces schémas... fis-je en désignant les sections rouges pulsantes..., montrent une interférence similaire à celle que nous avons observée dans le réseau primaire il y a trois semaines. Quelque chose d'externe perturbe le flux magique naturel.

— Si nous pouvons identifier la source de l'interférence et la supprimer, continua Nix, ses flammes soigneusement contrôlées alors qu'elle me rejoignait devant les affichages..., le système devrait s'autostabiliser sans nécessiter une reconstruction complète. C'est ce qui a fonctionné avec le réseau primaire, nous n'avons pas reconstruit les lignes telluriques, nous avons seulement retiré ce qui les empêchait de fonctionner naturellement.

— Et si l'interférence s'avère plus complexe que ce que votre expérience vous permet de gérer ? lança la conseillère Frostmere.

— Alors nous documenterons ce que nous trouverons et nous nous écarterons pour laisser la place à des spécialistes ayant une expertise plus approfondie, répondis-je simplement. — Mais, Chancelière, vous essayez d'organiser une aide extérieure qui n'arrivera pas avant des jours. Chaque heure où ces lignes telluriques se déstabilisent davantage, vous risquez de perdre des ressources irremplaçables et de menacer des étudiants qui ne peuvent être évacués assez rapidement. Nous offrons une évaluation immédiate qui ne coûte rien et qui pourrait empêcher un effondrement catastrophique pendant que vous attendez des renforts.

Le calcul politique se lisait clairement sur le visage de la chancelière Northwind, qui pesait le risque de laisser des étudiants tenter quelque chose qui dépassait leur formation contre le risque de ne rien faire pendant que l'infrastructure se dégradait progressivement.

— Professeure Frostwick, dit-elle enfin. — Votre avis ?

La géante de glace croisa les bras, sa présence magique faisant chuter la température de façon notable. — Le quadrant est abrite des laboratoires contenant du matériel magique expérimental, des bibliothèques renfermant des textes irremplaçables et des dortoirs actuellement occupés par deux cent dix-sept étudiants. Si les lignes telluriques s'effondrent complètement, nous faisons face à une défaillance structurelle qui pourrait entraîner des victimes. Ce n'est pas un exercice d'entraînement approprié pour des étudiants, quelle que soit leur capacité démontrée avec différents systèmes élémentaires.

— Professeure Blitzen ? demanda la chancelière Northwind.

— Ils ont stabilisé le réseau primaire alors que nous pensions qu'il faudrait des semaines d'intervention de spécialistes, répliqua la professeure Blitzen, la foudre venant souligner ses propos. — Leur méthodologie est solide. Leur partenariat s'est avéré stable sous la supervision du corps professoral. Et franchement, nous n'avons pas de meilleures options disponibles dans le temps imparti.

— La question n'est pas de savoir s'ils pourraient réussir, observa le conseiller Thornwick, sa magie de la terre grondant pensivement. — La question est de savoir si nous pouvons nous permettre de risquer de les laisser essayer alors qu'un échec pourrait aggraver la déstabilisation.

— Ou si nous pouvons nous permettre de ne pas essayer alors que l'inaction garantit un échec catastrophique, dit Nix à voix basse, et son courage, s'adressant directement aux membres du Conseil alors qu'il y a trois semaines, elle peinait à affronter leur évaluation, me serra la poitrine de fierté.

La chancelière Northwind resta silencieuse un long moment, étudiant les affichages magiques, les implications politiques et les two étudiants qui étaient devenus, d'une manière ou d'une autre, centraux dans les débats sur la politique de la magie partenariale.

— Évaluation supervisée uniquement, dit-elle enfin. — La professeure Blitzen et la professeure Frostwick vous accompagneront dans le quadrant est. Vous aurez deux heures pour identifier les sources d'interférence et proposer une méthodologie de stabilisation. Si votre évaluation suggère que la situation dépasse vos capacités, vous vous retirez immédiatement. Si you procédez à la stabilisation, c'est sous la surveillance directe du corps professoral avec des protocoles d'urgence en place.

Elle désigna les affichages magiques, où les sections rouges pulsantes semblaient s'intensifier sous nos yeux.

— Les lignes telluriques sont actuellement en phase d'alerte ambre, instables mais pas critiques, continua la chancelière Northwind. — Si la signature magique passe au rouge total pendant que vous travaillez, nous vous retirons immédiatement, peu importe ce que vous êtes en train de faire. Cette pulsation indique un effondrement imminent, et je ne risquerai pas la vie d'étudiants pour tenter de l'empêcher. Est-ce bien clair ?

— Parfaitement clair, Chancelière, répondis-je, le compte à rebours visible rendant soudain ce créneau de deux heures bien plus concret, et bien plus dangereux. — Merci de nous faire confiance.

— Je ne vous fais pas confiance, corrigea la chancelière North-wind. — Je fais confiance au jugement de la professeure Blitzen et j'accepte que des circonstances désespérées exigent parfois des solutions non conventionnelles. Ne me faites pas le regretter.

La professeure Frostwick se dirigea vers la sortie, son expression portant toujours la désapprobation, mais avec autre chose vacillant en dessous, quelque chose qui aurait pu être une reconnaissance à contrecœur du fait que nous avions au moins réfléchi aux implications politiques avant de nous porter volontaires.

Alors que nous nous préparions à partir, elle s'arrêta sur le seuil et se tourna vers nous.

— Si vous réussissez, dit-elle à voix basse, la magie de la glace créant une emphase autour de chaque mot..., ne vous attendez pas à une parade. Mais je pourrais cesser de m'opposer aux propositions de subvention pour les partenariats au prochain semestre.

Cet aveu, que quelqu'un d'aussi traditionnellement conservateur que la professeure Frostwick soit prête à reconsidérer les positions institutionnelles si nous réussissions, rendit soudain les enjeux beaucoup plus réels. Il ne s'agissait pas seulement de sauver la remise des diplômes ou de prouver notre méthodologie. Il s'agissait de faire changer les mentalités, de faire évoluer la politique, de démontrer que la magie partenariale méritait le soutien plutôt que la suspicion.

— Nous ne vous décevrons pas, Professeure, dit Nix, ses flammes soigneusement maîtrisées mais la détermination claire dans sa voix.

— Beillez-y, répliqua la professeure Frostwick. — Parce que si vous échouez, vous aurez fourni à chaque traditionaliste du Conseil les munitions parfaites pour soutenir que l'investissement émotionnel crée exactement le genre de confiance en soi excessive et dangereuse que nous avons toujours crainte.

Nous quittâmes la salle de conférence avec deux professeures principales, un créneau de deux heures, et le poids de l'avenir immédiat de l'NPU reposant sur notre capacité à prouver que la magie partenariale fonctionnait quand tout comptait vraiment.

— Deux heures, dit la professeure Frostwick alors que nous nous dirigions vers le quadrant est, désignant un chronomètre cristallin qui s'était matérialisé pour suivre notre temps. — Et à l'instant où ces lignes telluriques pulseront en rouge, c'est terminé. Les protocoles d'extraction d'urgence priment sur tout, y compris vos ambitions académiques et votre besoin de prouver que votre partenariat fonctionne sous pression.

— Aucune pression, marmonna Nix, et malgré la tension, je me sentis sourire.

— Un mardi comme les autres, répliquai-je, le givre cherchant son feu dans des motifs devenus aussi automatiques qu'un battement de cœur.

Et alors que nous approchions du quadrant est avec ses lignes telluriques déstabilisées, son calendrier impossible et son compte à rebours visible qui rendait l'échec soudainement, viscéralement réel, je réalisai que c'était exactement ce à quoi nous nous étions préparés.

Pas des démonstrations contrôlées sous la supervision du corps professoral.

Pas des recherches théoriques prouvant que la méthodologie fonctionnait dans des conditions optimales.

Mais une véritable crise qui exigeait confiance, vulnérabilité et un partenariat qui fonctionnait lorsque les circonstances étaient chaotiques, que les enjeux étaient réels et que l'échec signifiait plus que des revers académiques.

C'était notre chance de prouver que l'harmonie ne fonctionnait pas seulement dans les sanctuaires et les arènes d'entraînement.

Elle fonctionnait quand tout s'effondrait, que la pression institutionnelle était réelle et que ce partenariat était la seule fondation assez solide sur laquelle bâtir des solutions.

CHAPITRE DIX-NEUF

ÉPREUVE FINALE, PARTIE II

N^{IX} J'ai senti que quelque chose n'allait pas dans le quartier est à l'instant même où nous en avons franchi le seuil.

Pas une instabilité évidente, pas de fissures visibles, pas de sol tremblant, pas de flammes ni d'inondations menaçant d'un désastre immédiat. Mais en dessous, dans les courants magiques qui parcouraient les fondations de NPU comme des veines dans un corps, quelque chose était désespérément, terriblement déséquilibré.

Mon feu a réagi aussitôt, se rétractant avec la reconnaissance instinctive que cet espace ne pouvait pas supporter la volatilité. L'air avait un goût de cuivre et de terre ancienne, lourd d'une magie de l'eau qui rendait mes flammes paresseuses, contenues, comme si j'essayais de brûler sous l'eau.

À côté de moi, le givre de Magnus a vacillé, manifestant un inconfort similaire. La glace et le feu étaient des éléments opposés, mais nous étions tous les deux des créatures de températures extrêmes. Les signatures de terre et d'eau ici étaient fondamentalement différentes, solides, lentes, patientes d'une manière qui donnait à nos rapides réactions élémentaires un air déplacé.

— La déstabilisation est concentrée ici, a dit la professeure Blitzen, un éclair illuminant une section de couloir où les murs cristallins avaient pris une teinte grisâtre et maladive. — Les dortoirs est sont juste au-dessus de nous, les laboratoires de Théorie Élémentaire Avancée à l'ouest, et les Archives Historiques en dessous. Si les lignes telluriques s'effondrent, les trois structures perdront leur soutien magique simultanément.

— Deux cent dix-sept étudiants, a ajouté la professeure Frostwick, sa présence de géante de glace créant des motifs de givre visibles malgré la lourde magie de la terre. — Plus les logements du corps enseignant, des textes irremplaçables, et du matériel expérimental qui pourrait devenir dangereusement instable si le confinement magique venait à céder.

Le chronomètre au poignet de la professeure Frostwick a pulsé en ambre : une heure et cinquante-trois minutes restantes avant la fin de notre fenêtre d'évaluation. Et sur les affichages magiques qu'elle avait conjurés, les signatures des lignes telluriques vacillaient entre l'ambre et une nuance plus sombre et menaçante qui suggérait que le rouge n'était pas loin.

— Par où commençons-nous ? a demandé Magnus, sa contenance diplomatique dissimulant l'anxiété que je pouvais sentir à travers notre connexion. — La déstabilisation du réseau principal avait un épicentre clair, une interférence de feu perturbant des courants à dominance de glace. Mais ça...

Il a désigné les schémas, où les signatures de terre et d'eau s'enchevêtraient en des motifs qui auraient dû être complémentaires mais qui semblaient plutôt s'étrangler mutuellement.

— On dirait que les éléments se battent, ai-je terminé. — Mais la terre et l'eau ne sont pas naturellement opposées. Elles devraient se soutenir l'une l'autre, la terre contient l'eau, l'eau nourrit la terre. Alors pourquoi se déstabilisent-elles ?

— C'est ce que vous avez une heure et cinquante-deux minutes pour déterminer, a dit la professeure Frostwick, en vérifiant ostensiblement son chronomètre. — Évaluation d'abord. Identifiez la source de l'interférence, documentez vos découvertes, puis nous verrons si vous êtes réellement capables de régler le problème ou si nous devons évacuer et attendre des spécialistes.

Je me suis agenouillée à côté de la pire zone de décoloration, laissant mon feu s'étendre avec précaution, non pas pour brûler, mais simplement pour sentir. Les bracelets de suppression que j'avais retirés trois semaines auparavant lors du rituel de réconciliation étaient toujours absents, laissés derrière moi comme symbole du choix de la confiance plutôt que du contrôle. Mes flammes ont réagi aux courants de terre et d'eau avec confusion, ne trouvant aucune structure naturelle sur laquelle s'appuyer.

Mais sous la confusion élémentaire, il y avait autre chose.

Une signature qui n'appartenait ni à la terre, ni à l'eau.

— Magnus, ai-je dit doucement, mes flammes se rétractant alors que la reconnaissance m'envahissait. — Viens sentir ça.

Il s'est agenouillé à côté de moi, son givre s'étendant pour toucher la même section de cristal décoloré. À travers notre connexion, j'ai senti sa compréhension immédiate, ce frémissement de reconnaissance lorsque la magie de partenariat identifie quelque chose que des éléments individuels pourraient manquer.

— Ce n'est pas une interférence entre la terre et l'eau, a dit Magnus lentement. — C'est...

— Du feu, ai-je terminé, sentant mon estomac se nouer. — Il y a de la magie du feu piégée dans le réseau de terre et d'eau, qui essaie de brûler mais qui est constamment réprimée par des éléments qui la contiennent naturellement. C'est ça qui cause la déstabilisation, pas une opposition élémentaire, mais un élément qui n'a rien à faire là, forcé dans un système qui ne peut pas l'accueillir.

La professeure Blitzen s'est approchée, des éclairs crépitant tandis qu'elle examinait ce que nous avions trouvé. — De la magie du feu dans des lignes telluriques de terre et d'eau. Comment est-ce possible ? Ces réseaux sont stables depuis des siècles. Rien ne devrait pouvoir introduire des signatures élémentaires incompatibles sans déclencher des alarmes immédiates.

— Sauf si ça s'est produit lentement, a dit Magnus, sa formation de diplomate l'aidant à en déduire les implications. — De petites quantités au fil du temps, s'accumulant jusqu'à ce que le système ne puisse plus les contenir. Comme...

— Comme une méthodologie de suppression qui crée exactement le genre de défaillance catastrophique qu'elle tente d'empêcher, ai-je dit, le parallèle avec Frostbane me frappant avec une clarté douloureuse. — Quelqu'un a utilisé ces lignes telluriques pour contenir une magie du feu qu'il ne pouvait pas contrôler correctement. En la poussant dans des réseaux de terre et d'eau parce que ces éléments suppriment naturellement les flammes. Sauf que la suppression n'élimine pas le problème, elle ne fait que retarder l'inévitable effondrement.

— Qui serait assez inconscient pour déverser de la magie incompatible dans les infrastructures de l'institution ? a exigé la professeure Frostwick, bien que quelque chose dans son expression suggérât qu'elle avait déjà deviné la réponse.

— Quelqu'un de désespéré, ai-je répondu doucement. — Quelqu'un de volatil qui ne pouvait pas se permettre une autre perte de contrôle publique. Quelqu'un qui pensait qu'il était plus sûr de cacher ses facettes dangereuses que de demander de l'aide pour apprendre à les gérer.

Les mots sont tombés comme des pierres à travers la glace, et j'ai senti la main de Magnus trouver la mienne, le givre rencontrant le feu en des motifs qui étaient devenus aussi naturels que de respirer.

— Depuis combien de temps ? a demandé la professeure Blitzen, et sa voix portait une compréhension mêlée à ce qui aurait pu être de la sympathie.

— Depuis combien de temps déversez-vous votre surplus de feu dans le quartier est, Mademoiselle Ember ?

Le chronomètre a pulsé : une heure et quarante-huit minutes restantes.

— Depuis mon arrivée, ai-je avoué, la honte faisant vaciller mes flammes malgré le besoin désespéré de contrôle. — Les premières semaines, quand mon feu connaissait des pics et que les bracelets de suppression ne suffisaient pas. Je descendais ici tard le soir, je trouvais les courants de terre et d'eau, et je poussais l'excès de magie dans des systèmes qui pouvaient la contenir. Je pensais... je pensais que je protégeais tout le monde. Je pensais que c'était plus sûr que de laisser ma volatilité brûler là où les gens pouvaient la voir.

— Vous avez pratiqué la méthodologie de Frostbane, a dit la professeure Frostwick, et il n'y avait aucune satisfaction dans sa voix, juste la reconnaissance lasse de schémas qui se répètent. — Réprimer la magie dangereuse au lieu d'apprendre à la gérer. Cacher la volatilité au lieu de développer un véritable contrôle. Et maintenant, le quartier est paie le prix de ce choix.

— Ce qui signifie que je suis la seule à pouvoir réparer ça, ai-je dit, mes flammes s'enflammant d'une détermination qui était à moitié espoir et à moitié terreur. — Si je suis la source de l'interférence, je devrais être capable d'extraire ce que j'y ai mis. Retirer la magie du feu des systèmes qui ne peuvent pas l'accueillir, laisser les courants de terre et d'eau se stabiliser naturellement.

— Ce n'est pas une évaluation, a dit prudemment la professeure Blitzen. — C'est une intervention active avec votre propre signature magique. Extraire un feu que vous avez réprimé pendant des semaines de lignes telluriques qui sont déjà dans un état d'instabilité critique.

— C'est aussi notre seule option qui n'exige pas d'évacuer la moitié du campus et d'annuler la remise des diplômes en attendant des spécialistes qui ne savent pas ce qu'ils cherchent, a répliqué Magnus, sa certitude diplomatique grandissant malgré la peur que je pouvais sentir à travers notre connexion. — Nix a créé le problème par la suppression. Elle peut le résoudre par l'extraction et une gestion appropriée.

— Avec ton aide, ai-je ajouté, en le regardant avec une gratitude qui n'avait rien à voir avec la magie et tout à voir avec la confiance. — Je ne peux pas faire ça seule. Mon feu est trop volatil, trop connecté à mes émotions. J'aurai besoin d'opposition pour structurer l'extraction, d'un givre qui peut créer des voies pour que les flammes piégées puissent les suivre en toute sécurité.

— Une collaboration feu et glace sur des systèmes de terre et d'eau, a dit la professeure Frostwick d'un ton neutre. — Vous proposez d'utiliser une magie de partenariat que vous pratiquez depuis trois semaines sur des réseaux élémentaires avec lesquels vous n'avez aucune formation, tout en extrayant votre propre volatilité réprimée de lignes telluriques qui sont à quelques minutes d'un effondrement critique.

— Oui, avons-nous dit simultanément, Magnus et moi.

Le chronomètre a pulsé : une heure et quarante-cinq minutes restantes. Sur les affichages magiques, plusieurs sections de lignes telluriques s'étaient assombries, passant de l'ambre au rouge qui déclencherait une extraction d'urgence.

La professeure Blitzen et la professeure Frostwick ont échangé un regard qui portait des décennies d'expérience d'enseignement, d'autorité institutionnelle et le poids de décisions qui détermineraient si la politique de la magie de partenariat changerait ou si les traditionalistes obtiendraient des munitions parfaites pour prouver que l'investissement émotionnel créait un excès de confiance dangereux.

— Intervention supervisée uniquement, a finalement dit la professeure Blitzen. — Nous maintenons des barrières d'urgence autour de la pire déstabilisation. Si les lignes telluriques passent au rouge avant que vous n'ayez terminé l'extraction, nous activons les protocoles d'urgence et nous vous sortons de là, quelle que soit votre progression. Et Mademoiselle Ember, si votre feu montre le moindre signe de déclencher une volatilité secondaire...

— Vous m'arrêtez immédiatement, ai-je terminé. — Je comprends, Professeure.

— Si vous réussissez, Mademoiselle Ember, vous n'utiliserez plus jamais les infrastructures de l'institution comme décharge pour une magie que vous avez trop peur de gérer correctement. C'est bien clair ?

— Parfaitement clair, Professeure, ai-je répondu, bien que la honte fasse toujours vaciller mes flammes avec des émotions que j'essayais de réprimer. — Je suis désolée. Je pensais protéger tout le monde en cachant ma volatilité. J'aurais dû demander de l'aide au lieu d'essayer de me débrouiller seule.

— Vous auriez dû, a acquiescé la professeure Frostwick. — Mais vous la demandez maintenant. C'est une progression. Ne la gaspillez pas.

Elle s'est déplacée pour établir des positions de surveillance tandis que la professeure Blitzen créait des barrières d'éclairs qui contiendraient une défaillance catastrophique si notre extraction tournait mal. Et la main de Magnus a serré la mienne une fois avant de la relâcher, son givre préparant déjà les motifs qui guideraient mon feu à travers des systèmes de terre et d'eau avec lesquels nous ne nous étions jamais entraînés.

— Ensemble ? a-t-il demandé doucement.

— Toujours, ai-je répondu.

J'ai pressé mes paumes contre le cristal décoloré, laissant mon feu s'étendre dans le réseau de lignes telluriques avec une précision minutieuse. Immédiatement, j'ai senti les flammes piégées répondre, ma propre magie, poussée dans des systèmes qui ne pouvaient pas l'accueillir, réprimée par des courants de terre et d'eau qui avaient lentement étranglé mon feu pendant des semaines.

C'était comme retrouver des parties de moi que j'avais coupées et enterrées, pensant que les enlever était plus sûr que de les intégrer.

— Je le sens, a dit Magnus, son givre créant des chemins à côté de mon feu. — Ta signature piégée dans les courants de terre et d'eau. Elle se bat pour brûler mais elle est constamment contenue. Comme...

— Comme moi à Frostbane, ai-je terminé doucement. — Une magie volatile forcée à la suppression parce que les institutions ne savaient pas comment enseigner l'harmonie au lieu du contrôle.

Mais au moment même où je le disais, j'ai senti la différence. À Frostbane, j'avais été seule, essayant de gérer ma volatilité sans soutien, sans partenariat, sans personne voulant se tenir à mes côtés quand les flammes devenaient trop ardentes. Ici, le givre de Magnus tendait déjà la main vers le mien, offrant une opposition qui m'aiderait au lieu de me laisser me consumer toute seule.

Cette fois, je n'ai pas été abandonnée. Cette fois, quelqu'un est resté.

Le chronomètre pulsa : il restait une heure et quarante minutes.

J'ai commencé l'extraction avec précaution, rappelant mon feu des réseaux de terre-eau qui l'avaient contenu. Les flammes ont répondu immédiatement, avides de liberté après des semaines de répression, déferlant en réponse à mon appel avec une force qui menaçait de tout déstabiliser.

— Trop vite, prévint la professeure Frostwick, ses barrières s'illuminant tandis que les lignes telluriques vacillaient en s'assombrissant. Vous retirez trop de feu à la fois. Les courants de terre-eau ont besoin de temps pour s'adapter à l'extraction...

— Je m'en occupe, dit Magnus, son givre se propageant à travers les réseaux pour créer une structure que mon feu pouvait suivre. Il ne réprimait pas l'extraction, il offrait simplement des voies qui empêchaient les flammes d'exploser de manière chaotique. L'opposition au service de la collaboration, la glace qui aidait le feu sans l'annuler.

Le schéma était familier, la même méthodologie que nous avions utilisée pour la stabilisation du réseau primaire, la même confiance que nous avions bâtie grâce au rituel de réconciliation et à des semaines d'entraînement en partenariat. Mais cette fois, je ne me contentais pas de gérer une interférence externe. Je récupérais des parties de moi-même que j'avais essayé de réprimer, rappelant une volatilité que j'avais cachée parce que la peur me dictait que le contrôle signifiait la dissimulation.

Mon feu déferla dans les voies de givre de Magnus, suivant la structure qu'il avait créée tout en conservant sa nature essentielle. Et sous l'extraction, une résonance émotionnelle qui rendait tout limpide : voilà à quoi ressemblait l'harmonie. Non pas cacher ses facettes dangereuses ou prétendre que la volatilité n'existait pas, mais avoir quelqu'un qui pouvait m'aider à récupérer ce que j'avais essayé de retrancher.

— Les lignes telluriques réagissent, observa la professeure Blitzen, ses éclairs soulignant le moment où les signatures de terre-eau commençaient à passer du gris à leurs couleurs naturelles. L'extraction fonctionne. La terre et l'eau se stabilisent à mesure que l'élément de feu incompatible est retiré.

Mais à mesure que j'extrayais plus de mon feu du réseau de lignes telluriques, je sentis tout le poids de ce que j'avais réprimé. Des semaines de volatilité injectée dans des systèmes incapables de la traiter correctement. Des semaines de peur, de honte et de tentatives désespérées pour protéger tout le monde du danger que je représentais. Des semaines à essayer de tout gérer seule au lieu de faire confiance à notre partenariat pour m'aider à porter ce qui semblait trop lourd.

Les flammes déferlèrent avec plus de force, répondant à cette prise de conscience émotionnelle, et soudain, l'extraction n'était plus prudente ; c'était un déluge qui menaçait de submerger le contrôle que j'avais à peine établi.

— Nix, la voix de Magnus perça le chaos, son givre s'intensifiant autour de mon feu. Inspire sur quatre. Retiens sur quatre. Expire sur quatre. Avec moi.

Le rythme de la respiration, simple, qui m'ancrait, une chose que nous avions pratiquée un millier de fois quand la volatilité menaçait mon contrôle précaire. Je forçai mes poumons à obéir malgré la panique, je forçai mon feu à suivre le rythme que Magnus créait grâce à cette opposition au service de la collaboration.

Inspiration sur quatre temps : le feu se retirait de sa déferlante chaotique. Rétention sur quatre temps : le givre fournissait une structure. Expiration sur quatre temps : les flammes trouvaient des voies qui ne détruisaient pas.

— C'est ça, murmura Magnus, assez proche pour que je puisse sentir sa présence m'ancrer alors que le poids émotionnel menaçait de me submerger. Tu n'es pas seule, Nix. Tu n'es jamais seule. Je suis là pour toi.

À travers notre connexion, cette résonance émotionnelle que le rituel de réconciliation avait établie, je sentis son absolue certitude. Sa confiance en ma capacité à récupérer cette volatilité refoulée sans la laisser tout consumer. Son amour qui m'avait choisie entièrement, facettes dangereuses et tout le reste, et qui refusait de me laisser affronter ça seule.

Mon feu se stabilisa, trouvant un contrôle qui venait de la confiance plutôt que de la répression. L'extraction se poursuivit avec une précision renouvelée, mes flammes suivant les voies de givre de Magnus pour s'extraire des réseaux de terre-eau qui pouvaient enfin se stabiliser une fois l'élément incompatible retiré.

Il restait une heure et vingt-huit minutes.

— Les lignes telluriques du dortoir Est sont au vert, annonça la professeure Frostwick, surveillant les écrans qui montraient la transformation. Les laboratoires sont à l'orange et s'éclaircissent. Les archives sont toujours critiques, mais réagissent à l'extraction. Mademoiselle Ember, quelle quantité de feu est encore piégée dans ces systèmes ?

— Peut-être encore vingt pour cent, répondis-je, les flammes soigneusement maîtrisées malgré l'effort que l'extraction exigeait. La plupart sont concentrés dans la section des archives, c'est là que j'ai poussé le pire de ma volatilité, car je pensais que les courants de terre-eau y étaient les plus forts.

— Bien sûr qu'ils l'étaient, marmonna la professeure Blitzen, ses éclairs crépitant avec ce qui ressemblait à une affection exaspérée. Vous avez trouvé les réseaux de répression les plus puissants et les avez utilisés exactement comme Frostbane, en poussant la magie dangereuse dans des systèmes conçus pour la contenir plutôt que d'apprendre à la gérer correctement.

— Mais elle la gère maintenant, dit doucement Magnus, son givre ne faiblissant jamais malgré la complexité de créer des voies à travers des réseaux élémentaires inconnus. Pas par la répression, mais par l'extraction et l'intégration. C'est ça, la progression, professeure. C'est apprendre de ses erreurs au lieu de les répéter.

La section des archives a nécessité une extraction plus profonde, le feu ayant été poussé plus loin dans les courants de terre-eau, enfoui là où j'avais pensé qu'il serait le plus en sécurité. Mes flammes ont dû naviguer à travers des couches d'opposition élémentaire qui avaient contenu la volatilité pendant des semaines, rappelant une magie qui avait été comprimée et réprimée jusqu'à ce qu'elle me semble étrangère.

Mais le givre de Magnus me guida à travers chaque couche, créant une structure qui permettait une extraction minutieuse plutôt qu'une récupération explosive. Et avec chaque flamme qui revenait sous mon contrôle conscient, je me sentais moins comme un désastre et plus comme quelqu'un capable de gérer la volatilité par la confiance plutôt que de la cacher par peur.

— Les archives sont à l'orange, dit la professeure Frostwick, et il y avait quelque chose dans sa voix qui aurait pu être de l'approbation. Elles passent au jaune-vert. Les courants de terre-eau se stabilisent rapidement à mesure que l'élément incompatible est retiré. Monsieur Polaris, Mademoiselle Ember, je crois que vous allez bel et bien réussir.

Il restait cinquante-huit minutes.

L'extraction finale a tout exigé, rappelant le feu le plus profondément refoulé, la volatilité que j'avais poussée dans les systèmes parce que j'étais terrifiée par ce qu'elle représentait. La magie qui avait failli déclencher des tremblements de feu, qui avait menacé la stabilité de l'établissement, qui avait prouvé que j'étais exactement aussi dangereuse que Frostbane l'avait craint.

Mais alors que mon feu refluait sous mon contrôle conscient, le givre de Magnus était là, ne réprimant pas, ne contenant pas, offrant simplement une opposition qui créait un ancrage que je ne pouvais pas atteindre seule. Et j'ai réalisé que la volatilité n'était pas vraiment dangereuse. Elle était juste puissante, passionnée, des parties essentielles de moi-même qui nécessitaient un partenariat pour être gérées en toute sécurité.

Un feu qui avait besoin du givre non pas pour l'annuler, mais pour l'aider à trouver un but au lieu du chaos.

Les dernières flammes s'extrairent des lignes telluriques des archives dans une déferlante qui fit briller ma signature magique tout entière. L'espace d'un battement de cœur, je sentis le poids total de semaines de volatilité refoulée, toute la peur, la honte et les tentatives désespérées de contrôle inondant à nouveau ma conscience.

Puis la main de Magnus a trouvé la mienne, le givre rencontrant le feu dans des motifs qui étaient devenus aussi naturels qu'un battement de cœur, et le poids est devenu partagé plutôt que solitaire.

— Le quadrant Est est stable, annonça la professeure Blitzen, ses éclairs créant des motifs de célébration alors que les écrans de surveillance montraient les réseaux de terre-eau revenant à leurs signatures vertes naturelles. Toutes les lignes telluriques fonctionnent normalement. L'intégrité structurelle est restaurée. Les dortoirs, les laboratoires et les archives sont en sécurité.

Il nous restait quarante-trois minutes dans notre fenêtre d'évaluation. Dix-sept minutes avant que les lignes telluriques ne passent au rouge critique et ne déclenchent une évacuation d'urgence.

On l'avait fait.

Mais plus que ça, j'avais appris que la volatilité n'avait pas à être cachée ou réprimée ou poussée dans des systèmes qui ne pouvaient pas l'accueillir. Que les facettes dangereuses pouvaient être gérées par la confiance plutôt que par la dissimulation. Qu'avoir quelqu'un qui pouvait vous aider à récupérer ce que vous aviez essayé de retrancher était une fondation plus solide que de tenter d'atteindre un contrôle parfait seule.

— Eh bien, dit la professeure Frostwick, sa magie de glace dissipant les barrières d'urgence avec un air qui ressemblait presque à de la satisfaction. C'était nettement moins catastrophique que ce que j'avais prévu. Félicitations, Monsieur Polaris, Mademoiselle Ember. Vous venez de sauver la cérémonie de remise des diplômes de la NPU et de prouver que la magie de partenariat peut résoudre des crises institutionnelles avec lesquelles la méthodologie traditionnelle a du mal.

Elle s'approcha, examinant les réseaux de lignes telluriques désormais stables avec une évaluation professionnelle qui peinait à dissimuler le respect réticent qui se cachait en dessous.

— Ce dont vous avez fait la démonstration ici change tout ce que nous pensions savoir sur la collaboration élémentaire. Vous avez utilisé l'opposition feu-givre pour stabiliser les systèmes terre-eau, des éléments qui n'ont aucune affinité naturelle avec vos signatures magiques. Cela ne devrait pas fonctionner selon la théorie traditionnelle. Mais ça a marché, parce que votre méthodologie n'est pas basée sur la compatibilité élémentaire. Elle est basée sur la confiance. — La professeure Blitzen hocha la tête, ses éclairs créant des motifs pensifs.

— Vous avez prouvé que la magie de partenariat transcende les combinaisons élémentaires spécifiques. Le cadre que vous avez construit, la résonance émotionnelle créant une capacité de collaboration, peut être appliqué à n'importe quelles forces opposées quand les fondations sont assez solides. C'est révolutionnaire, et c'est exactement ce que le Conseil a besoin de voir.

— Votre projet de fin d'études est officiellement approuvé pour une démonstration publique, poursuivit-elle.

— Vous avez prouvé vos capacités dans des conditions de crise réelle. Le Conseil voudra une documentation complète de votre méthodologie d'extraction, et Mademoiselle Ember, vous travaillerez avec les services de soutien psychologique pour développer des protocoles de gestion appropriés pour la magie volatile qui n'impliquent pas de la réprimer dans l'infrastructure de l'établissement.

— Oui, professeure, dis-je, le soulagement et la honte résiduelle se mélangeant en motifs qui firent vaciller mon feu. Merci de nous avoir donné cette chance.

— Remerciez la professeure Blitzen, répondit la professeure Frostwick. C'est elle qui a convaincu le chancelier Northwind que des circonstances désespérées justifiaient des solutions non conventionnelles. J'ai simplement accepté de superviser pour pouvoir documenter à quel point votre échec serait spectaculaire.

Mais il y avait une chaleur dans sa voix qui démentait la dureté de ses mots, et quand elle se tourna pour partir, j'aperçus son petit sourire, la satisfaction que la magie de partenariat ait réussi, que les mentalités institutionnelles changeaient, que peut-être l'investissement émotionnel créait bel et bien des compétences.

— Viens, dit Magnus, sa main tenant toujours la mienne alors que nous suivions les professeures vers le campus principal. Nous devons faire notre rapport au chancelier Northwind, tout documenter pour le Conseil, et probablement dormir pendant environ douze heures avant de pouvoir assimiler ce qui vient de se passer.

— On a sauvé la remise des diplômes, dis-je, la réalité faisant enfin son chemin. Magnus, on a vraiment sauvé la remise des diplômes.

— Oui, on l'a fait, approuva-t-il, son givre créant des motifs de célébration autour de mon feu toujours élevé. Ensemble. Comme on l'avait promis.

Et alors que nous émergions du quadrant Est dans la nuit peinte d'aurores, j'ai réalisé que c'était à ça que ressemblait l'harmonie, pas un contrôle parfait ou une volatilité éliminée, mais la confiance que quelqu'un vous aiderait à récupérer les parties que vous aviez essayé de réprimer, que l'opposition pouvait servir la collaboration, que la confiance absolue entre partenaires créait une magie que la méthodologie traditionnelle ne pouvait pas reproduire.

Le feu et le givre, la volatilité et le contrôle, la passion et la diplomatie.

CHAPITRE VINGT

LA REVENDICATION

MAGNUS

La Grande Salle n'avait jamais paru aussi belle, ni aussi terrifiante.

La lumière aurorale filtrait à travers les plafonds voûtés de cristal, peignant deux mille visages de teintes mêlées de jugement et d'anticipation. Chaque siège était occupé : étudiants, corps professoral, membres du Conseil, dignitaires en visite des Cours Saisonnières, arrivés pour ce qui était devenu la démonstration de fin d'études la plus politiquement significative de l'UNP depuis des décennies.

Nous avions sauvé la remise des diplômes. Maintenant, nous devions prouver que nous méritions la révolution institutionnelle que notre méthodologie impliquait.

— Respire, m'a murmuré Nix à côté de moi, bien que ses flammes vacillent d'une anxiété qui faisait écho à la mienne. Inspire sur quatre temps, retiens, expire sur quatre temps.

J'ai suivi le rythme automatiquement, le givre créant des étincelles visibles malgré des semaines à m'entraîner à garder mon sang-froid sous la pression. Ma formation diplomatique m'avait préparé à l'examen politique, mais rien ne m'avait tout à fait préparé à me tenir devant l'université tout entière, l'avenir de la politique de la magie de partenariat reposant sur notre capacité à démontrer ce que nous avions passé des mois à construire.

La plateforme de démonstration se dressait au centre de la Grande Salle, un cercle surélevé de formations alternées de feu et de glace qui serviraient de représentation visible de notre collaboration élémentaire. Autour, des équipements de surveillance suivaient les signatures magiques avec le genre de précision qui documenterait chaque succès et chaque échec pour l'examen du Conseil.

La chancelière Northwind se tenait au pupitre, sa toge de cérémonie portant le blason de l'UNP et son expression soigneusement neutre malgré la pression politique que cette démonstration représentait.

— Je vous remercie tous d'assister à la présentation de fin d'études de ce soir, a-t-elle commencé, sa voix portée par une acoustique enchantée pour atteindre chaque recoin de l'immense salle. Ce que vous allez voir ne représente pas seulement la réussite d'étudiants, mais une transformation potentielle dans notre compréhension de la théorie de la magie de partenariat.

Elle a fait un geste vers nous, et j'ai senti la main de Nix trouver la mienne automatiquement, le feu rencontrant le givre dans des motifs devenus aussi naturels que de respirer.

— Magnus Polaris et Phoenix Ember ont passé ce semestre à démontrer que l'opposition élémentaire peut servir la collaboration lorsqu'un partenariat est fondé sur la confiance plutôt que sur la suppression, a poursuivi la chancelière Northwind. Il y a trois semaines, ils ont stabilisé le réseau principal de lignes de ley. Il y a cinq jours, ils ont empêché une défaillance catastrophique dans le quadrant est. Ce soir, ils vont démontrer la méthodologie qui a rendu ces deux exploits possibles.

La foule a murmuré, certains avec intérêt, d'autres avec un scepticisme qui se percevait clairement malgré la taille de la Grande Salle. J'ai surpris l'expression de la conseillère Frostmere au premier rang, sa magie de glace créant des motifs de givre qui suggéraient qu'elle attendait toujours que nous prouvions que ses inquiétudes concernant l'investissement émotionnel étaient justifiées.

À côté d'elle, le conseiller Thornwick s'est penché en avant avec une curiosité sincère, tandis que le conseiller Stormweaver observait avec l'attention prudente de quelqu'un qui n'avait pas encore décidé quelle position politique soutenir.

— La démonstration se déroulera en trois phases, a expliqué la chancelière Northwind. Premièrement, la stabilisation élémentaire dans des conditions contrôlées. Deuxièmement, la réponse collaborative à une interférence simulée des lignes de ley. Troisièmement, le maintien de l'harmonie prolongée sous une pression magique croissante.

Elle a marqué une pause, laissant les implications s'installer.

— S'ils réussissent, le Conseil envisagera des changements de politique officiels reconnaissant l'investissement émotionnel comme une base légitime pour certains types de magie de partenariat. S'ils échouent... Elle n'a pas eu besoin de finir. Tout le monde dans la Grande Salle comprenait les enjeux.

— Monsieur Polaris, Mademoiselle Ember, a dit la chancelière Northwind en tournant son attention vers nous. La plateforme est à vous. Démontrez ce que vous avez construit.

Nous nous sommes avancés vers le cercle central, et j'ai senti le poids de deux mille regards suivre chacun de nos mouvements. La formation diplomatique m'aidait à garder mon sang-froid,

mais en dessous, l'anxiété bouillonnait avec une force qui menaçait mon contrôle minutieux.

Et si nous échouions ? Et si la pression brisait notre harmonie ? Et si des semaines de démonstrations parfaites ne se tradui-
saient pas en performance publique, alors que l'examen
institutionnel rendait chaque geste visible, chaque erreur documentée, chaque moment de vulnérabilité exposé au calcul
politique ?

— Magnus, a dit doucement Nix, ses flammes s'étirant vers
mon givre avec une confiance qui a transpercé l'anxiété. On va y
arriver. Souviens-toi du sanctuaire. Souviens-toi du quadrant est.
Souviens-toi qu'on s'est engagé dans ce lien quand tout était vraiment en train de s'effondrer.

Elle avait raison. Nous avions prouvé notre capacité dans de
véritables conditions de crise, sauvé les lignes de ley alors que
l'infrastructure institutionnelle défaillait, stabilisé des systèmes
pour lesquels nous n'avions aucune formation, démontré que la
confiance fonctionnait lorsque les circonstances étaient chaotiques et que les enjeux étaient réels.

En comparaison, une démonstration contrôlée devrait être
simple.

Devrait l'être.

— Phase un, ai-je annoncé, ma formation diplomatique
aidant ma voix à porter malgré les nerfs. Stabilisation élémentaire
par collaboration basée sur l'opposition.

J'ai invoqué le givre sur la plateforme, la glace se propageant
en motifs cristallins qui captaient la lumière aurorale et créaient
une fondation pour la suite. L'équipement de surveillance suivait
chaque signature, documentant la précision issue de semaines de
pratique et de mois à apprendre que le contrôle ne signifiait pas la
suppression.

Le feu de Nix a rejoint ma glace avec une vague qui a arraché un hoquet de surprise à plusieurs membres du public, les flammes dansant sur les formations gelées sans les faire fondre, la chaleur rencontrant le froid dans des motifs qui auraient dû créer des explosions de vapeur mais qui ont plutôt généré l'harmonie.

Nos éléments se sont entrelacés dans des configurations que nous avions pratiquées jusqu'à ce qu'elles nous semblent aussi naturelles que de respirer : le feu trouvant des passages à travers le givre, la glace créant une structure qui permettait aux flammes de brûler avec un but plutôt que dans le chaos, l'opposition servant la collaboration de manière à renforcer les deux éléments.

Les écrans de surveillance montraient ce que les mots ne pouvaient décrire, deux signatures élémentaires qui auraient dû s'annuler mutuellement, mais qui, au lieu de ça, amplifiaient des capacités qu'aucun des deux ne pouvait atteindre seul. Mon givre atteignait des températures qu'il ne pouvait maintenir indépendamment. Le feu de Nix gardait une précision que la volatilité n'aurait pas dû permettre.

Ensemble, nous avons créé une magie que la méthodologie traditionnelle jugeait impossible.

— Phase un terminée, a annoncé la chancelière Northwind après plusieurs minutes d'harmonie soutenue. Stabilisation élémentaire obtenue sans suppression ni confinement. Les données de surveillance confirment que les deux signatures restent essentiellement elles-mêmes tout en soutenant une fonction collaborative.

Elle a fait un geste, et les enchantements de la plateforme sont passés aux paramètres de la phase deux.

— Une interférence simulée sur les lignes de ley va maintenant être introduite, a-t-elle dit. Monsieur Polaris et Mademoiselle Ember vont identifier la source de déstabilisation et la supprimer via leur méthodologie de partenariat.

Les formations de glace et de feu de la plateforme ont

commencé à pulser de manière erratique, la programmation magique créant une interférence artificielle qui imitait ce que nous avions affronté dans le réseau principal des semaines auparavant. La déstabilisation semblait anormale, chaotique, comme si quelqu'un avait délibérément introduit une discorde élémentaire pour tester si notre harmonie pouvait résister à une pression extérieure.

— Là, a dit immédiatement Nix, ses flammes s'étendant pour tracer le motif de l'interférence. Une perturbation de l'élément terre dans la section à dominante de glace. Une signature similaire à ce que nous avons trouvé dans le quadrant est, une magie incompatible supprimée par des systèmes qui ne peuvent pas la traiter correctement.

— Je vais créer des voies d'extraction, ai-je répondu, le givre s'étendant pour établir une structure autour de l'interférence artificielle. Guide l'élément incompatible hors du réseau. Même méthodologie que pour la stabilisation des archives...

— Mais en plus rapide, parce que c'est une démonstration, pas une crise, a terminé Nix, notre communication de partenariat étant maintenant assez efficace pour que des demi-phrases transmettent des pensées complètes.

Nous avons bougé avec une précision synchronisée, le feu et le givre travaillant ensemble pour identifier, isoler et extraire l'interférence simulée. L'équipement de surveillance a documenté chaque étape : comment les flammes de Nix traçaient la déstabilisation sans déclencher de volatilité secondaire, comment ma glace créait des voies qui permettaient un retrait prudent au lieu d'une confrontation explosive, comment nos éléments collaboraient sans que l'un domine ou soit supprimé.

En quelques minutes, les formations de la plateforme se sont stabilisées pour retrouver une harmonie naturelle, le feu et la glace coexistant sans la discorde artificielle que la programmation avait introduite.

— Phase deux terminée, a dit la chancelière Northwind, et il y avait quelque chose dans sa voix qui aurait pu être de la satisfaction. Interférence identifiée et supprimée par une méthodologie collaborative. La simulation de ligne de ley est revenue à une configuration stable.

La Grande Salle a éclaté en murmures, certains approbateurs, d'autres encore sceptiques, mais tous reconnaissant qu'ils venaient de voir la magie de partenariat accomplir en quelques minutes ce que la méthodologie traditionnelle de suppression aurait mis des heures à régler.

— Phase trois, a annoncé la chancelière Northwind, et son expression est devenue plus sérieuse. Maintien de l'harmonie sous une pression magique croissante. La plateforme va progressivement amplifier les signatures élémentaires, testant si votre partenariat peut maintenir la stabilité lorsque des forces externes poussent les deux éléments vers leurs extrêmes volatils.

C'était la véritable épreuve. N'importe qui pouvait démontrer une collaboration dans des conditions contrôlées. La question était de savoir si la confiance survivait lorsque la pression rendait la volatilité plus facile que l'harmonie, lorsque le chaos nous tendait les bras et qu'un contrôle minutieux exigeait un effort qui semblait impossible à maintenir.

Les enchantements de la plateforme se sont activés, et j'ai immédiatement senti mon givre être poussé vers des extrêmes, les températures chutant vers le zéro absolu, la glace voulant s'étendre avec une force qui gèlerait tout, la force d'ours que j'avais passé des années à réprimer remontant à la surface alors que la pression externe submergeait la retenue diplomatique.

À côté de moi, le feu de Nix a flambé plus fort, ses flammes répondant à l'amplification avec une faim qui menaçait de tout consumer. La volatilité que je l'avais vue réprimer pendant des mois, les bords dangereux qu'elle avait essayé de cacher, la magie passionnée qui faisait d'elle ce qu'elle était fondamentalement, tout cela poussant vers une expression qui pouvait soit détruire, soit créer, selon que nous maintenions ou non l'harmonie.

— Magnus, a-t-elle haleté, ses flammes luttant maintenant visiblement entre une combustion contrôlée et une conflagration. La pression, elle pousse mon feu vers ce qui s'est passé à Frost-bane. Vers le genre de volatilité qui détruit au lieu de créer...

—Je sais, ai-je répondu, le givre créant automatiquement des motifs défensifs avant que je ne les force à passer à la collabora-tion. L'amplification teste si nous nous faisons confiance quand il est plus facile de se protéger par la suppression. Si l'harmonie survit quand la pression externe rend le contrôle impossible.

À travers notre connexion, cette résonance émotionnelle que le rituel de réconciliation avait établie, j'ai senti la terreur de Nix. La peur que le feu amplifié prouve qu'elle était exactement le désastre contre lequel tout le monde l'avait mise en garde. La peur que choisir la volatilité plutôt que la suppression ne détruise ce que nous avions construit. La peur que m'aimer signifie risquer la perte de contrôle catastrophique qui avait mis fin à Frostbane.

Et je savais qu'elle pouvait sentir la même chose venant de moi : la peur que libérer la force d'ours que j'avais réprimée ne brise les masques diplomatiques de manière irréparable, que choisir le pouvoir plutôt que la retenue ne prouve que l'héritier Polaris était fondamentalement incapable du contrôle minutieux que les postes au Conseil exigeaient.

Les écrans de surveillance montraient nos signatures appro-chant des niveaux critiques, le feu et le givre étant tous deux poussés vers des extrêmes qui menaçaient la stabilité.

— Ensemble, ai-je dit, le mot porteur de chaque promesse que nous nous étions faite. Nix, nous choisissons l'harmonie. Pas la suppression, pas le contrôle, pas le fait de cacher ce que nous sommes pour paraître inoffensifs. Nous choisissons de croire que l'opposition sert la collaboration même lorsque la pression externe rend le chaos inévitable.

— Ensemble, a-t-elle acquiescé, ses flammes déferlant avec une détermination qui était mi-terreur, mi-certitude absolue.

Au lieu de réprimer la magie amplifiée, nous l'avons laissée s'écouler, mais nous l'avons dirigée à travers notre partenariat plutôt que dans l'isolement. Mon givre n'a pas combattu le froid extrême ni la force d'ours que la plateforme forçait à faire surface. Au lieu de ça, j'ai laissé les deux émerger pleinement tout en maintenant la connexion avec le feu de Nix, confiant que notre opposition créerait une structure même lorsque les deux éléments étaient poussés à des extrêmes volatils.

Ses flammes ont brûlé plus fort, plus brillantes, plus puissantes que je ne l'avais jamais vu, la pleine force de sa magie du feu sans suppression, sans confinement, sans contrôle prudent. Mais au lieu d'une destruction chaotique, la volatilité a trouvé des chemins à travers mon givre, créant des motifs qui servaient la collaboration malgré la pression externe qui poussait les deux éléments vers leurs extrêmes.

Les écrans de surveillance affichaient des signatures qui auraient dû déclencher une intervention immédiate, le feu et le givre étant tous deux à des niveaux qui nécessitaient normalement un confinement d'urgence. Mais au lieu de se déstabiliser, ils ont créé quelque chose d'entièrement nouveau, s'annulant mutuellement ou créant le genre de défaillance catastrophique que tout le monde avait redoutée.

L'harmonie sous pression. Une confiance qui avait survécu lorsque tout contrôle semblait impossible. Un partenariat qui fonctionnait non pas malgré la volatilité, mais parce que nous avions appris à diriger une magie puissante par la collaboration au lieu de la réprimer par l'isolement.

L'amplification de la plateforme a atteint son niveau maximal, le feu et le givre étant tous deux poussés à leurs extrêmes absolus. L'espace d'un instant, j'ai eu l'impression que tout menaçait de voler en éclats : les masques diplomatiques, le contrôle prudent, des années à refouler ma force d'ours parce que l'héritier Polaris n'était pas censé être aussi puissant.

Puis la main de Nix a trouvé la mienne, les flammes rencontrant le givre dans un contact physique qui a rendu tout limpide.

C'était ce que nous étions, le feu et le givre, instables et puissants, passionnés et forts, ne nous excusant ni l'un ni l'autre de prendre notre place ou de prétendre être moins grands que nous ne l'étions réellement.

Voilà à quoi ressemblait l'harmonie lorsque la pression extérieure testait si la confiance était réelle ou simplement une façade qui s'effondrait sous un véritable stress.

C'était la vulnérabilité totale, pas les versions soigneusement contrôlées que nous montrions au monde, mais les personnes entières, dangereuses, puissantes et essentielles que nous étions lorsque les masques se brisaient, que la prétention mourait et que seule la vérité subsistait.

L'amplification s'est achevée, et nos éléments ne se sont pas contentés de maintenir leur stabilité, ils ont flamboyé d'une puissance combinée qui a fait réagir l'aurore boréale au-dessus de nous, tourbillonnant en motifs qui ont peint le Grand Hall d'une beauté impossible.

Le feu et le givre, l'opposition créant la collaboration, la confiance au service du pouvoir au lieu de le restreindre.

— Phase trois terminée, a dit la chancelière Northwind, et sa voix était empreinte d'un émerveillement qui perçait à travers sa

neutralité professionnelle. — Harmonie maintenue sous amplification maximale. Stabilité du partenariat maintenue malgré le
fait que les deux éléments aient été poussés à des extrêmes
instables. Les données de surveillance confirment...

Elle a marqué une pause, étudiant les écrans avec une expression qui suggérait qu'elle n'arrivait pas tout à fait à croire ce que
l'équipement montrait.

— Les données de surveillance confirment que l'investissement émotionnel ne compromet pas la capacité, a-t-elle terminé à
voix basse. Il crée une capacité que la méthodologie traditionnelle
ne peut atteindre. M. Polaris, Mlle Ember, vous venez de révolutionner la théorie de la magie en partenariat.

Le Grand Hall a explosé, certains en applaudissements,
d'autres en disputes, tous reconnaissant qu'ils avaient été
témoins de quelque chose qui remodèlerait la politique institutionnelle pour les décennies à venir.

Mais je l'ai à peine entendue. Car Nix me regardait avec des
flammes qui n'avaient jamais été plus belles, plus puissantes, plus
essentiellement elle-même, et je savais que ce moment, cette
démonstration publique de confiance, de vulnérabilité et de certitude absolue que nous étions plus forts ensemble, comptait plus
que n'importe quelle approbation du Conseil.

— Je vais faire quelque chose, ai-je dit doucement, mon givre
répondant déjà à la décision qui se formait. — Quelque chose qui
rendra notre partenariat public d'une manière irréversible.
Quelque chose qui te revendique complètement, qui dit à tous
ceux qui nous regardent exactement ce que tu représentes pour
moi. Es-tu prête pour ça ?

Son feu a flamboyé en réponse, créant une chaleur qui n'avait
rien à voir avec la température et tout à voir avec la reconnaissance que certains moments changeaient tout.

— Je suis prête depuis le sanctuaire, a-t-elle répondu. — Depuis que tu m'as choisie au détriment des postes au Conseil. Depuis que tu as prouvé que m'aimer n'était pas un compromis, mais un fondement. Revendique-moi, Magnus. Montre à tous ceux qui nous regardent que le feu et le givre se choisissent l'un l'autre, complètement.

J'ai appelé le givre à ma main, la glace se formant en motifs délicats qui captaient la lumière de l'aurore et créaient un symbole visible de ce que les mots ne pouvaient entièrement saisir. Pas une bague, nous étions trop jeunes pour ces promesses, encore trop en train de devenir qui nous serions indépendamment pour prendre ce genre d'engagements. Mais une marque qui montrerait à tous exactement ce que Nix signifiait pour moi.

Feu-de-Givre.

Le givre a pris la forme d'une flamme cristalline, de la glace sculptée pour ressembler au feu, une opposition rendue visible, mon élément façonné à l'image du sien pour démontrer que l'harmonie n'exigeait pas la similitude. La délicate sculpture luisait dans ma paume, belle, impossible et absolument parfaite.

— Phoenix Ember, ai-je dit, et ma voix a porté à travers l'acoustique enchantée du Grand Hall pour atteindre chaque recoin de l'immense espace. — Je te revendique comme ma partenaire. Pas seulement sur le plan académique, pas seulement pour les démonstrations finales, mais complètement. Je revendique ton feu, ta volatilité, tes facettes dangereuses, ta magie passionnée qui refuse de s'excuser de prendre de la place. Je revendique le droit de me tenir à tes côtés lorsque la pression extérieure dit que je ne devrais pas, de te faire confiance lorsque le contrôle semble impossible, de te choisir encore et encore même si cela coûte tout.

— J'ai offert la sculpture de feu-de-givre, et à travers notre connexion, j'ai senti l'émotion bouleversante de Nix, une joie, un amour et une certitude absolue se mêlant en motifs qui ont fait flamboyer ses flammes plus vivement.

Nous nous étions déjà revendiqués l'un l'autre, lors du rituel de réconciliation, par des mots chuchotés pendant la crise des lignes telluriques, à chaque instant où nous avions choisi la vulnérabilité plutôt que le contrôle. Mais c'étaient des reconnaissances privées, des liens magiques dont seuls nos éléments et nos cœurs avaient été témoins.

Ceci était différent. C'était politique. Une déclaration formelle devant le Conseil Inter-Saisonnier que notre partenariat n'était pas une simple collaboration académique ou une association magique pratique, mais un choix délibéré qui transcendait les exigences institutionnelles. Le Conseil devait être témoin de notre revendication pour légitimer la politique de la magie en partenariat. Pour comprendre que l'investissement émotionnel n'était pas un produit dérivé accidentel, mais une exigence fondamentale.

— J'accepte ta revendication, a-t-elle dit, en prenant la flamme cristalline et en la regardant capter la lumière de l'aurore. — Et je te revendique en retour, Magnus Polaris. Je revendique ton givre, tes masques diplomatiques, ta force d'ours sauvage qui peut briser la glace d'un seul coup, la férocité primale que tu as gardée en laisse si longtemps. Je revendique ton contrôle prudent qui crée la sécurité sans supprimer. Je revendique le droit de te voir entièrement, puissant et vulnérable, calme et sauvage, prédateur et protecteur, tout ce que tu es quand les masques se brisent et que seule la vérité demeure.

Son feu s'est modelé en réponse, les flammes formant une sculpture de glace cristalline qui reflétait mon cadeau. Le feu sculpté pour ressembler au givre, son élément façonné à l'image du mien, une opposition rendue visible par une magie qui démontrait le partenariat.

Elle a placé la flamme en forme de givre dans ma paume, et au moment où nos cadeaux se sont touchés, la magie de l'aurore a répondu, tourbillonnant au-dessus de nos têtes en motifs qui ressemblaient à une célébration, à une reconnaissance, comme si l'univers lui-même reconnaissait ce que nous venions de déclarer publiquement.

Le Grand Hall est tombé dans un silence absolu.

L'espace d'un instant, l'énorme salle a disparu. Juste nous, le feu et le givre, instable et calme, tout ce que nous avions lutté pour devenir se reflétant dans nos yeux. C'était réel. C'était permanent. C'était nous, revendiqués et revendiquant, vus et choisissant de rester malgré tout.

Puis Rowan Blackthorn a commencé à applaudir, se levant de sa place dans la section étudiante avec Ivy à ses côtés. En quelques secondes, la moitié de la salle s'est jointe à eux, Fiona et Elian de la section diplomatique, Dylan et Lyra des tables de recherche, des étudiants qui avaient été témoins de notre parcours, des professeurs qui avaient supervisé nos démonstrations, et même certains membres du Conseil dont les positions traditionnelles étaient remises en question par ce que nous venions de prouver.

Mais la conseillère Frostmere est restée assise, des motifs de givre autour d'elle suggérant que la bataille pour la politique institutionnelle n'était pas terminée simplement parce que nous avions réussi une démonstration spectaculaire.

— Les revendications ont été attestées, a déclaré la chancelière Northwind, sa voix empreinte d'une autorité qui transcendait l'opinion personnelle. — Partenariat reconnu publiquement, lien magique établi par un échange symbolique. Le Conseil délibérera sur les implications politiques, mais M. Polaris et Mlle Ember ont mérité l'approbation de leur projet final et ont démontré une méthodologie digne d'une reconnaissance institutionnelle.

Elle a marqué une pause, croisant mon regard avec une expression qui portait des décennies d'expérience administrative.

— La remise des diplômes se déroulera comme prévu, a-t-elle poursuivi. — Et la théorie de la magie en partenariat ne sera plus jamais tout à fait la même. Félicitations pour votre réussite et pour avoir changé la compréhension de l'NPU sur ce que la collaboration peut accomplir lorsqu'elle est fondée sur la confiance plutôt que sur la répression.

Nous avons quitté la plateforme ensemble, la main de Nix dans la mienne, et nos revendications visibles pour tous ceux qui regardaient, un feu tenant une sculpture de givre, une glace portant une flamme sculptée, l'opposition rendue permanente par des symboles qui déclaraient exactement ce que nous signifiions l'un pour l'autre.

— On l'a fait, a dit Nix alors que le Grand Hall s'embrasait de conversations sur ce dont ils venaient d'être témoins. — Magnus, on l'a vraiment fait. On a prouvé que l'investissement émotionnel crée la capacité. On a sauvé notre diplôme. On a changé la politique institutionnelle. On a...

— On s'est choisis publiquement, ai-je terminé, le givre créant des motifs de célébration autour de la sculpture de flamme qu'elle m'avait donnée. — C'est ça qui compte le plus. Pas l'approbation du Conseil, ni la réussite du projet final, ni la révolution politique. Juste que tous ceux qui nous regardent sachent exactement ce que tu représentes pour moi. Que je t'ai revendiquée complètement, et que tu m'as revendiqué en retour, et que nous ne nous cachons plus.

Son feu a flamboyé d'émotions qui n'avaient rien à voir avec le succès de la démonstration et tout à voir avec le fait d'être vue entièrement, et choisie malgré tout.

— Je t'aime, a-t-elle dit, ces mots simples mais porteurs du poids de chaque instant qui nous avait conduits ici. — Je t'aime, et je ne fuis plus, et je suis tellement reconnaissante que tu m'aies arrêtée ce premier soir dans le couloir, quand mon feu était hors de contrôle et que tu as offert une opposition qui a sauvé au lieu de réprimer.

— Je t'aime aussi, ai-je répondu, les masques diplomatiques complètement brisés par la vérité que je venais de déclarer publiquement. — Et je suis reconnaissant que tu m'aies laissé te voir entièrement, instable, passionnée et puissante, et que tu aies eu confiance que te choisir ne me détruirait pas. Que t'aimer me rendait plus fort au lieu de m'affaiblir.

La professeure Blitzen s'est approchée avec une expression qui mêlait satisfaction et quelque chose qui ressemblait à de la fierté.

— Vous deux avez causé une sacrée perturbation institutionnelle, a-t-elle dit, des éclairs crépitant d'une énergie qui semblait festive. — Le Conseil va débattre de la politique de la magie en partenariat pendant des mois. La méthodologie traditionnelle vient d'être défiée par des étudiants qui ont prouvé que l'investissement émotionnel crée exactement le genre de capacité que nous essayions d'atteindre par la répression. C'est une révolution, M. Polaris, Mlle Ember. C'est changer des esprits qui sont figés depuis des décennies.

— On voulait juste avoir notre diplôme, a dit Nix, bien que ses flammes suggèrent qu'elle comprenait les implications plus larges.

— Vous vouliez prouver que l'harmonie fonctionne, a corrigé doucement la professeure Blitzen. — Que le feu et le givre peuvent se choisir complètement sans sacrifier ce qui les rend essentiellement différents. Que l'opposition sert la collaboration lorsque le partenariat est fondé sur la confiance. Vous avez réussi, et maintenant toute l'approche de l'NPU en matière de magie élémentaire doit s'adapter pour tenir compte de ce que vous avez démontré.

Elle s'est rapprochée, des éclairs accentuant des mots qui avaient du poids.

— Le rituel a montré la vérité, a-t-elle dit à voix basse, faisant écho à ce qu'elle nous avait dit trois semaines plus tôt dans le sanctuaire. — Ce que vous en avez fait ? C'était de la vraie magie. Continuez à vous faire confiance. Continuez à prouver que la vulnérabilité crée la force. Continuez à nous montrer à tous à quoi ressemble l'harmonie quand la peur ne dicte pas la méthodologie.

Elle est partie avant que nous puissions répondre, disparaissant dans la foule de professeurs, d'étudiants et de membres du Conseil qui digéraient encore ce dont ils venaient d'être témoins.

— Demain, nous aurons notre diplôme, a dit Magnus, le givre et le feu dansant entre nous en des motifs qui étaient devenus aussi naturels que de respirer. — Nous traverserons cette estrade avec nos revendications visibles, notre partenariat reconnu, notre révolution accomplie. Qu'est-ce qui se passe après ?

— On trouvera la solution ensemble, ai-je répondu. — On prendra le stage au Conseil et le rôle d'Ambassadrice Élémentaire et on prouvera que la magie en partenariat fonctionne dans le monde réel, pas seulement dans les démonstrations. On se choisira encore et encore, même quand la pression extérieure dira qu'on ne devrait pas. On montrera à tous ceux qui nous regardent que le feu et le givre peuvent construire quelque chose d'extraordinaire quand ils arrêtent de prétendre être autre chose que ce qu'ils sont essentiellement.

— Ensemble, a convenu Magnus, le mot porteur de toutes les promesses que nous avions faites et de tous les choix qui nous avaient menés ici.

— Toujours, ai-je confirmé.

Et alors que nous quittions le Grand Hall avec nos revendications visibles, notre révolution attestée et la certitude absolue que nous avions changé l'NPU pour toujours, je savais que ce n'était qu'un début.

Pas une fin, mais un commencement, le reste de nos vies construit sur un fondement de confiance, de vulnérabilité et d'harmonie qui n'exigeait pas la similitude.

Juste le feu et le givre, instable et contrôlé, passionné et diplomate.

CHAPITRE VINGT-ET-UN

CÉRÉMONIE DE REMISE DES DIPLÔMES

N IX

Le matin de la remise des diplômes est arrivé, une aurore boréale peignant le ciel de couleurs festives dont je n'avais fait que rêver quand j'étais arrivée à l'UPN, la catastrophe que tout le monde redoutait.

Ma tablette-parchemin a sonné avant même que j'aie fini de me préparer, le message s'affichant avec un en-tête officiel du Conseil qui m'a noué l'estomac.

Poste d'Ambassadeur Élémentaire - Offre Officielle Mademoiselle Phoenix Ember, Le Conseil Inter-Saisonnier a le plaisir de vous offrir officiellement le poste d'Ambassadeur Élémentaire Junior, effectif dès l'obtention de votre diplôme. Votre capacité démontrée en matière de méthodologie de stabilisation collaborative fait de vous la candidate idéale pour un travail diplomatique nécessitant une expertise élémentaire. Les détails de la mission et les informations salariales sont joints. Félicitations pour votre réussite. , Conseiller Thornwick

J'ai fixé les mots jusqu'à ce qu'ils se brouillent, puis je les ai relus pour m'assurer que ce n'était pas une mauvaise blague sur l'elfe de feu qui avait failli détruire le campus et à qui l'on confiait maintenant des responsabilités diplomatiques.

— Je l'ai eu, ai-je dit doucement, n'y croyant toujours pas tout à fait. Ils me proposent vraiment un poste diplomatique.

On a frappé à la porte avant que je puisse sombrer dans l'incrédulité, et la voix de Magnus a traversé le bois, chargée d'une excitation à peine contenue.

— Nix ? Tu es réveillée ? J'ai des nouvelles.

J'ai ouvert la porte et je l'ai trouvé déjà vêtu de sa toge de diplômé, d'un bleu profond garni d'argent, tenant sa propre tablette-parchemin avec une expression qui disait tout.

— Tu as aussi reçu le tien, ai-je dit, et ce n'était pas une question.

— Stage au Conseil, sous la direction de la Chancelière Northwind, sur l'intégration de la magie partenariale, a-t-il confirmé en entrant, alors que son givre répondait déjà aux étincelles de célébration de mon feu. Nous allons travailler ensemble. Prouver que la collaboration fonctionne dans le monde réel, pas seulement lors des démonstrations.

Les implications se sont installées en moi, chaleureuses et réconfortantes, ne s'arrêtant pas après la remise des diplômes, mais se prolongeant dans des carrières que nous construirions côte à côte.

— Es-tu prête pour ça ? a-t-il demandé doucement. Que tout le monde nous observe pour voir si la révolution d'hier survit à la pression du monde réel ?

— Terrifiée, ai-je admis. Et certaine que nous nous en sortirons quand même.

La Grande Salle s'était transformée en quelque chose de magique, même pour l'UPN. Des flèches de cristal décorées de bannières enchantées, des flammes éternelles dansant aux côtés de sculptures de glace, deux mille sièges occupés par les diplômés, leurs familles, et suffisamment de dignitaires politiques pour que cette cérémonie ressemble plus à une déclaration qu'à une simple célébration.

J'étais assise dans la section de magie élémentaire à côté de Magnus, sa main trouvant la mienne comme une évidence au moment où la Chancelière Northwind s'est approchée du podium.

— Bienvenue à la deux cent troisième cérémonie de remise des diplômes de l'Université du Pôle Nord, a-t-elle commencé, sa voix portant avec autorité et une chaleur sincère. Aujourd'hui, nous célébrons des accomplissements qui ont remodelé notre compréhension de la magie collaborative. Des étudiants qui ont fait face à des défis qui ont mis à l'épreuve les fondations de notre institution, et qui ont prouvé que la confiance fonctionne lorsque les circonstances sont chaotiques.

Son regard a balayé la promotion, s'attardant brièvement sur ceux d'entre nous qui étaient devenus les symboles de la révolution partenariale.

— Alors que nous appellerons chaque diplômé sur scène, a-t-elle poursuivi... souvenez-vous que vous n'assistez pas seulement à une réussite individuelle, mais au début de carrières qui démontreront si les démonstrations de cette année se traduisent par un changement de politique durable.

La cérémonie s'est déroulée par ordre alphabétique. Quand mon nom a été appelé... « Phoenix Ember, Magie Élémentaire, Projet de fin d'études en Méthodologie de Stabilisation Collaborative », j'ai traversé cette scène avec la sculpture de feu et de lumière que Magnus m'avait offerte bien en évidence, déclaration visible d'un partenariat que je ne cherchais plus à cacher.

Le professeur Blitzen m'a remis mon diplôme, des éclairs crépitant doucement autour d'elle.

— Vous êtes arrivée telle la catastrophe que tout le monde craignait, a-t-elle dit doucement. Vous repartez en révolutionnaire que tout le monde respecte. C'est une évolution qui mérite d'être célébrée, Mademoiselle Ember.

— Merci, Professeur, ai-je réussi à dire, la gorge serrée. D'avoir cru que le partenariat pouvait fonctionner quand la méthodologie traditionnelle disait le contraire.

— Pour avoir reconnu le talent quand je l'ai vu, a-t-elle corrigé. Maintenant, allez prouver que la démonstration d'hier se traduit par la politique de demain.

Magnus a été appelé ensuite, et je l'ai regardé traverser la scène avec un sang-froid diplomatique qui ne parvenait pas tout à fait à cacher sa joie. Le professeur Frostwick lui a remis son diplôme, se penchant pour lui dire quelque chose qui lui a fait écarquiller les yeux de surprise.

Quand il est revenu, j'ai haussé un sourcil interrogateur.

— Elle s'est excusée, a-t-il dit, s'installant à côté de moi avec de l'émerveillement dans la voix. Elle a dit que nous voir réussir lui avait fait changer d'avis sur ce que la magie partenariale pouvait accomplir. Que même quarante ans d'enseignement de la répression ne pouvaient pas contester les résultats.

— Le professeur Frostwick s'est excusée ? ai-je répété, certaine d'avoir mal entendu.

— Apparemment, même les traditionalistes peuvent apprendre, a répondu Magnus, son givre créant des spirales de célébration qui m'ont fait sourire malgré la nature surréaliste de ses paroles.

La cérémonie s'est poursuivie, Rowan et Ivy appelés ensemble pour leur réussite partenariale, Elian et Fiona reconnus pour leur expertise diplomatique qui avait comblé des fossés territoriaux.

Chaque couple représentant son propre parcours à travers la complexité politique de l'UPN.

— Et maintenant, a dit la Chancelière Northwind alors que les reconnaissances individuelles se terminaient... nous honorons les accomplissements collaboratifs de cette année qui ont transformé la compréhension de notre institution.

Des écrans cristallins se sont matérialisés, montrant notre travail de stabilisation des lignes telluriques, le feu et le givre s'entrelaçant à travers des courants magiques instables, l'opposition créant des solutions que la méthodologie traditionnelle ne pouvait reproduire.

— Magnus Polaris et Phoenix Ember, a-t-elle annoncé... votre projet de fin d'études a été désigné comme travail fondamental pour la nouvelle Initiative de Magie Partenariale de l'UPN. Votre méthodologie sera enseignée aux futurs étudiants comme la démonstration que l'investissement émotionnel, lorsqu'il est bâti sur la confiance, crée une capacité que la répression ne peut atteindre.

Nous nous sommes levés sous les applaudissements qui ont rempli la Grande Salle, reconnaissance que ce que nous avions construit comptait au-delà des notes, que notre partenariat avait remodelé la politique d'une manière qui affecterait les étudiants pendant des décennies.

Alors que la cérémonie se terminait et que les diplômés sortaient dans la matinée peinte par l'aurore, j'ai remarqué Connor, le métamorphe renne qui faisait partie de l'équipe du traîneau du Père Noël, se frayant un chemin à travers la foule avec une énergie nerveuse. À ses côtés marchait une jeune femme à la peau mate et chaleureuse et aux yeux vifs qui contemplaient avec émerveillement la magie visible qui l'entourait.

Sa petite amie humaine d'Oxford, ai-je réalisé. Kayla. Celle qui avait réussi à passer les protections du Serment et découvert que la magie du Pôle Nord était réelle.

La main de Connor n'arrêtait pas de glisser vers sa poche, vérifiant quelque chose avec le genre d'anticipation nerveuse qui ne pouvait signifier qu'une seule chose.

— Il va la demander en mariage, a murmuré Magnus, suivant mon regard.

— Ça fait des semaines qu'il se demande quand le faire, les commérages des métamorphes rennes sont très complets. Il a demandé si faire sa demande lors d'une remise de diplômes humaine serait romantique ou provoquerait un incident interculturel.

— Comment tu sais ça ?

— Il m'a demandé conseil, a répondu Magnus avec un petit sourire.

— Et qu'est-ce que tu lui as dit ?

— Que s'il l'aime assez pour naviguer dans les complications humano-surnaturelles, il est assez courageux pour gérer sa réponse, quelle qu'elle soit.

Le professeur Blitzen nous a trouvés dans la foule en liesse, ses éclairs crépitant d'une énergie qui semblait à la fois de félicitation et d'avertissement.

— Monsieur Polaris, Mademoiselle Ember, a-t-elle dit formellement, bien qu'une chaleur vacillât sous son professionnalisme. Un dernier conseil alors que vous passez du statut d'étudiants à celui de professionnels.

Elle s'est approchée, sa voix baissant pour n'être entendue que de nous.

— La démonstration était facile : conditions contrôlées, supervision du corps professoral, soutien institutionnel. Le vrai travail commence maintenant. Prouver que le succès d'hier se traduit par la stabilité de demain, quand les circonstances sont compliquées et que les traditionalistes attendent le moindre signe que l'investissement émotionnel compromet le jugement.

— Nous le savons, Professeur, a répondu Magnus, projetant une confiance qui ne masquait pas l'anxiété très réelle que ses mots déclenchaient.

— Bien, a-t-elle dit, un éclair soulignant ses paroles. Parce que le Conseil vous observe. Les Cours Saisonnières évaluent si la révolution de l'UPN devrait s'étendre à d'autres institutions. Et chaque traditionaliste qui s'est opposé à votre méthodologie espère que vous échouerez publiquement pour pouvoir soutenir que la répression était la bonne méthode depuis le début.

Elle a marqué une pause, croisant nos regards avec une intensité qui portait des décennies d'expérience dans l'enseignement.

— Ne leur donnez pas cette satisfaction. Prouvez que la vulnérabilité crée la force. Montrez-leur ce que je sais depuis la crise des lignes telluriques : l'investissement émotionnel n'est pas un compromis, c'est une fondation.

Avant que nous ayons pu répondre, elle avait disparu dans la foule des diplômés en fête.

— Elle a raison, a dit Magnus doucement. Le vrai travail commence maintenant.

— Alors, nous ferions mieux de nous y mettre, ai-je répondu, en regardant les familles étreindre leurs étudiants accomplis et les amis commémorer ce moment avec des photos et des rires. Prouver que le partenariat fonctionne quand les enjeux sont des carrières au lieu de notes.

Près de l'entrée de la Grande Salle, j'ai aperçu Theo et Eira en pleine conversation au sujet de ce qui ressemblait à un artefact ancien enveloppé d'enchantements protecteurs, le genre de découverte qui suggérait que leurs aventures post-diplôme impliqueraient des mystères magiques cryptiques plutôt que des parcours professionnels traditionnels.

Et de l'autre côté de la cour, Rowan et Ivy se faisaient inter-
peler par quelqu'un qui ressemblait étrangement à un messager
des Cours Saisonnières, porteur d'une correspondance scellée qui
signifiait probablement une autre mission dans leur travail diplomatique inter-cours, le genre de gestion de crise qui nécessitait
leur partenariat unique et leur expertise architecturale.

L'avenir de chacun commençait, chaque couple trouvant son
propre chemin.

— Tu sais ce que je ne t'ai pas encore dit aujourd'hui ? a
demandé Magnus, son givre s'étirant vers mon feu avec une
chaleur familière qui m'a serré le cœur.

— Quoi ?

— Que je suis fier de toi. De nous. De tout ce que nous avons
prouvé cette année, malgré toutes les barrières institutionnelles
qui disaient que nous ne devrions pas.

La simple honnêteté dans sa voix, sans cadre diplomatique,
sans positionnement stratégique, juste la vérité offerte sans
défense, m'a noué la gorge.

— Je suis fière de nous aussi, ai-je répondu. Appréhensive de
ce qui nous attend, peut-être. Mais nous nous en sortirons quand
même.

— Ensemble ? a-t-il demandé, la question portant en elle
toutes les promesses que nous nous étions faites.

— Toujours, ai-je confirmé.

Nous avons quitté la Grande Salle, diplômes en main et révolution attestée, marchant vers l'avenir qui nous attendait, des
carrières qui testeraient si la magie partenariale survivait à la
pression du monde réel, un examen politique qui évaluerait
chaque décision pour des signes de jugement compromis, des
défis qui exigeraient la confiance quand le contrôle semblerait
impossible.

Mais nous avions prouvé quelque chose de fondamental cette

année : que le feu et le givre pouvaient construire des choses extraordinaires quand ils cessaient de prétendre être autre chose que ce qu'ils étaient essentiellement.

Que l'harmonie n'exigeait pas la similitude, mais juste le courage d'être vulnérable et quelqu'un d'assez courageux pour se tenir à vos côtés malgré tout.

Que cet engagement indéfectible créait une fondation assez solide pour supporter tout ce qui viendrait ensuite.

L'aurore au-dessus de nos têtes tourbillonnait en rubans de célébration alors que nous rejoignions la foule des diplômés en fête, et quelque part dans ce chaos de joie, de fins et de nouveaux départs, j'ai entendu la voix de Connor demander à Kayla si elle voulait faire un tour, son anticipation nerveuse claire même à distance.

Leur histoire commençait juste au moment où la nôtre continuait vers les défis qui nous attendaient.

Des chemins différents, des partenariats différents, tous bâtis sur la même vérité fondamentale : qu'un amour assez courageux pour être honnête était la plus forte de toutes les magies.

CHAPITRE VINGT-DEUX
L'ÉTINCELLE PARTAGÉE

MAGNUS

La célébration a duré des heures. Les familles serraient les diplômés dans leurs bras, les professeurs offraient une dernière sagesse, les étudiants promettaient de rester en contact tout en sachant que ces promesses s'estompaient facilement une fois que la vie réelle s'en mêlait. J'ai gardé un calme diplomatique pendant tout ce temps, acceptant les félicitations et répondant aux questions sur les postes au Conseil avec le contrôle prudent qui était devenu une seconde nature.

Mais sous le masque, l'épuisement luttait contre quelque chose de plus difficile à nommer. Le soulagement d'avoir réussi. La terreur de ce qui allait suivre. La prise de conscience croissante que prouver le fonctionnement de la magie de partenariat lors de démonstrations était une chose, mais construire des carrières sur des fondations qui pourraient s'effriter sous la pression du monde réel en était une autre.

— On dirait que tu as besoin de t'échapper, dit doucement Nix, apparaissant à mes côtés alors qu'un autre parent bien intentionné finissait d'expliquer pourquoi les stages au Conseil étaient de « si merveilleuses opportunités pour les jeunes gens avec les bonnes relations ».

— Ça se voit tant que ça ? demandai-je, ma formation diplomatique m'aidant à garder le sourire.

— Seulement pour quelqu'un qui sait ce que fait ton givre quand tu retiens tout avec trop de force, répondit-elle, ses flammes créant une douce chaleur contre mes motifs de glace de plus en plus rigides. Viens. Je connais un endroit.

Elle m'a entraîné loin du chaos du Grand Hall, à travers des couloirs cristallins qui sont devenus plus silencieux à mesure que nous laissions la célébration derrière nous. Nous avons débouché sur l'une des plateformes d'observation de la NPU, un petit balcon taillé dans la face nord où la lumière des aurores peignait tout dans des nuances d'une beauté impossible et où le seul son était le vent, porteur des échos lointains de la joie.

— Mieux ? demanda Nix en s'asseyant sur le banc sculpté dans la glace, ses flammes soigneusement contenues.

— Beaucoup mieux, admis-je, laissant mon calme diplomatique s'évanouir pour la première fois de la journée. L'épuisement m'a frappé immédiatement, pas seulement physiquement, mais aussi avec un poids émotionnel que j'avais réprimé à travers la cérémonie, les félicitations et une performance prudente d'une confiance que je ne ressentais pas entièrement.

Nix m'a étudié avec la précision qui venait de mois de partenariat et une résonance émotionnelle qui rendait toute dissimulation inutile.

— Qu'est-ce qui ne va pas ? demanda-t-elle doucement. Et ne dis pas « rien », parce que ton givre crée des barrières défensives alors qu'il n'y a aucune menace ici.

J'ai regardé le paysage peint par les aurores, cherchant les mots pour expliquer l'anxiété qui bouillonnait sous mon contrôle prudent.

— Et si on n'y arrivait pas ? dis-je finalement, la vulnérabilité faisant vaciller mon givre d'instabilité. Et si la démonstration d'hier était... le summum de nos capacités ? Et si on avait prouvé que la magie de partenariat fonctionne dans des conditions idéales, mais qu'on échouait de façon spectaculaire quand les circonstances sont confuses, que la pression politique est réelle et que chaque traditionaliste guette les signes que l'investissement émotionnel compromet le jugement ?

La peur que j'avais réprimée toute la journée a jailli, brute, honnête et tout ce que l'héritier Polaris n'était pas censé admettre.

— Et si j'avais obtenu le stage au Conseil à cause de ma famille plutôt que de ce que nous avons accompli ? Et si, au moment où de vrais défis se présenteront, je retournais à mes masques diplomatiques, à ma distance prudente et à tout ce qui ne fonctionnait pas avant que le partenariat ne m'apprenne à faire mieux ?

— Magnus, m'interrompit Nix, ses flammes s'approchant pour toucher mon visage avec une chaleur qui réchauffait sans brûler. Respire avec moi.

J'ai suivi le schéma familier, sentant mon givre se stabiliser tandis que mon corps se rappelait que la panique n'était pas productive.

— Mieux ? demanda-t-elle.

— Un peu, admis-je. Toujours terrifié, mais terrifié en respirant.

Nix a souri, bien que quelque chose ait vacillé dans son expression, un mélange de compréhension et de sa propre incertitude.

— Tu veux savoir ce qui me fait peur ? demanda-t-elle doucement. Que je déclenche un autre firequake pendant une réception diplomatique et que je donne raison à tous les traditionalistes sur le fait que la volatilité crée un risque. Que le poste d'ambassadrice m'ait été offert par nécessité politique plutôt que par une réelle confiance en mes capacités.

Elle a ramené ses genoux contre sa poitrine, ses flammes créant une douce lumière qui peignait ses traits de nuances d'or et de vulnérabilité.

— Que je te déçoive, continua-t-elle d'une voix à peine plus haute qu'un murmure. Que m'aimer te coûte la carrière pour laquelle tu travailles depuis Frostbane. Que me choisir ait été une révolution qui a fonctionné en démonstration, mais qui se transformera en regret quand les conséquences du monde réel rendront l'idéalisme naïf.

L'honnêteté de ses paroles, la peur qu'elle exprimait rarement mais qu'elle portait en elle, m'a serré la poitrine, car je reconnaissais que nous étions tous les deux terrifiés sous la confiance que nous avions affichée toute la journée.

— Tu ne me décevras pas, dis-je, mon givre tendant la main vers son feu avec une certitude qui contournait l'anxiété. Nix, tu es la personne la plus courageuse que je connaisse. Tu es arrivée à la NPU comme le désastre que tout le monde craignait et tu en es sortie comme la révolutionnaire que tout le monde respecte. Tu as appris à te réapproprier ta volatilité au lieu de la réprimer. Tu as changé la politique de l'institution par une démonstration plus puissante que la théorie.

— Nous l'avons changée, corrigea-t-elle doucement. Magnus, je n'aurais rien pu faire de tout ça seule. La stabilisation des lignes de ley, la récupération après le firequake, la démonstration publique, tout ça nécessitait un partenariat. Nécessitait que tu offres une opposition quand mon feu avait besoin de structure.

Elle s'est rapprochée, ses flammes créant une chaleur qui

donnait à la plateforme d'observation moins l'impression d'être exposé que d'être dans un sanctuaire.

— Alors peut-être que c'est ça, la réponse, continua-t-elle. Peut-être qu'on a tous les deux peur d'échouer séparément parce qu'on a passé un an à prouver qu'on est plus forts ensemble. Peut-être que la vraie question n'est pas de savoir si on peut gérer ce qui nous attend, mais si on continuera à choisir le partenariat quand le contrôle semblera impossible.

— Le feras-tu ? demandai-je, la question portant toutes les peurs que j'avais réprimées. Quand la pression politique rendra dangereux de me faire confiance ? Quand mon passé de diplomate créera des complications pour ton travail d'ambassadrice ? Quand choisir le partenariat te coûtera des opportunités que tu aurais pu avoir seule ?

— Oui, dit simplement Nix, sans aucune hésitation malgré le poids de sa promesse. Magnus, j'ai passé ma vie entière à fuir la volatilité qui, selon tout le monde, faisait de moi un risque. Tu es la première personne qui a vu tout ça, les firequakes, la peur et les tentatives désespérées pour réprimer ce que je ne pouvais pas éliminer, et qui m'a choisie quand même.

Ses flammes ont brillé plus fort, chargées d'émotions qu'elle n'essayait pas de cacher.

— Tu m'as appris que les aspects dangereux de ma personnalité n'avaient pas besoin d'être réprimés ou cachés. Que la volatilité pouvait être gérée par la confiance plutôt que par l'isolement. Qu'être essentiellement moi-même, puissante, passionnée et volatile, n'était pas un désastre. C'était une fondation.

Elle a pris mes mains, le feu rencontrant le givre dans un contact physique qui a tout rendu plus clair.

— Alors oui, continua-t-elle. Je continuerai à choisir le partenariat quand ce sera difficile. Quand les circonstances nous pousseront vers les extrêmes. Quand la pression extérieure fera que l'isolement semblera plus sûr que la vulnérabilité. Parce que tu m'as appris que se choisir l'un l'autre complètement crée une capacité que je ne pourrais jamais atteindre seule.

La certitude dans sa voix, la confiance absolue malgré des craintes très réelles sur ce qui allait suivre, a fait fleurir dans ma poitrine une chaleur qui n'avait rien à voir avec la magie élémentaire.

— Je t'aime, dis-je, laissant le masque diplomatique se briser complètement. Je suis terrifié par l'avenir et incertain de pouvoir maintenir le succès d'hier quand les circonstances seront confuses, et je t'aime quand même. Complètement. Sans protection stratégique ni formulation prudente. Juste... un amour qui me rend plus courageux que je ne l'ai jamais été seul.

— Je t'aime aussi, répondit Nix, ses flammes créant des motifs qui semblaient être un mélange de promesse et de possibilité. Effrayée et certaine, appréhensive et engagée, tout à la fois. C'est ça, le partenariat, non ? Ne pas éliminer la peur ou prétendre à une confiance qu'on ne ressent pas entièrement. Juste s'engager l'un envers l'autre malgré tout.

— L'harmonie ne signifie pas l'uniformité, dis-je, reprenant les mots qui étaient devenus notre fondation. Ça signifie l'engagement. Être solidaires même quand c'est difficile.

— Même quand on a peur, ajouta Nix.

— Surtout à ce moment-là, confirmai-je.

Je l'ai embrassée, lentement et doucement, un baiser porteur de chaque promesse que nous avions faite, de chaque peur que nous avions admise et de la certitude absolue que quoi qu'il arrive, nous y ferions face ensemble. Son feu a rencontré mon givre avec une chaleur qui donnait l'impression que la plateforme d'observation était le seul endroit qui comptait, l'aurore au-dessus de nous peignant notre moment d'intimité avec des couleurs de célébration qui n'appartenaient qu'à nous.

Quand nous nous sommes finalement séparés, le ciel s'était assombri pour laisser place au crépuscule, cet espace liminal entre la célébration et ce qui allait suivre.

— On devrait y retourner, dit Nix à contrecœur. Avant que quelqu'un ne remarque notre disparition et ne lance des rumeurs sur la fée du feu et l'ours de glace faisant quelque chose de terriblement inapproprié sur les plateformes d'observation.

— Laisse-les parler, répondis-je, bien que ma formation diplomatique suggère qu'elle avait probablement raison de vouloir maintenir certaines limites professionnelles. Mais oui. On devrait aller faire une apparition à la réception, accepter les dernières félicitations, prétendre être des adultes confiants qui ont tout compris.

— Alors qu'en réalité, on est des jeunes d'une vingtaine d'années terrifiés qui espèrent ne pas échouer de façon spectaculaire ? demanda Nix avec un petit sourire.

— Exactement, confirmai-je.

Quand nous sommes retournés à la Salle à Manger de Cristal, le crépuscule avait fait place à une célébration batant son plein. L'espace brillait de sculptures de glace enchantées et de flammes éternelles, les tables étaient chargées de plats représentant toutes les cultures magiques, et il y avait suffisamment de dignitaires pour que cela ressemble plus à un événement politique qu'à une réussite étudiante.

J'ai aperçu Rowan et Ivy près de la section diplomatique, en grande conversation avec quelqu'un qui ressemblait étrangement à un représentant de l'autorité de la Cour des Saisons. La tenue officielle de l'envoyé de la Cour d'Hiver suggérait qu'il s'agissait de plus que de simples opportunités académiques, probablement quelque chose lié à la gestion des crises diplomatiques inter-cours pour laquelle ils avaient été recrutés après la résistance architecturale de l'année dernière. Quelle que soit la mission qui leur avait

été confiée, elle impliquait clairement le genre de complexité politique qui rendait leur partenariat essentiel plutôt que facultatif.

De l'autre côté de la salle, Elian et Fiona riaient avec un groupe
d'étudiants internationaux, leur aisance dans la communication
interculturelle attirant déjà l'attention d'institutions qui valori-
saient l'expertise diplomatique. Leur avenir impliquerait de
combler les fossés, de tisser des liens, de prouver que l'amour
pouvait transcender les frontières territoriales quand le partenariat était une fondation.

Et près de l'entrée,

— Oh, souffla Nix, sa main trouvant la mienne automatiquement. Magnus, regarde.

Connor se tenait dans l'embrasure de la porte, et à côté de lui,
Kayla était radieuse dans une robe de soirée qui suggérait qu'elle
s'était remarquablement bien adaptée à un monde magique qui
aurait dû lui être impossible. Mais ce qui a attiré l'attention de
tous, c'est Connor posant lentement un genou à terre, une boîte
cristalline se matérialisant dans ses mains alors que toute la salle
à manger tombait dans le silence.

Même de l'autre côté de la pièce, je pouvais voir le choc de
Kayla se transformer en joie, pouvais entendre son « oui »
résonner dans le silence soudain, pouvais regarder Connor se
relever d'un bond et la faire tournoyer dans une étreinte qui
rendait leur amour visible à tous les témoins.

La salle a éclaté en applaudissements, une célébration de fian-
çailles qui représentait tout ce que la NPU avait prouvé cette
année. Que l'amour pouvait combler des fossés impossibles. Que
des mondes différents pouvaient créer des liens quand le partenariat était assez fort pour résister à la pression extérieure. S'engager
à aimer complètement, publiquement, sans excuses, créait une
magie digne d'être vue.

— Ils sont courageux, dit doucement Nix, ses flammes

dansant avec des émotions que je pouvais sentir à travers notre connexion. Un métamorphe renne qui demande une humaine en mariage. Toutes les complications que ça implique, les considérations du Serment, les défis interculturels, les implications politiques des relations surnaturel-humain devenant publiques.

— Ils sont amoureux, répondis-je simplement. Et assez courageux pour se choisir malgré toutes les raisons rationnelles de se protéger par la distance. Ça te rappelle quelque chose ?

Nix a ri, un son clair et sincère. — Peut-être que c'est ce que cette année nous a appris. Que le choix courageux n'est pas le choix sûr, c'est celui qui exige la confiance quand le contrôle semble impossible.

— En parlant de choix courageux, dit une voix derrière nous, et nous nous sommes retournés pour trouver Dylan et Lyra qui s'approchaient avec le genre d'énergie qui suggérait qu'ils avaient des nouvelles. On nous a offert des postes de recherche. Une étude collaborative sur la théorie de la magie de partenariat, basée sur la méthodologie que vous avez mise au point.

— C'est incroyable, dis-je, sincèrement ravi. Vous allez enseigner aux futurs étudiants que la magie de partenariat n'est pas seulement possible, elle est systématique. Réplicable.

— On a appris des meilleurs, répondit Dylan avec un sourire de métamorphe renard. Vous avez prouvé que ça marche. Maintenant, c'est à nous d'expliquer pourquoi. Juste répartition du travail.

Ils se sont éloignés pour accepter d'autres félicitations, nous laissant à nouveau seuls, Nix et moi, au milieu de la foule en fête.

— Tout le monde trouve sa voie, observa-t-elle, regardant les couples et les amis s'emparer de leur avenir avec une confiance que nous étions encore en train de construire. Rowan et Ivy vers la gestion de crise inter-cours, Elian et Fiona vers le travail diplomatique, Dylan et Lyra vers la recherche. Connor et Kayla vers le mariage humain-surnaturel. Tout ça parce que nous avons prouvé que le partenariat pouvait fonctionner.

— Tout ça parce qu'ils ont eu le courage d'essayer, corrigeai-je. Nous n'avons fait que démontrer une méthodologie. Ils créent la leur.

— Et nous créerons la nôtre, dit Nix, ses flammes tendant la main vers mon givre avec une confiance qui était devenue aussi naturelle que de respirer. Stage au Conseil et travail d'ambassadrice. Prouver que la révolution d'hier survit à la pression du monde réel. Construire des carrières sur une fondation de confiance, de vulnérabilité et d'harmonie qui ne requiert pas l'uniformité.

La réception s'est poursuivie autour de nous, musique, rires et célébration de réussites qui allaient remodeler l'éducation magique pour les décennies à venir. Mais debout là, la main de Nix dans la mienne et la lumière des aurores peignant tout d'une beauté impossible, j'ai réalisé quelque chose de fondamental.

Ce n'était pas la fin. C'était le commencement.

Pas la conclusion de notre histoire, mais le premier chapitre de tout ce que nous allions construire ensemble. Des postes au Conseil et un travail d'ambassadrice. Des défis politiques et un examen institutionnel. Toute la réalité désordonnée, compliquée, terrifiante de devoir prouver que la magie de partenariat fonctionne quand les démonstrations deviennent des carrières et que l'idéalisme se heurte aux complications pratiques.

Mais nous avions appris quelque chose d'essentiel cette année : que le feu et le givre pouvaient créer des choses extraordinaires quand ils cessaient de prétendre être autre chose que ce qu'ils étaient essentiellement.

Que l'harmonie ne nécessitait pas l'uniformité, juste le courage d'être vulnérable et quelqu'un d'assez courageux pour se tenir à vos côtés malgré tout.

Que se choisir l'un l'autre, encore et encore, créait une fondation assez solide pour supporter tout ce qui allait suivre.

Même quand on avait peur.

Surtout à ce moment-là.

C'était ça, la vraie magie. C'était ça, la fondation. C'était nous.

Fin.

Avez-vous aimé *Étincelle de Noël* ?

N'hésitez pas à laisser un avis sur Goodreads ou votre plateforme préférée. Les avis m'aident à atteindre de nouveaux lecteurs.

Lisez **Félicité conjugale**, le dernier livre de la série **Université du Pôle Nord**.

Avez-vous lu **Le gardien du Serment** ?

Cette histoire GRATUITE de l'Université du Pôle Nord se déroule entre Métamorphes de Noël et Gel de Noël

À PROPOS DE L'AUTEURE

Des histoires positives et inspirantes.

Marie-Hélène vit à Sherbrooke, au Québec. Enseignante à la retraite, elle consacre désormais ses journées à l'écriture et à la promotion de ses oeuvres. Elle aime lire, voyager et aller à la plage. Chaque année, elle part un mois en solo vers une nouvelle partie du monde.

www.mhlebeault.com

Suivez-la sur les réseaux sociaux !

facebook.com/mhlebeaultauthor

x.com/mhlebeault

instagram.com/mhlebeault

amazon.com/author/mhlebeault

bookbub.com/authors/marie-helene-lebeault

goodreads.com/mhlebeault

linkedin.com/in/mhlebeault

tiktok.com/@mhlebeaultauthor

AUTRES LIVRES DE L'AUTEURE

La série Evers - Littérature jeunesse fantastique

La clé des ancêtres

L'académie

La marcheuse du temps

Le voyageur des mondes

Magie de sang - Littérature jeunesse fantastique

Mage de sang

Magie de sang

Héritage de sang

Il était une malédiction - Romance fantastique

Une malédiction de neige et de cendres

Une malédiction d'épines et de torpeur

Une malédiction de verre et d'ombres

Une malédiction d'argent et de blessures

Université du Pôle Nord - Romance paranormale

Métamorphes de Noël

Le gardien du serment (GRATIS)

Givre de Noël

Solstice de Noël

Malédiction de Noël

Étincelle de Noël

Félicité Conjugale

Inadaptés du gui

Hors série

Les douze vies de Clare - Réalisme magique

Utopie - Science fiction

Chroniques des cadets interstellaires - Science fiction

Défenseurs du Royaume

Le combat de la flamme sacrée (Gratuit)

Fée grand-mère - Albums jeunesse pour les 3 à 7 ans

Mimi visite l'Antarctique

Mimi visite le Pôle Nord

Mimi visite la Chine

Mimi visite l'Afrique